飛
雷
刀

비
뢰
도

비뢰도 2

검류혼 新무협 판타지 소설

2판 1쇄 찍은 날 § 2005년 12월 9일
2판 4쇄 펴낸 날 § 2015년 12월 16일

지은이 § 검류혼
펴낸이 § 서경석

편집장 § 문혜영

펴낸곳 § 도서출판 청어람
등록번호 § 제1081-1-89호
등록일자 § 1999. 5. 31
어람번호 § 제2-0763호

주소 § 경기도 부천시 원미구 부일로 483번길 40 서경B/D 3F (우) 14640
전화 § 032-656-4452 팩스 § 032-656-4453
http://www.chungeoram.com
E-mail § eoram99@chollian.net

ISBN 89-5831-857-0 04810
ISBN 89-5831-855-4 (세트)

비뢰도

飛雷刀

FANTASTIC ORIENTAL HEROES

검류혼 장편 신무협 판타지 소설

2

천무학관 입관기

도서출판 청어람

제자 장성하여 나이 스물.

사내 나이 스물에 세상을 보지 못했다 함은 실로 부끄러운 일!

제자, 이제 세상에 나아가 세상을 보고,

다시 나를 돌아보고자 합니다.

이제 세상에 나아가 사부님의 이름을 떨치고,

사문의 이름을 빛내고 돌아오겠습니다.

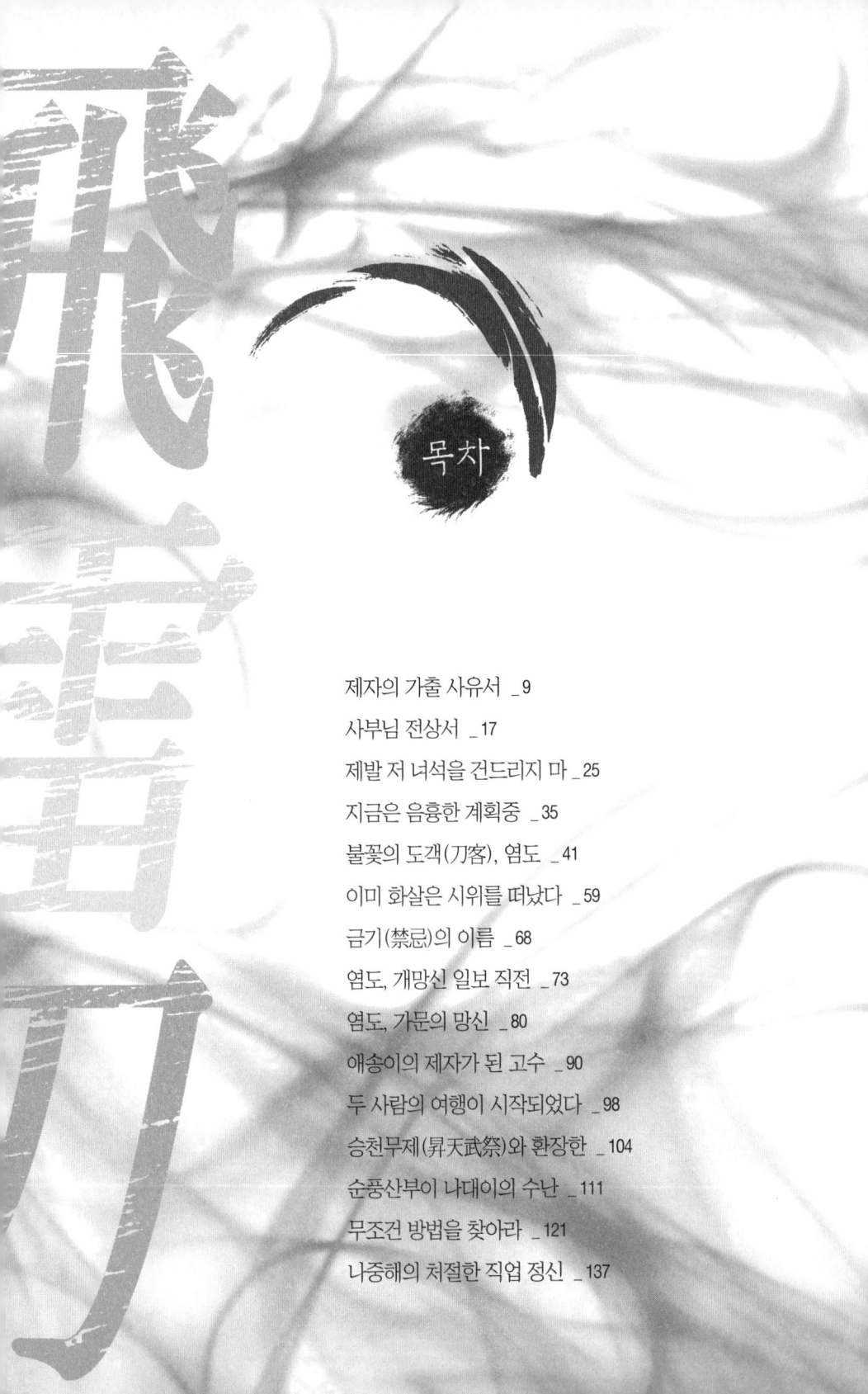

목차

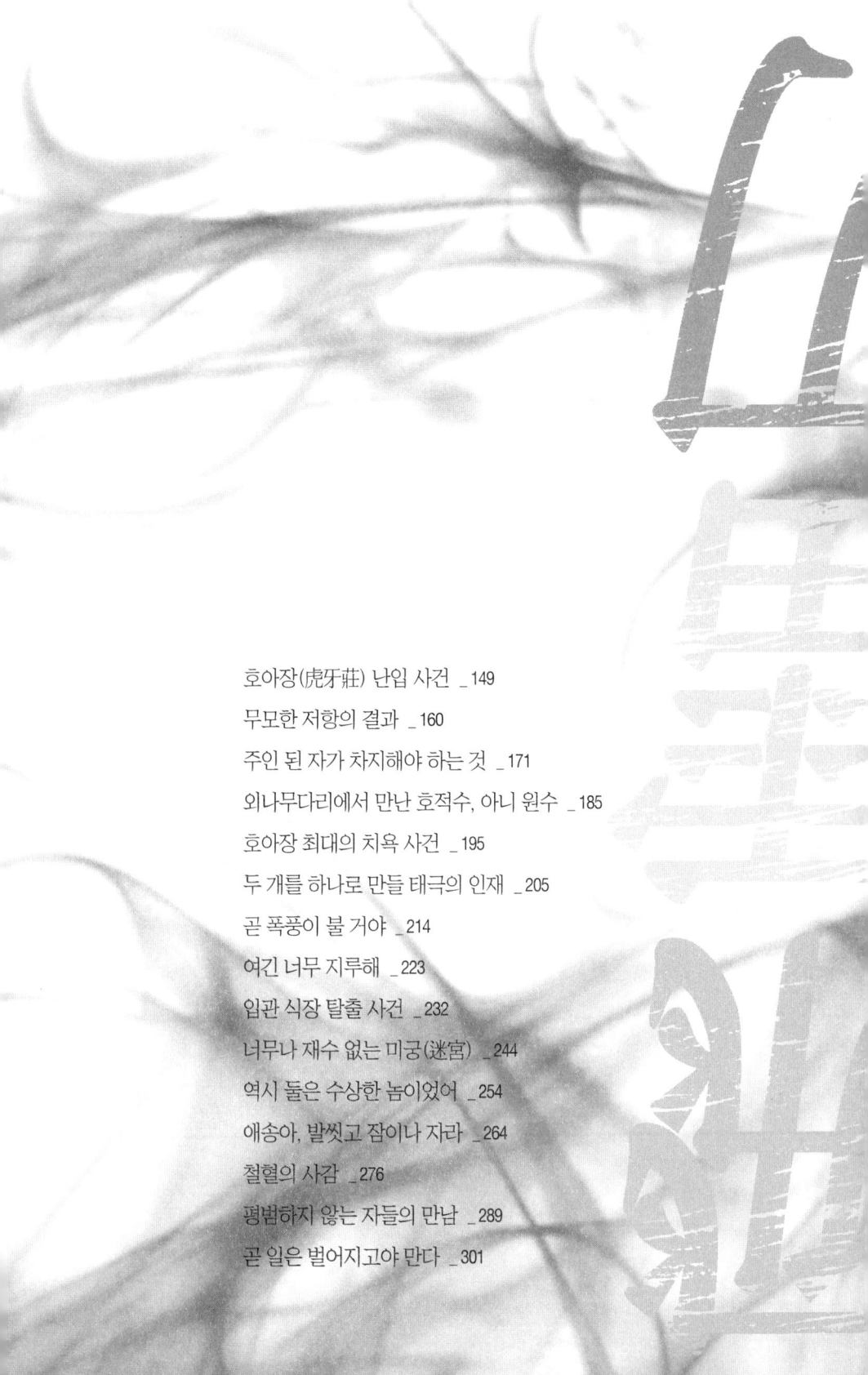

제자의 가출 사유서

하늘에서 백색(白色)의 여신이 내려와 주위를 감싸고,
송이송이 떨어져 내린 결정들은 이불처럼
대지를 온통 새하얗게 뒤덮었다.

아미산의 초겨울, 첫눈이 내리는 매서운 날씨였지만 계곡의 물줄기는 아직도 힘찬 움직임을 잃지 않고 계속해서 흐르고 있었다. 거친 듯한 폭포도 동장군(冬將軍)의 위세에 아랑곳없이 계속해서 떨어져 내렸다. 하지만 계곡을 둘러싸고 있는 암석들은 어느새 백설의 결정에 덮여 동면을 시작하려는 듯 숨을 죽이고 있었다.

차가운 냉기를 가득 품고 있는 계곡, 겨울의 계곡은 그 짙은 심연의 청남색만큼 차가운 냉기로 가득하여 다가가는 사람에게 언제든지 시린 기운을 뿜어 낸다. 여름 날씨에도 시린 차가움을 몸 속 깊이 느낄 수 있는데, 겨울에는 더 말하여 무엇 하겠는가…….

조용하던 계곡담 수면 위에 작은 파문이 하나 생겨났다. 처음엔 손가락 엄지와 검지를 동그랗게 말았을 때의 크기 정도였다. 그런데 조그맣고 작은 파문 주위로 다시 조금 더 큰 파문이 생겨나고, 그 위로 다시 또 하나의 파문, 하나씩 둘씩, 한 겹 두 겹 연속적으로 파문의 원이 그려지는 과정이 수십 번 반복되었다. 이윽고 지름 반 장 정도의 파문이 다시 생겨났다. 마지막으로 생긴 가장 큰 파문의 원으로부터 가운데 중심까지 나선의 회오리가 생기면서 가운데 중심점을 축으로 해서 회전하는 팽이처럼 함몰되어 들어갔다.

조용하던 겨울의 계곡담에 지금 거친 소용돌이가 막 생겨나려는 순간이었다. 자연의 이치를 곧게 따르자면 이 담에는 소용돌이가 존재해서는 안 된다. 존재해서는 안 되는 곳에 존재한다는 것은 이 소용돌이가 자연의 조화가 아닌 인공적으로 만들어진 현상이라는 사실을 말해 주고 있었다.

소용돌이의 나선은 점차 거칠어지면서 더욱 강력해졌다. 그런데 모든 것을 빨아들이고 분쇄시킬 것 같던 나선의 회오리는 어느 순간 갑자기 멈칫거렸다. 그와 함께 물의 회전력으로 만들어진 팽이는 움직임을 잃고 말았다. 갑자기 회전력과 속도가 줄어들면서 소용돌이는 점차 그 힘을 잃어 갔다. 이때, 점점 작아지고 소멸되어 가는 소용돌이 나선의 중심으로부터 파문의 고리를 뚫고 인영이 뛰쳐나왔다. 젊은 청년이었다.

"케엑, 켁! 커억! 허―억, 허억!"

물가로 떨어져 내린 청년은 대지에 무릎을 꿇고 두 손으로 땅을 짚으며 거친 숨을 몰아 쉬었다. 고통스러워 보이는, 거칠고 불규칙한 호흡이었다. 안색 또한 파리하여 더욱 힘겨워 보였다. 그는 오랫동안

숨을 참고 있었던 듯, 불규칙하고 고통스런 숨을 쉴새없이 내뱉었다. 체내에 축적되어 있던 모든 힘을 소진한 사람처럼 얼굴이 창백했고, 사지(四肢)는 물을 먹은 솜처럼 힘없이 축 늘어져 있었다.

　한참 거친 숨결을 내뱉던 청년은 이불처럼 대지를 덮고 있는 하얀 결정 위에 몸을 큰 대(大)자로 만들며 벌렁 나자빠졌다. 그의 거친 숨은 아직 잦아들지 않은 상태였다. 차가운 겨울, 계곡의 소용돌이 한가운데서 뛰쳐나온 청년은 바로 현재 비뢰문의 유일한 계승자이며, 현 비뢰문 문주의 하나뿐인 제자였다. 또한 비뢰문의 하녀 겸 식모 겸 살림꾼이며, 유일무이한 노동력이기도 했다.

　여기서의 노동력이란 노동의 대가로 수입을 올릴 수 있는 능력을 이야기한다. 그가 없었다면 지금쯤 그의 늙은 사부는 술도 마시지 못하고, 밥은 손수 해야 되며, 반찬도 직접 구해 와야 하고, 직접 돈을 벌어 살림을 꾸려 나가야 했을 것이다. 그나마 그 청년, 즉 비류연이 있었기에 세상 편한 사부는 사냥이나 채집을 하지도 않고, 살림을 꾸리지도 않으면서 공짜로 빈둥빈둥 놀고 먹을 수 있는 것이었다. 그런 의미에서 사부에게 비류연은 매우 고마운 존재라고 할 수 있었다.

　비류연은 거친 숨을 진정시키며, 하늘에서 내리는 눈송이를 몸으로 맞으며, 백색 점들이 떨어져 내리는 은빛 하늘을 지긋한 눈빛으로 멍하니 바라보았다.

"허억, 허억! 헉… 헉, 칫!"

　비류연은 무엇이 그리 불만스러운지 거친 숨결 뒤로 어린애의 투정 같은 소리를 내뱉었다. 뭐가 그리 불만인지 엄청 불만스러운 표정을 지으며, 아쉬운 듯한 눈빛으로 계속해서 하늘만을 바라보았다.

'뇌신(雷神)의 힘을 손에 넣기엔 아직 무리란 얘긴가…… 허억, 허억.'

의미를 알 수 없는 말을 중얼거리며, 비류연은 시위하듯 하늘을 바라보았다. 은빛으로 둘러쳐진 하늘이 아름답게 느껴졌다. 차가운 대지에 누워 비류연은 겁도 없이 두 눈을 감았다.

뇌신(雷神)! 번개를 다스리는 신성(神聖)! 비뢰도의 궁극적이며 최종적인 마지막 힘이다. 하지만 아직 그의 몸으로는 시전하기는커녕 얻을 수조차 없었다. 이대로는 더 이상 발전이 없을지 모른다고 비류연은 생각했다. 머리 속으로는 이해할 수 있었다. 하지만 몸으로 행하지 못할 뿐이었다. 이치를 알고 방법을 알지만 실행할 수가 없었다.

지금 비류연이 놓인 상태는, 말하자면 가야 할 길은 알지만 그 길이 너무나 거칠고 험난하여 그 길을 갈 수 없는 사람과도 같았다. 거칠고 험난함에 굴하지 않고 몸과 마음을 다스려, 그 험로를 걸어 올라갈 힘을 가질 때, 비류연은 비로소 소망하던 뇌신(雷神)의 힘을 얻을 수 있을 것이다. 그 마지막 끝의 힘을…….

그러나 그는 지금 걸을 수 없었다. 얻어야 할 궁극의 것을 얻지 못해 낙담을 한 것일까? 젊은 나이에 세상을 등지기 위해서라면 무슨 짓이든 못 할 게 있을까만, 한겨울 물에 젖은 옷을 입고 눈 속에 파묻히는 방법만큼 좋은 방법도 드물지 모른다. 잠들면 살았는지 죽었는지도 모르는 상태로 가는 수가 많기 때문이다. 그렇기 때문에 겨울 산에서 조난당한 사람들은 정신을 잃지 않기 위해, 잠에 빠져들지 않도록 서로를 격려하고 뺨을 올려붙이고 하는 것이다. 겨울 산에서의 아무런 대책도 없는 잠은 곧 죽음과 직결되기 때문이다.

이로 미루어 보아 지금 비류연은 안락한 자살을 위한 매우 슬기롭고 유용한 방법을 실행하고 있는 중인지도 몰랐다. 그는 사지(四肢)를 큰 대자로 뻗고 순백의 이불에 누워 냉기를 마시며 은빛 하늘을 하염없이 바라보았다. 세상을 하직하고, 저승 문안 인사를 드리기에 딱 좋은 방법을 그대로 실천하고 있는 중이었다. 혹, 겁을 상실한 것일까? 그럴 리는 없다. 옛날부터 없던 겁이 갑자기 생겨났다 다시 사라질 리 만무하기 때문이다. 있지도 않은 것이 없어질 수는 없는 노릇이었다. 그의 몸 위로 하나 둘 눈꽃이 지며 그의 몸을 덮었다. 한겹 한 겹 쌓여 가는 눈송이를 보며, 비류연은 차가움과 추위보다는 시원함과 포근함을 느꼈다.

비류연의 몸은 은빛으로 빛나는 눈의 이불 속으로 조용히 잠겨 들어갔다. 죽고 싶어 환장한 놈 같은, 비류연의 알 수 없는 행위는 하늘마저도 당황시킬 정도였다. 아직 비류연은 '생각'이라는 사고 활동을 멈추진 않았다. 다행히 정신은 멀쩡한 모양이었다. 이제 곧 새해 원단(元旦)이 시작된다. 지금이 끝나고 새로운 시작이 펼쳐지는 것이다. 천계의 선녀가 겨울을 알리기 위해 뿌리는 눈을 맞으며 비류연은 깊은 생각에 잠겼다.

'새해 원단이라……. 곧 때가 되겠군, 떠나야 할 때가…….'

자신만이 알 수 있는 이상한 말을 중얼거리며 비류연은 눈 속에 몸을 묻었다. 포근하다는 생각을 하며 비류연은 잠을 청했다. 시원하고 포근하고 달콤한 잠을……. 눈은 계속해서 내렸고, 마침내 비류연의 몸은 지상에서 그 모습을 감추었다. 눈 속으로 파묻혀 들어간 것이다. 새하얀 솜이불을 덮어쓰고 잠을 자는 어린아이처럼 비류연의 형체는 새하얀 백색 결정으로 이루어진 이불 속으로 그 모습을 완전히 감추었다. 눈은 계속해서 내렸다. 첫눈이었다.

'으아악! 봉, 봉뢰함이… 봉뢰함이 없어.'

그것은 너무나 혼란스럽고 경악할 일이었다. 악랄한 사부는 어처구니없이 황당하고 기절초풍할 만한 일에 화도 내지 못하고 멍하니 한 장의 서찰만을 뚫어져라 바라만 볼 뿐이었다. 흰 바탕 위의 검은 얼룩이 아마 글자인 모양이었다.

그의 제자가 남기고 간 유일한 물건이었다. 그러나 남기고 간 물건은 하나였지만 가져간 물건은 한둘이 아니었다. 그것이 사부의 마음을 더욱 아프게 했다. 봉뢰함(封雷函)이 없었다. 뇌금(雷琴), 묵뢰(墨雷)도 없었다. 있을 수도 없고 있어서도 안 되는 일이었다. 계승의 의식을 끝낸 지 얼마 되지도 않은 놈이, 전승의 의식은 아직 끝내지도 못한 놈이, 사문의 비보(秘寶) 중의 비보, 보물 중의 보물인 진산지보 봉뢰함을 가지고 나가다니. 비뢰문의 역사 속에서 이런 몰지각하고 비상식적인 행동을 한 인간은 그가 아는 범위 내에서는 하나도 없었다. 봉뢰함이란 뇌(雷), 즉 번개를 봉인(封印)한 함이라는 의미를 가진 상자였다. 하지만 상자 본래의 가치보다도 그곳에 들어가는 물건이 더욱 비중 있고 중요한 의미를 지니고 있었다. 봉뢰함은 바로 비뢰도를 넣어 두고 보관하는 상자였기 때문이다.

봉뢰함은 보석 같은 붉은 바탕에 은실로 수를 놓았고, 안에는 오른쪽 왼쪽 교대로 각각 5개씩 도합 10개의 비뢰도를 넣어 보관하는 함이다. 이 봉뢰함은 특이한 성질을 띠고 있기 때문에, 여기에 비뢰도를 보관하면 뇌인(雷刃)의 날카로운 예기가 상하는 일도 없고, 뇌령사(雷靈絲)가 힘을 잃고 늘어지는 것도 방지할 수 있는 보물이었다.

사실 그 동안 비류연이 써 오던 비뢰도는 쉽게 말하면 짜가, 좋게 말하면 연습용이고, 나쁘게 말하면 모조품인 것이다. 그렇다고 해서 여타 다른 무기에 견주어 그 위력이 떨어지는 것은 아니다. 오히려 더 강력하다고 해도 전혀 손색이 없었다. 하지만 역시 진품(眞品)에게는 한 수 접어 주기 마련이다. 그렇지 않다면 왜 진품이라고 불리겠는가.

비뢰문은 다음 대(代)의 제자가 일정한 수준의 경지에 들어서게 되면 계승의 의식을 거쳐 사부는 진(眞) 비뢰도를 제자에게 넘기고 스승은 위(僞) 비뢰도를 사용하게 된다. 진품과 모조품을 교환하는 것이다. 사부는 이미 진본에 익숙해 있지만 제자는 그렇지 않기 때문에 진품을 가지고 충분한 수련을 쌓을 필요가 있었기 때문이다. 영사(靈絲)의 강도(强度)부터가 틀린 탓에 제자는 어느 정도의 경지에 들어서면 진(眞) 비뢰도를 가지고 수련을 쌓게 된다. 그것이 바로 비뢰문에 계승되어 오는 전통이었다. 그런데……

'이, 이 녀석이. 아니, 이놈이… 허허, 이 노무 자슥이 헛… 허.'

이제는 화낼 기력도 없는지, 아니면 경악하느라 기를 다 소모한 탓인지 사부의 목소리는 무기력하게 허탈하기만 했다. 그의 웃음소리는 씁쓸하고 허무한 울림만을 내포하고 있었다. 더군다나 봉뢰함은 허락한 적이 있어도 뇌금과 묵뢰는 허락한 적이 없는 사부였다. 그런데 하나뿐인 제자이며 다음 대의 전승자라는 놈이 밤새 도둑 고양이처럼 살금살금 들어와 사문의 보물을 마음대로 가지고 가출하다니……. 그런 일을 당하고도 정신이 온전하다면 그게 오히려 이상한 일이 아닌가. 지금 사부는 너무 황당해서 화낼 기력조차 없는 상태였다. 지금은 그냥 멍하니 흰색 바탕에 꼬불꼬불한 글씨가 있는 편지 혹은 서찰이라고 부르는 물체를 바라보는 것밖에는 아무 것도 할 수가 없었다.

사부님 전상서

제자 장성하여 나이 스물.

사내 나이 스물에 세상을 보지 못했다 함은 실로 부끄러운 일!

제자, 이제 세상에 나아가 세상을 보고,

다시 나를 돌아보고자 합니다.

이제 세상에 나아가 사부님의 이름을 떨치고,

사문의 이름을 빛내고 돌아오겠습니다.

그러니, 말리지 마십시오. 전 갑니다.

제자 비류연 서(書)

추신 : 요 아래, 청룡 은장 아미 지점에 사부님 명의로 절대 노후 보장 연금을 들어 놓았으니 노후 생활에 지장은 없을 겁니다. 노후 대책은 확실히 세워 놓고 가니깐 괜히 쫓아오지 마세요. 도장과 입금 증표는 편지 옆에 두었습니다.

계좌 번호는 241052-52-021455입니다. 비밀 번호는 편지 뒤에 적혀 있습니다. 그리고, 술은 좀 자제해 드세요! 지출의 가장 큰 원인이니까요.

그리 길지 않은, 제자의 가출 신고서 전말이었다. 본문은 그런 대로 나은 편인데 추신은 정말로 버르장머리없게 썼다고 사부는 생각했다. 그나마 '절대 노후 보장 연금'이라는 단어가 그 화를 조금이나 삭혀 주고 있었다. 그래도 아무 생각 없는 녀석은 아니었는지, 사부 생각은 있는 놈이었는지, 아님 추적 방지용인지, 아부 아첨용인지 '절대 노후 보장 연금'까지 들어 놓고 가출한 것이다.

'절대 노후 보장 연금'은 상당히 오랜 기간 동안 상당 액수의 돈을 넣어야 하는 청룡 은장의 전문 은자 상품이었다. 청룡 은장은 청룡 은장주 유재룡이 맨 처음 장가 밑천을 탈탈 털어 시작했다고 알려진 은장으로, 당시 모두들 미친 짓 하지 말라면 짐 싸 들고 다니면서 말렸지만, 현재는 강호에서도 난다 긴다 하는 은장을 제치고 단연 두각을 나타내고 있었다.

청룡 은장은 돈을 빌려 주고 보관하는 것 이외에도, 매달 일정량의 은자를 저축하여 정해진 일정량을 채우게 되면, 매달 정해진 이자를 평생 지급하는 연금이라는 상품이 있었다. 물론 당사자가 죽으면 예치되어 있던 돈은 당연히 청룡 은장의 소유가 된다. 그 중에서도 '절대 노후 보장 연금'은 청룡 은장의 대표적인 연금으로 50대 이후를 대비하기 위한 확실한 생활 대책으로, 중산층 이상에게 잘 알려져 있는 인기 상품이었다. 그러므로 비류연이 이 연금에 가입했다는 것은 상당히 오래 전부터 가출을 준비해 왔다는 이야기가 된다. 아울러 상당한 액수의 금액이 들었을 것임이 틀림없었다.

어디서 어떻게 무슨 수로 그만한 액수의 은자를 모았는지 사부로서는 궁금하기 짝이 없었다. 아무리 생각해도 그것까지는 알 수 없는 일이었다. 며칠 전, 비류연이 계곡에서 하룻밤 자고 돌아왔을 때부터 제자의 낌새가 좀 이상했었다. 징후는 그때부터 있었지만 설마 이런 식으로 일이 터지리라고는 꿈에서조차 상상해 보지 못한 사부였다.

제자라는 놈이, 하나뿐인 유일무이의 제자라는 놈이, 요 며칠 멍하니 하늘만 쳐다보더니 끝내 일을 저지른 것이다. 그동안 아는 건 돈밖에 없는 녀석인 줄 알았었는데 산 속이 갑갑했던 모양이다. 그래도 사부 알기를 쥐뿔로 알고 있던 녀석인 줄 알았는데, 참으로 용의주도하게 사부 노후 대책까지 세워 놓고 간 것이다. 그렇게 하면 사부가 자기를 쫓아가, 다시 잡아들이지 않을 것이라고 생각이라도 한 듯이…….

'가는구나, 가. 이것도 운명이라면 받아들여야겠지. 못된 놈, 나쁜 놈, 싸가지가 바가지 같은 놈, 사부에게 인사 한마디 없이 떠나가다니, 그렇게 가다니…….'

제자를 향한 사부의 욕지거리와 한탄은 겨울 바람에 묻혀 산을 울리지 못하고 조용히 사라졌다. 정월 초, 새로운 해의 시작인 날들 중의 하루였다.

사부가 한탄하며 푸념을 늘어놓을 무렵, 이미 비류연은 중양표국의 표사 일행들과 함께 표행 길에 올라 있었다. 또다시 중양표국, 궁하면 아니 사사건건 중양표국을 부려먹고 우려먹는 비류연이었다. 그렇게 우려먹고도 지치지 않았는지, 아니면 아직 덜 우러난 국물이 남아 있는 것인지 비류연은 또다시 며칠 전 중양표국의 정문을 두드리지도 않고 곧바로 들어갔다. 그의 기별을 듣고 국주 장우양이 즉시 뛰쳐나왔지만, 기별을 전해 온 사람이 예의 그 '노사부님' 이 아닌 것을 보고는 적이 안도의 한숨을 쉬었던 장우양이었다.

　이때 비류연은 지난 5개월 동안 시도 때도 없이 얼굴에 땀띠 나게 쓰고 다니던 인피 면구를 벗고 맨 얼굴을 하고 있었기 때문에 장우양이 그를 알아보지 못한 것이다. 본래의 모습을 하고 있던 비류연의 품에서 한 통의 서찰이 나왔을 때, 순간 장우양은 긴장한 듯 보였지만 편지의 내용을 보고는 큰 안도의 한숨을 내쉬었다. 서찰의 내용이 별 거 아니었기 때문이다.

　이 아이는 나의 애제자인데, 이번 남창행 표행에 같이 데려가 주기를 부탁하네. 물론 저번처럼 표사로서 데려가라는 것이니 임금은 잊지 말게나. 저번보다 특히, 더욱 두둑한 임금을 부탁하네. 그 정도의 가치는 충분할 거야. 엄청 강하다네. 함부로 했다가는 신상에 안 좋은 일이 있을지 모르니 조심하게나.

　　　　　　　　　　　　　　　　　　　　노사부로부터

　약간의 협박을 띤 편지였지만 장우양으로서는 충분히 수용할 수 있을 정도의 수준이었다. 인간은 환경에 적응하는 생물이라고 하지 않던가. 인간의 환경 적응력을 얕보면 큰 코 다치는 수가 있다. 어떤 면에서는 남경충(바퀴벌레)보다 질긴 생명력을 가진 게 바로 인간이라는 생물이다. 그동안의 일들로 인해 장우양의 신경도 상당히 굵고 튼튼해진 듯했다. 덤으로 위장도 함께 튼튼해졌는지 혈색도 좋아 보였다. 장우양으로서는 이번 일은 지난번 두 일에 비하면 일도 아니었다. 폭력과 협박으로 점철되었던 앞의 두 경우와 비교한다면 이번 건은 아무 것도 아닌 가뿐한 일이었다.

오히려 환영 행사라도 하면서 춤이라도 추고 싶은 장우양이었다. 지난번, 표국의 운명을 건 고려 청자와 기타의 고(高) 가치 표물을 남창까지 운반하는 표행을 무사히 끝낼 수 있었던 것은 모두 다 그들, 즉 노사부의 제자들 덕분이었다. 녹림 72채의 산채 두 채를 상대로, 단 16명서 괴멸시킨 그 신위(神威), 만약 그들이 없었더라면 무사히 남창까지 표물을 운반하기는커녕 중간에 몰살당했을지도 모를 일이었다. 그러니, 이번에 또다시 그 노사부님의 제자가 자신의 표행에 따라나서다니, 싫기는커녕 감지덕지한 장우양이었다.

중양표국은 지난번 표행 이후 몇 주일 끙끙거리는 것 같더니만 이제는 정상적으로 활동하고 있는 것 같았다. 부상자들을 치료하고, 부상으로 인한 빈 자리를 다시 채우고 수익과 지출을 정리하느라 표국은 눈코 뜰 새 없이 바빴다. 다행한 일은 부상자가 하급 표사에 국한되어 인원 보충에 큰 지장이 없었다는 사실이었다. 만일 중상급 실력자들 중에 큰 부상자가 나와 빈 자리가 생겼더라면 인원 보충에 힘이 많이 들었을 것이다. 일류 수준의 고수를 표국에 영입하는 것은 쉬운 일이 아니기 때문이다.

사실 지난번 남창행 표행에서 있었던 중양표국과 녹림 산채의 충돌 이후 중양표국의 이름은 더욱 높아져 지원자가 끊임없이 이어지고 있었기 때문에 인원 보충에 대한 걱정은 없었다. 그 중에는 상급으로 분류되는 실력자들도 자주 눈에 띄어 요즘 장우양을 즐겁게 해 주고 있었다. 이러한 중앙표국의 사정에 즈음하여 비류연이 말 대신 편지로 의사를 전한 것은 역시 말보다는 편지가 여러모로 좋았기 때문이다.

말보다는 글의 심리적 신빙성이 한층 더 높았다. 아무리 국주가 노사부의 필체를 모른다고 해도 문제 될 건 없었다. 국주 장우양은 노사부라는 인물의 존재에 대한 심리적인 압박감을 가지고 있었기 때문에 함부로 의심하거나 반항하지 않을 것이다.

비류연이 인피 면구를 쓰고 노사부의 모습으로 나타나지 않은 이유는 귀찮았기 때문이다. 노사부의 모습으로 나서면 중앙표국이 다시 시끄러워지기 때문에 그것이 싫었던 것이다. 만일 장우양이 의심을 품고 믿지 아니한다면 그 다음엔 실력 행사라는 수단이 있었기 때문에 비류연으로서는 아무런 문제도 없었다. 어쨌든 국주 장우양은 이번 일에 대해 별다른 의문을 품지 않았고, 이야기는 거침없이 일사천리로 진행되었다.

며칠 뒤 남창행 표행이 출발했고, 비류연은 일행과 함께 길을 나섰다. 이번 표행에는 국주 장우양도 직접 따라나섰다. 사실 이번 표행의 표물이 국주가 따라나설 만큼 중요한 표물은 아니었다. 하지만 장우양으로서는 상당히 위험천만해 보이는 노사부의 제자가 따라붙는 표행이기도 했거니와 무엇보다 자기 자신도 남창에 볼일이 있었던 탓에 이번 표행을 함께 한 것이다. 남창을 거점으로 하는 중원 십대 표국 중 하나인 대호표국의 국주와 만나기로 약조가 되어 있었기 때문이다. 원래는 약속된 일이 많이 남아 있어 며칠 뒤에나 출발할 예정이었으나, 이번 표행에 비류연이 따라나서는 바람에 급히 예정을 변경할 수밖에 없었다. 혹시라도 있을지 모를 표국 신참자들과 비류연 사이의 문제 발생을 염려했기 때문이다.

중앙표국은 지난번 사건 이후 부상자가 다수 발생하여, 많은 표사들을 새로이 뽑았다. 그럴 수밖에 없었던 것이 너무나 많은 수가 부상을 당해 표국이 제대로 돌아가려면 다른 방법이 없었기 때문이다. 사상자가 없었던 것만 해도 놀라운 기적이었으니 그 이상을 바란다는 건 무리였다.

하지만 좋은 일도 있었다. 너무나 많은 부상자들 때문이기도 했지만, 고려 청자를 무사히 운반한 성과 덕분에 엄청난 양의 돈을 사례로 받아 표국을 증축할 수도 있게 되었다. 녹림 72채 중 둘을 박살낸 표국으로 이름이 더욱 높아져 엄청난 지원자와 수많은 표물 의뢰가 들어온 탓에 표국은 눈코 뜰 새 없이 바빴다.

그런데 새로 들어온 자들은 대부분 중앙표국과 노사부 사이의 일들을 모르는 사람들이었다. 그렇게 때문에 혹여 무슨 일이 생길지는 아무도 모르는 일이었다. 현재 강호에는 호사가의 입과 재담가들의 혀를 통해, 중앙표국에는 엄청난 실력의 고수들이 있어 비밀리에 표물을 수호한다는 이야기까지 나돌고 있는 실정이었지만 강호(江湖)에서 제대로 진실을 아는 자는 극소수였다. 그들 16명도 입을 다물고 있었고 중앙표국 사람들도 모두 입을 다물고 있어, 진실을 정확히 아는 자는 매우 적었다. 때문에 새로 들어온 신참자들에게 진실을 얘기해 줄 마음이 없는 장우양이었다. 노사부와 그의 제자들에게 깨진 이야기는 더욱더 그러했다. 표국 내에도 이에 관해 특명을 내려 모두 입을 봉(封)하도록 했다. 함부로 발설하는 자는 용서치 않고 엄히 다스리겠다는 엄명을 내려 놓은 상황이었다.

　그러니 신참들이 노사부 및 그의 제자와 중앙표국의 미묘한 관계를 알 리 없으니 도중에 무슨 일이 생길지 모른다는 걱정이 들었던 것이다. 아무리 엄명을 내려 놔도 모르는 것이 사람 일이라 장우양이 일정을 앞당겨서까지 이번 표행에 따라나서게 된 이유였다.

　어쨌든 강호에는 중앙표국에 표물을 맡기는 것이 다른 어느 표국보다 안전하다는 이야기만 파다하게 퍼져 있는 실정이었다. 이대로는 중원 십대 표국 중에서 1~2위를 다투는 표국이 되는 것도 시간 문제라는 생각에 요즘 나날이 즐거운 장우양이었다. 그런데 그런 그에게도 이번 표행 길에 오르면서 생긴 걱정거리가 마음을 무겁게 짓누르고 있었다. 바로 그의 아들에 관한 문제였다.

제발 저 녀석을 건드리지 마

장우강은 불만이 많았다. 그것도 아주 많았다.
그 불만은 지금 그의 몸 속에 차곡차곡 쌓이고 축적되어
이제는 폭발하기 일보 직전에서 반 보 더 앞으로인
아주 심각한 상황이었다.

　　그의 불만이 차곡차곡 사이좋게 쌓이기 시작한 것은 사문에서 신
년 휴가를 받아 집에 돌아온 후, 이번 표행에 따라나섰을 때부터였
다. 젊은이들, 특히 혈기왕성한 20대 젊은 층들에게 흔히 있는 일이
지만 머리는 굳어 잘 돌아가지 않는데, 오만과 자만이 똘똘 뭉쳐 빚
어 낸 자존심은 높디높아 자신의 분수를 모르게 된다.
　　자만과 오만의 차이가 뭐냐고 묻는 사람이 간혹 있는데, 해 줄 수
있는 대답은 '한끗 차'라는 것뿐이다. 오만(傲慢)은 태도가 거만한
것을 말하며, 자만(自慢)은 스스로 거만하게 자랑하는 것을 말한다.
그게 그거 아니냐고 묻는 사람들도 있겠지만, 그러니깐 '한끗 차'라
는 이야기다. 그러니 더 이상 그 문제에 대해서 왈가왈부하지 말자.

현재 겁 상실 증세를 앓고 있는 장우강의 경우도, 이 경우에서 크게 벗어나지 않았다. 이 경우는 방금 위에서 설명해서 알고 있겠지만 '겁대가리 상실 증세', 혹자는 '간 비대증'이라고 부르는 불치의 증상이다.

그는 정말 이해할 수 없었다. 자신의 아버지가 스무 살도 채 안 되어 보이는 젖 비린내 풀풀 나는 애송이를 어려워하며 굽실거린다는 사실은 혈기왕성하고 자존심 빵빵한 그에게는 도저히 용납할 수도, 용납될 수도 없는 치욕적인 일이었다. 산 깊은 곳에 위치한 사문 안에 틀어박혀 앉아서도, 자신의 아버지가 경영하고 있는 표국에 대한 소문은 귀가 따갑도록 들은 장우강이었다. 그의 귀에 들리는 소문은 하나같이 대단하고 빛나는, 자랑스럽기 그지없는 것들뿐이었다.

'무적의 표국'이라든가, '숨겨진 고수의 수호'라든가, '녹림 72채 중 2개를 괴멸!', '절대 안전의 표국', '휴지는 쓰레기통에, 표물은 중앙표국에!' 등등 하나같이 그의 귀를 즐겁게 하고 마음을 뿌듯하게 하는 대단하고 놀라운 소문뿐이었다. 이제 곧 중원 십대 표국의 제일(第一)은 중앙표국이 될 것이라는 소리까지 들릴 정도로 소문은 무성하고 왕성했다.

소문이란 으레 부풀려지기 마련이라 세 번을 깎아내리고 들어야 한다지만, 세 번에 걸쳐 축소시키고 들어도 놀라운 일이긴 마찬가지였다. 그런데 세 차례에 걸친 정제도 축소도 없이, 그럴 거야! 라며 곧이곧대로 듣고 믿은 장우강이었으니, 그 자만심이 얼마나 높았겠는가?

소문의 확산과 표국 위상의 신장에 덩달아 장우강 자신의 콧대도 점점 높아져 그의 마음은 어느새 오만과 자만심으로 가득 차 올라갔고 이제는 그 정도가 지나쳐 넘쳐흐를 지경이었다. 새해 원단을 맞이하여 사문의 허락을 받고 청성산을 내려왔을 때만 해도 그의 가슴 속은 여전히 이런 자만심과 오만으로 가득 차 있었다.

장우강, 그는 9대 문파의 한 자리를 당당히 차지하고 있으며, 사천(四川)의 세력을 갈라 먹고 있는 대명문 정파 청성파의 제자였다. 그의 아버지 장우양은 사천(四川)땅 내(內)에서 세력(勢力)을 확장하고 배경을 튼튼히 하기 위해 장우강을 아미파가 아닌, 멀리 떨어진 청성파로 보냈다. 그리고 현재는 현 장문인의 사제인 절원진인을 스승으로 삼아 청성검에 맹진을 거듭하는 중이었다.

그런데 장우강이 정작 집에 도착해 보니 뭔가 크게 잘못되어 어긋나 있는 것 같았다. 이게 아닌데, 라는 느낌이 드는 것은 어쩔 수 없는 본능이었다. 아무리 무시하려고 해도 그런 느낌을 떨쳐 버릴 수가 없었다. 그것은 일종의 예감과도 같은 불안이었다. 더군다나 표행을 따라나서게 되면서 이런 느낌은 점차로 강해질 뿐이었다. 그의 마음을 꺼림칙하게 하는 불유쾌한 느낌, 이건 모두 다 한쪽에서 여유를 부리며 농땡이 치고 있는 표사 한 놈 때문이었다.

놈이 보통 표사가 아닌 것은 확실했다. 그냥 이번 표행을 따라나서 남창까지만 길을 함께 한다는 것은 아버지한테 들어서 알고 있었다. 하지만, 놈에 대해서 말할 때 아버지의 태도가 조심해지는 것은 도무지 그의 자존심이 용납되지 않았다. 아버지가 절대 저놈의 자식에게 무례 따위를 범해서는 안 된다고 말했을 때는 자존심이 폭발 직전이었다. 게다가 표행이 시작된 이래로 표행에 따라나선 놈이 하는 일이란 것이 떼다 만 눈꼽만큼도 없었다. 다른 표사들처럼 걸어가지도 않고, 표물을 지키지도 않고, 잠잘 때 교대로 서는 보초도 서지 않는다. 두 발로 대지를 밟으며 걷지도 않고 남이 끌어 주는 마차에 올라타고 누워서, 유유자적, 빈둥거리며 늘어지게 편히 지내고 있을 뿐 다른 어떤 의미 있는 일도 하진 않았다. 이에 대해서는 신참자들 사이에서도 불평이 대단했다. 엉뚱한 놈 혼자 특별 취급받는 것이 모두들 못마땅했던 것이다.

하나의 표국이 박살나는 것을 본 적이 없는 소박하기 그지없는 그들 눈엔 놈이 특별하게 취급받을 만한 아무런 이유가 없었던 것이다. 그만큼의 지위를 가진 것도, 실력을 보인 것도, 더군다나 의뢰주도 아니었다. 그들, 신참자들과 장우강이 보기에는 놈은 그저 단순한 애송이 표사 한 놈일 뿐이었다. 그런데도 아버지를 비롯한 다른 표두들과 고참 표사들은 한 마디 질타나 훈계도 하지 않고 있었다. 놈에 대해서만은 모두들 약속이나 한 듯 신경을 끄고 있는 것이었다. 오히려 모두들 놈 앞에서는 몸조심하는 기색이 역력했다.

이상 기류가 표행 전체에 흐르고 있는 것을 장우강은 민감하게 느낄 수 있었다. 그리고, 그 이상 기류의 중심에 애송이 자식이 버티고 있었다. 정말 놈이 마음에 들지 않았다. 아무 것도 하지 않고 빈둥거리는 놈, 그런데도 대우는 최고급이었다. 항상 아버지인 국주 장우양과 마주 앉아 식사를 했고, 식단과 음식의 질은 항상 최고급이었다.

절대로 건드리지 말라고 했지만 장우강은 용납할 수 없었다. 중양 표국을 무슨 심부름꾼 내지는 봉으로 생각하는 것 같은 놈의 태도가 영 마음에 들지 않았기 때문이다. 그리고, 대 청성의 제자인 자신이 저 새파랗게 젊은 놈보다 뒤진다는 것은 있을 수 없는 일이라고 생각했다. 비록 실력이 부족하여—자신은 운이 부족했기 때문이라고 주장하지만—천무학관에 시험을 보아 다섯 번 낙방한 뒤 입관의 꿈을 접긴 했지만 그래도 청성의 비기를 꾸준히 몸에 익힌 존재가 아닌가. 그런 자신이, 이름도 없는 애송이한테 진다고는 상상조차 할 수 없었다. 지금 장우강은 언젠가 제대로 본때를 보여 주겠다며 때를 벼르고 있는 중이었다.

장우강의 두 눈이, 짙은 불만과 살기를 가득 담은 채 한쪽 편에서 발랑 누워 있는 자식을 향했다. 독오른 살모사 같은 시선으로 씹어먹을 듯 유유자적하고 있는 놈팡이를 쏘아보았다. 바위도 뚫을 듯한 안광, 금방이라도 놈을 덮칠 듯한 매서운 기세였다.

그런 그를 뒤에서 걱정스럽게 바라보는 사람이 있었다. 바로 중앙표국 총표두의 동생이며 부총표두를 맡고 있는 섬연창 등여호였다. 언제 터질지 모르는 폭탄처럼 몸을 비틀고 있는 장우강을 바라보는 그의 눈길은 걱정과 조바심으로 가득 차 있었다. 등여호는 장우강의 등 뒤에서 조심스럽게 그의 소국주를 불러 보았다.

"공자?"

"왜요?"

핏발선 눈을 부라리며 홱 돌아보는 장우강이었다. 아무리 장우강이 국주 장우양의 아들이라고는 하지만, 표국 내에서 특별한 지위를 맡고 있지 않은 이상, 출생 시에 얻은 신분의 위치를 가지고 표국 내에서 상직을 맡고 있는 부총표두 등여호에게 이렇듯 버릇없이 굴 수는 없는 일이었다. 섬연창 등여호, 그는 중앙표국의 표사들, 거의 대부분을 실무적으로 담당하는 부총표두의 직위에 있는 사람이었다. 현재 그의 형 쾌창 등여운은 국주 대행으로 사천성 중앙표국에 남아 있었다. 국주가 표국에 부재 시에는 표국의 운영을 대신 맡아 줄 사람이 필요하다는 이유 때문이었다. 그래서, 총표두인 형은 표국 내에 남고 동생인 그가 이번 표행에 동행한 것이었다. 그러므로 아무리 국주의 아들이라고 해도 함부로 대해서는 안 되는 사람인 것이다. 이로 미루어 짐작해 본다면 장우강은, 예의라는 단어의 습득이 매우 부족한 무례한 녀석이라는 결론을 쉽게 낼 수 있다.

"좀 참으십시오."

"뭘요?"

연장자인 윗사람이 마음을 자중하라며 자상히 충고하는 데 이런 시건방진 대답을 하다니, 예의범절(禮儀凡節)의 4자(四字) 학습이 부족해도 한참 부족한 녀석이 틀림없었다. 표국에서 장우강이 그보다 상관이 아닌 다음에는—소국주란 실질적인 직위가 아니다. 단지 형식적인 칭호일 뿐이다.—최소한의 예의(禮義)는 지켜 주어야 하는 것이 바로 도리(道理)라는 것이다. 아무리 국주의 아들이라고 해도 이것에는 변함이 없었다. 그나마 장우강을 어릴 적부터 지켜 본 등여호였기에 이 정도의 무례도 그냥 넘어간 것이다. 등여호는 마음 속으로 참을 인(忍) 자를 서너 번 쓰며, 장우강에게 말했다.

"그 기세 등등하고 살기 왕성한 눈빛 말입니다. 좀 자제를 해 주세요."

"왜 내가 그래야 되죠? 내가 저런 애송이한테 굽실거려야 되겠어요?"

"하지만, 공자! 모두들 불안해하고 있습니다. 현재 표행의 분위기가 일촉즉발의 상태로 변할 지도 모릅니다. 모르시겠습니까? 소공자께서 참으십시오. 표사들도 불안해하고 있습니다."

"내가 왜 그들의 기분을 고려해야 되나요?"

"앞으로 표국의 위에 설 사람으로서의 당연한 자세입니다."

당연한 등여호의 말이었지만 장우강은 승복하려 하지 않았다.

"마음에 안 듭니다, 안 들어요. 왜 표국 사람들이 전부 저따위 놈팡이 놈에게 굽실거리는 거죠? 왜 저따위 놈을 어려워하는 거냐구요? 그 노사부란 작자가 도대체 누구 길래… 읍!"

순간, 등여호가 다급히 장우강의 입을 막았다.

"언행에 신중을 기하십시오. 큰일날까 두렵습니다."

소국주의 자숙을 구하는 말이었다.

"읍… 우움… 읍브브……."

"함부로 큰소리 내지 마십시오. 큰일납니다. 세상엔 해서는 안 될 말도 있는 법입니다."

등여호는 조심스러운 눈빛으로 장우강을 바라보며 더욱 강하게 장우강의 입을 틀어막았다. 마음을 다스릴 시간을 주자는 의미에서 한 행동이었다.

"…………"

"………"

"……"

"…"

장우강의 얼굴 색이 점점 시뻘개져 갔다. 하지만 더욱 시간이 지남에 따라 붉으락푸르락 하던 얼굴에는 이제 푸른 기운마저 띠려고 하고 있었다.

"아차!"

그제야 자신의 솥뚜껑 만한 손이 장우강의 입과 코를 동시에 틀어막고 있다는 것을 눈치 챈 등여호가 황급히 손을 땠다.

"푸화, 헥헥헥. 수… 숨막혀 죽을 뻔했네. 도, 도대체 그 사람이 누구기에 모두들 벌벌 떠는 겁니까? 헥헥헥."

참았던 숨을 단숨에 뱉으면서 따지듯 장우강이 물었다. 다행히 질식사란 사인(死因)에 의해 꼴사납게 죽지는 않았으므로 등여호의 행동은 살인 미수로 그쳤다.

"그냥요."

"에?"

등여호는 예전의 중앙표국 난입 사건 때 노사부로 분장한 비류연을 상대로 형 등여운과 함께 합공을 했다가 목덜미를 수도로 얻어맞고 정신을 잃은 화려한 전적이 있었다. 화려한 전적 뒤에는, 그 대가로 얻는 교훈과 늘어나는 경험치가 있는 법이다. 그때 이후로 등여호의 마음 속 깊은 곳에는 노사부에 대한 두려움과 약간의 경외심이 싹트고 있었다. 또한 표국과 노사부 사이의 관계도 함부로 발설할 수 없는 입장이었다. 절대 아들에게 말하지 말라는 국주의 명이 있었기 때문이다. 아버지의 부끄러운 부분을, 그의 치부(恥部)를 아들에게 알리고 싶지 않다는 아버지의 마음에서 비롯된 일이었다. 하지만 아비의 타는 속도 모르고 아들 녀석은 알량한 자존심을 굽힐 생각도 하지 않고 있었다. 옆에서 지켜보는 등영호로서는 답답한 노릇이 아닐 수 없었다.

"고작 그 따위 싱거운 이유 때문에, 내가 저따위 놈팡이 놈에게 예의를 차려야 한다는 말입니까? 말씀을 해 보세요!'

'모두 표국의 안전을 걱정하기 때문이다. 나아가서는 네 녀석의 목숨을!'

하지만 차마 마음 속의 진심을 그대로 표현할 수는 없었다. 등여호는 침묵할 수밖에 없었고, 둘의 대화는 이내 소강 상태로 접어들었다. 아무런 진전이나 소득도 없는 대화였다.

부총표두 등여호는 지난번 고려 청자 표행 때 함께 동행했었다. 표국 최고의 실력자가 그처럼 중요한 표행에 빠졌을 리가 없다. 그때 그는 노사부의 제자에게 목숨을 구함 받은 바가 있었다. 시커멓게 쏟아져 들어오는 산적 떼의 무리들, 정면으로 맞서 그들을 저지한 16명. 하지만 철벽같은 16명의 저지선에도 수적인 열세라는 약점이 있었다. 소수로 구성된 그들의 저지선을 우회해서 쳐들어 오는 적들에 맞서 그는 형인 쾌창 등여운과 함께 맨 선두에서 나가 싸웠다. 실력자는 그에 합당한 장소에서 그 보수와 가치에 어울리는 실력을 발휘해야 하는 것이다. 그것은 당연한 책임과 의무였다.

하지만 그들의 실력으로서는 오래도록 개떼처럼 몰려오는 인해(人海)의 파도에 맞서기는 역부족이었다. 적들과 맞서 싸우다 지칠 대로 지친 자신이, 일생 일대의 실수로 손에 쥐었던 창을 놓치고 절대 절명의 상황에 빠져 죽음을 기다릴 때, 한 개의 돌이 날아와 그를 살렸다. 등여호는 그의 이름을 끝내 몰랐지만 그것은 바로 당철영이 던진 돌이었다. 그 돌은 자신에게 죽음을 선사하기 위해 무식해 보이는 거도(巨刀)를 내리치던 산적 놈의 단전을 뚫고 날아갔다.

물론 산적 놈은 외마디 비명과 함께 쓰러졌고, 자신은 다시 창을 잡고 일어설 수 있었던 것이다. 구사일생이요, 그로서는 생명의 빚을 진 사건이었다. 그렇게 생사(生死)의 기로에서 아슬아슬한 묘기를 부리며 그들의 실력을 직접 경험해 본 등여호였다.

건방지긴 하지만 저기 벌랑 누워 있는 사람 역시 노사부님의 제자였다. 그러니 소국주가 결단내겠다고 씩씩거리는 상황을 걱정하지 않을 수 없었다. 더군다나 자신의 애제자라고 하지 않던가. 그와 싸워 결과가 어떤 방식으로 나타날 지 상상하는 것은 그리 어려운 일이 아니었다. 그래서 등여호는 공자를 극구 말릴 수밖에 없었다. 아니 말려야만 했다. 또다시 예전의 악몽을 재현할 수는 없었다.

하지만 20대의 끓어오르는 혈기를 다스리기엔 40대 후반이란 나이의 짐이 너무 무거웠다. 20대의 혈기를 잠재우기에 연륜이란 이름의 검과 나이라는 이름의 방패는 이빨 빠진 호랑이나 다름없는 녹슨 골동품이었다. 등여호의 노력은 부질없는 몸부림으로 끝나 버렸고, 장우강은 여전히 오만과 자만에서 비롯된 쓸데없는 적의를 불태우며 악의에 찬 눈빛으로 계속해서 비류연을 노려보았다.

섬연창 등여호는 조심스럽게 허리에 차고 있던 푸른색 보자기를 풀고, 그 안에 들어 있던 조그만 환약 한 알을 입으로 가져가 조심스럽게 씹어 삼켰다. 가슴을 쓸어 내리면서…… . 단약의 이름은 '황가 비전(黃家秘傳) 황가 위장약(黃家胃腸藥)' 속 다스림 솜씨가 사천 제일이며 현재는 국주 장우양의 단골 주치의가 된 황가 의원 황 의원에게 부탁해서 특별히 주문한 환약이었다.

지금은 음흉한 계획중

사색(思索)이란, 사물의 이치를 쫓아 파고들어
깊이 생각하는 일체의 정신적인 활동을 말한다.
요즘 들어 비류연은 사색에 잠겨 있는 시간이 많아졌다.

무엇을 그리 골똘히 생각하고 있는 지는 주변 사람들로서도 알 수
없었다. 그래서 왠지 불안했지만, 아무도 나서서 건드리지 않았기 때
문에 비류연은 조용히 생각이라는 이름의 호수에 깊숙이 잠겨 있을
수 있었다.

최근 들어 비류연의 머리 속을 지배하고 있는 생각은 오직 하나뿐
이었다. 그건 바로 제자가 없으니 지루하고, 심심하고, 피곤하다는 사
실이었다. 밥을 지어 줄 제자도, 일을 대신 해 줄 제자도, 돈을 벌어
줄 제자도, 수발 들어 줄 제자도, 아무도 없다는 사실이 못내 아쉬운
비류연이었다. 그럴수록 얼마 전 떠나 보낸 16명의 제자들이 못내 그
리웠다. 그들과 함께 하는 동안, 비류연은 정말 편안하고 안락한 생활

을 영위했었다. 그 대신에 밥 지어 주고, 일해 주고, 청소해 주고, 빨래해 주고, 돈도 벌어 주고……. 그동안 자신이 얼마나 편했었던가.

그의 안락하고 편안했던 생활은 모두 16명의 제자들 덕택이었다. 그렇기 때문에 지금 그가 생각하고 있는 지상 명제는 단 하나, '어디서 쓸 만한 제자를 한 명 구해야 되겠는데!'라는 것이다. 비류연은 어떤 제자를 어떻게, 무슨 수를 써서 구할까 요즘 한창 고민중이었는데, 한 가지 사실이 그를 아주 불쾌하게 만들고 있었다. 그 불쾌감은 생각이라는 이름의 고요한 심연의 호수에, 짜증이라는 이름의 돌을 던져 고요하던 수면에 거친 파도를 만들어 내고 있었다. 이 '열 받음'이라는 이름의 파도가 그를 사색의 호수 안에서 현실의 호숫가로 끄집어 올리고 있었다.

그것은 그의 심기를 현저하게 괴롭혀서 심한 왕짜증까지 나게 했다. 바로 반대편에서 자신을 씹어먹을 듯이 살기 등등하게 노려보고 있는 한 놈 때문이었다. 듣기로는 중앙표국의 국주 십팔검 장우양의 외아들 장우강으로, 현재 26세라고 하는데 정말 십팔놈이었다. 물론 언어를 순화해서 적었기에 십팔 놈이지 사실 씨팔놈이었다.

여기서 잠깐!

사람들은 종종 열불 받아 욕지거리를 사용할 때 용법의 오류를 자주 범한다. 욕도 아무렇게나 쓰면 안 되는 것이다. 그 중 가장 애용되는 욕인 '십팔놈'이 있다. 물론 언어로 이것이 나올 땐 '십팔(十八)놈'이 아니다. 강한 억양이 첨가되어 '씹팔놈'으로 변화하게 된다. 하지만 이것은 고쳐져야 마땅할 틀린 용례이다. 있지도 않은 씹(삐-)을 어떻게 판단 말인가. 씹(삐-)이란 여성의 비밀스런 음부를 나타내는 은어이자 비속어로 여자에겐 달려 있지만 사내에겐 달려 있지 않은 신체 중요 기관이다.

　사내일 경우는 '씨팔놈'을 사용하는데 여기서 씨란 씨앗의 준말로 임신의 양대 요소 중 하나인 정자(精子)를 가리키는 것이며, 팔은 팔다, 또는 매매(賣買)의 의미를 지닌 말이다. 즉 '씨팔놈'이란 종마(種馬 : 우수 품종마의 번식을 위해 쓰이는 숫말)처럼 씨나 파는 놈〔씨매매자(氏賣買者)〕, 혹은 여성용 남창(男娼)이란 뜻을 가진 비속어이다. '씹(삐-)팔년'은 말 그대로 씹(삐-)이나 파는 잡년(삐-)이란 뜻을 지닌 말로 몸을 팔아 돈을 버는 직종에 종사하는 여자, 즉 창녀(娼女)를 가리키는 아주 좋지 않은 말이다. 여기에 씨받이는 들어가지 않으니 주의하여 혼동하지 않도록 하자.

　그러므로 이 비속어의 올바른 용례는 욕할 상대가 남자일 경우 씨팔놈, 여성일 경우 씹팔년이라 할 수 있겠다. 욕이나 은어, 혹은 비속어라 해서 함부로 쓸 수 있는 언어란 이 세상에 없다. 이 점을 명심하도록 하자. 물론 여성에게 삡-팔년이란 모욕적인 언사(言事)를 감히 쓰는 남자가 있다면 그 놈은 진정한 삐-팔놈이라 할 수 있겠다.

　어쨌든 그 씨앗이나 팔 저놈의 장우강 자식이 만날 때부터 첫 인상이 안 좋았는지, 아니면 뭐가 그리 불만인지 표행 내내, 자신을 잡아먹을 듯이 노려보는 것이었다. 자신을 마치 '원수'로 여기는 듯한 악의와 적의에 가득 찬 눈동자는 그렇지 않아도 복잡한 신경 가장자리를 바가지 긁듯 긁어 대고 있었다. 그러니 어찌 불쾌해 지지 않을 수 있겠는가.

　손을 좀 봐 줄까, 아니면 그 누구처럼 몇 번 만져 줄까? 라는 생각도

해 보지 않은 게 아니다. 하지만 일단은 눌러 참았다. 털이 나도 양심은 양심이라는 아름다운(?) 사상을 가지고 있는 비류연에게 있어서 이 일은 좀 꺼림칙한 일이었다. 그래서 평소에는 잘 하지 않는 자제라는 것을 도를 닦는 기분으로 한때 행해 보기도 했다. 하지만 역시 한때는 말 그대로 한때, 한 순간일 따름이었다.

처음에는 중양표국을 우려먹고, 부려먹고 있는 처지라 '참아도 줄까?'라고 생각했지만 역시 비류연의 마음은 그리 넓은 편이 되지 못했다. '가슴 작은 여자는 용서해도 허리 굵은 여자는 용서 못 한다.'는 투철한 신념을 갖고 있는 비류연이었다. 앗, 아니군! 방금 제기된 예시는 잘못된 것이고 다시 하자면 '면도하는 관운장은 용납할 수 있어도, 자신의 눈에 거슬리는 것들은 용납될 수 없다.'라는 신념으로 행동해 오던 비류연이었다. 그렇다고 대놓고 혼을 내기에는 주위의 시선도 있고 해서 조금 망설여지기도 했다. 좋게 말하면 신세지는 거고 나쁘게 말하면, 아니 사실대로 말하면 우려먹고, 부려먹고 있는 사람은 바로 자신이 아닌가.

그래서 지금 그가 생각하고 있는 것이 '급구! 구인 제자' 이외에, 어떻게 저놈을 골려 주고, 혼을 내 주어야, "참 잘했어요!"라는 소리를 들을 수 있을까?라는 심도 깊고 난해한 고민이었다. 그런데, 역시 '하늘은 스스로 돕는 자를 돕는다.'라는 격언이 조금도 틀리지 않을 일이 며칠 뒤 벌어지고 말았다.

며칠을 고민하던 비류연은 아주 기발하고 뛰어난 몇 가지 방법을 떠올렸다. 물론 이런 생각—옛 격언의 진실성 증명—은 비류연 혼자의 생각이었을 뿐이지, 다른 사람들까지 동감한 것은 아니었다. 작전

명 '두 마리 토끼!' 벌써 자신이 세운 작전에 이름까지 붙여 놓은 비류연이었다. 다시 한 번 검토해 봐도 아주 흡족한 계책이었다. 이제 상황에 따라 적절한 것을 골라서, 상황에 따른 변수를 대입한 다음 상황에 적용시키기만 하면 만사 완료였다. 계략—이건 책략보다 계략이라 불러야 마땅하다—을 단수가 아닌 복수로 생각한 것이 바로 비류연의 무서운 점이었다. 계략과 책략이 서로 다른 점은, 계략은 크고 깊은 꾀, 계책(計策)과 모략(謀略)을 한데 묶은 의미를 가진 말로 모략(謀略)의 의미가 내포되어 있다는 점이다.

한 가지만 생각하지 않고, 상황과 그에 따른 변수를 상정하여 여러 가지를 생각했다는 점이 바로 비류연의 치밀하고 용의주도한 점이었다. 만약 한 가지 계획을 세워 놓았을 때 그 계획을 실행시킬 수 있는 환경이나 상황이 조성되지 않는다면 어떻게 하겠는가? 그대로 분루를 삼키며 포기할 것인가? 그럴 수는 없을 것이다. 겨우겨우 짜 놓은 계획의 실패 여부에 따라 분루 따위를 삼키는 한심한 취미 따위는 비류연에게 없었다. 그의 계획은 오로지 성공만을 위해 상정된 것들이었고, 예외(例外)란 용납될 수 없었다. 그렇기 때문에 여러 가지 상황과 그에 따른 변수를 가정하여 그에 맞는 각각의 작전들을 세워 두는 것이다.

만일 하나가 잘못되어도 또 다른 하나들이 있기 때문이다. 상황에 맞추어 골라서 사용하면 되는 것이다. 뛰어난 책략가는 여러 가지 상황에 따른 대응책을 준비해야 하는 법이다. 일어날 수 있는 가능성과 같은 수의 책략을 세워 두어야 비로소 우수한 책략가라 할 수 있는 것이다. 물론 일어날 가지 수를 최소한으로 조정하고 조작하는 것이야말로 책사의 진정한 능력이라 할 수 있다. 이런 면에서 볼 때, 비류연이 괜히 예전에 천재(天災)라 불렸던 것이 아니다. 다 이유와 근거가 있기 때문이었다.

"크흐흐흐……."

흐뭇한 미소를 지으며 비류연은 때를 기다리기로 했다. 아직 배우가 모두 모이지 않아 무대가 제대로 갖추어지지 않았기 때문이다. 이런 일을 획책함에 있어서 초조함은 절대 금물이다. 연극은 배우가 모여야 시작되는 법, 지금 그가 해야 할 일은, 때를 기다리며 상황에 따라 공연할 작품을 정하고, 그 작품에 맞는 배역을 맡아 줄 명배우를 물색하고 고르는 일이었다. 유쾌한 기분이 된 비류연은, 뒤통수를 간지럽히는 불쾌한 시선에 아랑곳하지 않고, 대(大)자로 벌렁 누워 푸른 하늘을 바라보았다. 끝을 알 수 없는 푸른 하늘을 바라보자니 막힌 곳이 시원하게 뻥 뚫린 듯한 느낌이 들었다. 한없이 높아 보이는 창공(蒼空)은 맑고 깨끗하기만 했다.

하늘을 바라보며, 그 푸른빛에 취해 간만에 느끼는 느긋하고 평온한 기분 속으로 녹아 들어갔다. 구름 한 점 없는 겨울의 창공(蒼空), 어두운 회색 빛을 벗고 푸른빛을 되찾은 맑고 높은 하늘은 끝을 향해 한없이 높게 날개 짓하며 날아 올라가는 푸른 새처럼 아름다웠다.

불꽃의 도객(刀客), 염도

표행은 길을 재촉하며 남창(南昌)까지의 거리를 계속해서
줄여 나가고 있는 중이었다.
해는 이제 땅끝 지평선 중간에 걸린 채 붉은 석양을 짙게 뿌리며 밤
의 어둠을 예고하고 있었다.
이제 곧 밤의 장막이 무대를 덮을 예정인 모양이다.
곧 검은 비단의 장막이 내려져 어둠이 찾아 들었다.
내려쳐진 흑의 비단은 그들에게 쉬어 갈 것을 요구하고 있었다.

인간이 자연의 거대한 힘을 거스를 용기를 가지기 전에는 인간은
그녀의 말을 얌전히 듣는 수밖에 없었다. 많은 수의 무리를 이끌고
있다면 더더욱 그러했다. 오늘의 종착지는 호남성(湖南省) 외곽에 위
치한 마을인 주주(株州 : 주저우)였다. 중간급 규모의 번화한 도시로,
동정호에 접해 있는 대도시, 장사(長沙) 조금 아래에 위치한 마을이
었다. 여기서 조금만 더 길을 가면 남창(南昌)이 있는 강서성(江西省)
의 경계가 나온다. 주주(株州 : 주저우)는 호남성(湖南省)과 강서성(江
西省)의 경계 부근에 위치한 마을이었다.

"워워, 모두 정지. 오늘은 이곳에서 쉬어 가도록 한다."

장우양이 한 객점 앞에서 말을 멈춰 세우고 모두에게 말했다. 객점

의 이름은 '화운루'. 식사와 숙식이 함께 제공되는 곳으로 상당히 큰 규모의 숙박 업소였다. 일련의 무리가 객점 앞에 멈추어 선 것을 보고, 문 앞을 지키던 15살 가량 보이는 꼬마 점소이가 안으로 기별을 전하러 쪼르르 달려갔다. 잠시 후, 상당히 화려한 문양의 푸른 비단 옷을 맞춰 입고, 얼굴에는 알맞게 살집이 오른 통통한 아저씨가 서둘러 걸어나왔다. 40대 후반 정도로 보이는 사람이었다. 복식으로 보나 생김새로 보나, 편견이라고 할 수도 있지만 참으로 객점 주인에 잘 어울리는 모습이었다. 아마도 이 화운루의 주인인 듯 보였다.

"아, 이런. 장 국주님, 잘 오셨습니다. 참으로 오랜만에 들리시는군요."

"나 대인, 오랜만입니다. 기별은 받으셨겠지요?"

"예, 물론입니다. 귀 표국에서 보내 온 연락은 잘 받았습니다. 60인 분의 식사와 60인 분의 잠자리를 확실히 준비해 두었습니다. 그리고 2번 창고도 완전히 비워 두었습니다."

화운루의 주인인 나 대인이 대답했다. 그리고는 싱글벙글 웃으며 말을 이었다.

"오늘따라 손님들이 저희 객점을 많이 찾으시더군요. 60석을 남기기 위해 몇 분은 돌려보내야 했습니다."

"감사하오."

장우양이 고개를 끄덕이며 만족스러운 표시를 해 보였다. 표국이 표물을 운반하며 길을 가다 보면 자주 지나가는 길과 마을이 있는 법이다. 쉬기 위해 들른 마을이니 단골 객점의 존재도 있었다. 어느 한 곳의 객점을 단골로 삼아 서로 계약을 하고 그 마을을 들를 때는 정해 놓은 객점에서 짐을 풀고 휴식을 취했다. 그렇게 하면 대우도 훨씬 좋은 것은 물론 훨씬 싼 가격으로 객점을 이용할 수 있다. 표행은 상당수의 인원이 한꺼번에 몰려다니므로 단골 객점의 규모는 자연 클 수밖에 없다.

번화한 도시에서 60인 이상의 숙식을 한꺼번에 해결한다는 것은 쉬운 일이 아니었다. 객점들의 방이 모두 차 있거나 그 수가 모자랄지도 모르기 때문이다. 더군다나 방이 모자란다고 해서, 함부로 인원을 분산시켜 숙식을 해결할 수도 없었다. 인원이 분산된다는 것은 그만큼 경비가 허술해 진다는 것을 뜻하며 표물의 위험도가 더 높아진다는 것을 의미이기 때문이다. 그렇기 때문에 하나의 특정 객점을 정해 그곳과 계약을 맺고 거래를 한다. 여기 화운루도 그런 곳 중의 하나였다.

물론 언제 묵게 될지는 주인이 신이 아닌 다음에야 모르는 일이므로, 번화한 도시에 만들어 놓은 연락소나 심어 놓은 연락책, 혹은 정보원을 통해 먼저 기별을 보내 약속을 잡는다. 이것이 매우 발달된 표국에서는 서로 전서구를 이용하기도 한다고 한다. 중앙표국에서 쓰고 있는 방법은 선발대나 연락책을 통해 기별을 보내는 방법이었다.

"좋다. 표물은 제2번 창고로! 교대로 서는 보초 3명 이외에는 모두들 식당으로 가서 저녁을 먹고 휴식을 취하도록!"

"예."

표사 전원이 우렁차게 대답했다. 표사들이란, 마을 한가운데서의 우렁찬 대답은 주변에 민폐를 끼치는 행동이라는 사실을 자각하지 못하는 집단인가 보다. 국주 장우양의 명령(命令)에 따라 표국 사람들이 분주히 움직이기 시작했다. 짐을 2번 창고로 옮기고, 말은 풀어서 마구간에 맡겨 휴식을 취하도록 했다. 그리고 정한 순번에 따라 보초를 세웠다.

남들이 열심히, 부지런히 몸을 움직이며 노동을 하고 있을 때, 비류연은 장우양 함께 먼저 식당 안으로 들어가서 자리를 잡고 맛있는 저녁 식사를 기다리는 중이었다. 비류연은 여전히 일이라고는 눈곱만큼도 하지 않았다.

사람이 가장 붐비는 저녁 시간대. 이때쯤이면 항상 활기차고 시끌벅적해야 할 객점 안은 지금 그럴 상황이 아니었다. 어울리지 않는 무거운 침묵의 공기가 객점 전체를 누르고 있었다. 100명 이상의 사람들이 꽉 들어차 있는 객점, 그러나 이상하리 만치 조용했다. 모두들 침묵으로 일관하거나, 속삭이는 듯한 귓속말로 의사를 전하고 있었다. 끊어질 듯 팽팽하게 조인 현처럼, 터질 듯한 공기가 사람들을 숨막히게 했다. 이 모든 현상은 단 한 명의 존재에 의해 비롯된 것이었다. 사내의 존재가 가장 소란스럽고 활기차야 할 이 시간에 고요와 정숙, 그리고 침묵을 한아름 안겨 주고 있었다.

이 객점의 2층은 가운데가 빈 사각형 모양으로, 난간이 달려 있는 빈 공간을 통해 1층을 내려다 볼 수 있는 구조로 되어 있었다. 특이하게도 화운루는 3층도 2층과 똑같은 모습이었다. 비류연은 1층 창가에 앉아 음식을 기다리고 있었는데 그 사내도 1층에서 자리를 잡고 음식을 들고 있었다. 그가 자리한 위치는 객잔 1층에서도 거의 중앙에 해당하는 곳이었다. 비류연도 장우양과 함께 물끄러미 그 사내를 바라보고 있었다.

　나이는 40대 중반 정도로 매우 특이한 모습을 한 사내였다. 타오르는 듯한 불꽃같은 머리카락, 짙은 석양 같은 눈썹, 그리고 거칠게 자라난 붉은 수염. 거기에다가 붉은 적단으로 옷을 해 입었고 허리에 차고 있는 특이한 양식의 손잡이를 한 도(刀)를 꽂아 두는 도집까지도 한결같이 붉은색 일색의 사내였다. 두 눈동자 이외에는 온통 붉은색 일색인 이 사내는 타오르는 불꽃을 연상시킬 정도로 온몸이 붉었다. 인산인해(人山人海), 사람이 붐비기로 유명한 북경 시장 한가운데에 던져 놓아도 단번에 알아볼 수 있을 정도로 특이하기 짝이 없는 용모였다.

　붉은색으로 휘감은 당당한 풍채에서는 다른 사람을 압도하는 강한 기운이 물씬 풍겨져 나오고 있어서 위엄을 더해 주고 있었다. 고수로서의 품격이 느껴진다는 것은 이런 것을 두고 하는 말일 것이다. 그만큼 그가 주는 위압감과 존재감은 실로 대단한 것이었다.

　그런 그를 비류연은 재미있다는 눈빛으로 쳐다보고 있었고, 그의 반대편에 앉아 있는 장우양은 갈등으로 인한 심각한 고민에 빠진 눈으로 바라보았다. 장우양은 사내가 누군지 알고 있었다. 그 정도의 특이하고 개성 넘치는 모습을 한 고수를 모른다는 것은 말이 되지 않았다. 그의 특색 있는 붉은 머리카락과 붉은 눈썹, 그리고 붉은 수염은 그가 어떤 무공을 거의 극성에 다다르도록 연성했다는 사실을 말해 주고 있는 증표였다. 그래서 장우양뿐만이 아니라 객점 안에 있는 중앙표국의 표사를 포함한 거의 모든 사람들이 그 사내를 알고 있었다. 그렇기 때문에 지금의 이 무겁고 답답한 침묵이 가능한 것이었다.

그는 강호에서 가장 유명한 다섯 명의 도객 중 한 명이었다. 진홍색 불꽃의 칼날, 사천 제일의 도객(刀客)이라 칭해지는 그를 모른다는 것은 장우양에게 있을 수 없는 일이었다. 그를 제대로 모르는 사람은 이곳에서 아마도 비류연 하나뿐일 것이다. 지금 장우양이 심각하게 고민하고 있는 문제는 저 사내에게 가서 인사를 해야 되나 말아야 되나 하는 것이었다. 보통 때라면 냉큼 다가가서 냅다 인사를 했을 것이다.

하지만, 오늘은 상황이 그리 좋아 보이지 않았다. 그는 심사가 뒤틀려 있는지 원래 험악한 인상을 더욱 험악하게 찡그린 채 위압감마저 물씬 풍기면서 앉아 있었다. 마치 건들면 뺑하고 티질 것 같은 위태위태한 분위기를 만들어 내는 그의 기운에 모두들 압도당해 객점 안의 사람들은 찍소리도 못 하고 불안감에 좁아진 마음을 감싸쥐며 묵묵히 앉아만 있어야 했다.

그렇기 때문에 장우양은 안절부절하고 있는 것이었다. 강호에서는 성질이 좋지 못하다고 널리 알려진 사내였기에 괜히 말을 걸었다가 무슨 봉변을 당할지 모르는 일이었다. 화풀이를 한답시고 시비를 걸어올지도 모르는 일이 아닌가. 그렇다고 해서 인사를 안 하자니 나중에 그 일을 걸고 넘어 질지도 모르는 일이라 장우양은 이래저래 기회만 보고 있는 중이었다.

그 사내와 그를 어려워하는 장우양을 번갈아 물끄러미 바라보는 비류연의 눈동자가 문득 장난스럽게 빛을 발하기 시작했다. 동시에 그의 얼굴에서는 날아갈 듯 싱싱하고 탄력 있는 생기가 가득 차오르기 시작했다. 주변의 분위기에는 티끌 만한 영향도 받지 않는다는 모습이었다. 역시 '긴장' 과 '심각' 이라는 감정과는 담을 쌓은 비류연이었다. 무엇이 그리 기쁜지는 모르지만, 비류연이 싱글벙글 미소를 띠며 튕기듯 자리에서 일어났다.

"아니, 비공자. 갑자기 무슨 일로?"

갑자기 자리를 박차고 일어난 비류연의 느닷없는 행동에 깜짝 놀란 장우양이 의아하다는 눈빛으로 물었다.

"아, 저요? 잠깐 화장실이 급해서요."

씨익, 가벼운 미소를 지어 보이며 비류연이 말했다. 난데없는 화장실 타령과 함께 비류연은 자리에서 일어나 객점 문 밖으로 사라졌다. 장우양의 눈에는 그가 마치 어둠 속으로 녹아드는 것만 같이 보였다.

중양표국의 소국주이자 대(大) 청성검파의 촉망받는 인재인 장우강이 볼 일을 보고, 부총표두인 등여호와 함께 식당 안으로 들어왔을 때, 식당 안에는 빈 자리가 하나도 없었다. 부총표두 섬연창 등여호가 주주(株州) 제일 객점, 화운루의 주인인 나 대인과 숙박비에 대한 타협을 막 끝내고 돌아서려 할 때, 뒤쪽에서 볼 일을 보고 돌아오던 장우강과 마주쳐 같이 식당 안으로 들어서게 되었던 것이다.

그런데, 문제가 생겼다. 두 사람이 막 식당 안으로 들어서고 보니 자리는 모두 만원 사례, 그들이 앉을 자리는 하나도 없었던 것이다. 하지만 자리가 하나도 없을 만큼 사람들이 꽉 들어차 있는 식당 안이 이상할 정도로 조용한 것은 아무리 생각해 봐도 이상한 일이었다. 그렇다고 주인인 나 대인이 실수한 것은 아니었다. 화운루의 주인인 나 대인은 중양표국의 연락원에게 예약 받은 대로 정확하게 60석을 남겨 두었다. 중앙표국이 쓸 탁자는 4인용의 원형 탁자 15개, 셈을 해 보면 정확히 60석이었다.

그렇다면 왜 자리가 부족한가? 그 주범은 바로 장우양과 비류연이었다. 이 두 사람이 하나의 탁자를 차지하고 식사를 하고 있었기 때문이다. 그동안 장우강은 늘 장우양과 비류연과는 멀리 떨어진 다른 탁자에서 부총표두 등여호와 함께 식사를 했었다. 장우강과 비류연 둘 사이에 맴도는 분위기가 너무나 좋지 않았기 때문이다. 장우강이 비류연에게 품고 있는 불만은 일촉즉발의 폭탄같이 위험했다.

그 불만과 증오의 크기는 정확히 측정하기에는 불가능했지만, 장우양이 어림짐작해 보기에 '증오에서 한 발짝 더'라고 느낄 정도였다. 그렇기에 불길함을 느낀 국주 장우양이 아들을 비류연과 떨어진 장소에서 식사를 하도록 하게 했던 것이다.

그런데, 오늘따라 화운루의 장사 운이 잘 트이는지 모든 자리가 만원이었다. 등여호와 장우강은 자리 합석을 생각해 보았지만, 객점 안에는 그럴 자리마저도 남아 있지 않았다. 그들은 유심히 합석할 만한 자리가 남아 있는가를 살피기 위해 객점 안을 둘러보기 시작했다. 그러던 중 두 사람은 보았다. 아니 그 자는 보일 수밖에 없었다. 아니, 그가 눈에 보여졌다는 것이 더 정확한 표현일 것이다. 당연히 두 사람은 그가 누구인지 정확하게 알고 있었다.

모든 무림 세력이 밀집되어 있는 와호잠룡의 지역인 사천 땅에서도 그 사내는 제일의 도객이었다. 물론 사천성 일대의 무림 세력은 도(刀)보다는 검과 기문 병기를 위주로 했다. 하지만 그는 예외였다. 사천성(四川省)에서 그를 무시하거나 소홀하게 생각하는 사람이나 세력은 없었다. 그는 그런 존재였다.

붉은 머리의 사내 곁으로는 아무도 다가가려 하는 자가 없었다. 탁자도 되도록 그와는 멀리 떨어지도록 애를 쓴 흔적이 역력했다. 그의 탁자를 중심으로 하는 반경 2장의 원형 빈 공간이 그것을 아주 잘 말해 주고 있었다.

등여호와 장우강이 온 신경을 집중하여 사천 제일 도객인 그 적색의 사내를 바라보고 있을 때, 중앙표국에서 급여를 받고 일하고 있는 표사들은 좀 난처한 입장에 빠져 있었다. 소국주가 자리가 없어 저리 서 있는데―그것도 부총표두인 등여호와 함께―자신들만 편히 앉아 있자니 마음이 몹시 불편했던 것이다. 윗사람 눈 밖에 나서는 표국 생활을 편히 할 수는 없는 일이었다.

윗사람에게 찍히는 것은 의외로 사소한 일에서 비롯된다. 옛부터 내려오는 격언에 "알아서 기어라!"라는 명구가 있다. 한 단체에 속해 있는 몸이라면 항상 상대방의 심리와 행동 방식을 읽고 상황에 능동적으로 대처하는 기지가 있어야 한다는 의미다. 표사들은 서로 찌릿찌릿한 시선을 날카롭게 교환하며 희생물을 찾았다. 누가 일어나 소국주와 부총표두에게 자리를 양보할 것인가?

누가 자신들을 이 난처함의 늪에서 끌어 올려 줄 것인가? 그러기 위해서는 기꺼이 제단에 바칠 희생물이 필요했다. 그렇게 책임을 미루는 듯한 시선이 잠시 계속되었다. 활활 타오르는 시뻘건 불꽃을 두 눈에 가득 담은 채 표사들은 서로 눈짓을 교환하며 불꽃튀는 신경전을 벌였다.

이때, 아무도 예측하지 못한 일이 일어났다. 모든 이의 마음에 극음

진기가 실린 빙냉수(氷冷水)를 통째로 끼얹는 일이었으며 사람들의 가슴을 철렁, 심장을 팔딱, 간을 콩알만하게 만드는 일이기도 했다.

"쐐애애액!"

"콰!"

대기를 찢는 소리와 함께 하나의 깃대가 날아와 거친 소리를 내며 사내의 탁자에 박혔다. 깃대의 끝은 원뿔형을 하고 있어 끝이 뾰족했는데, 바로 끝 부분이 붉은 머리칼과 수염을 가진 사내의 탁자를 뚫고 마루 바닥에 박혔다. 탁자에 박힌 깃대의 각도로 보아 깃대는 지붕을 뚫고 날아온 것이 틀림없었다. 지붕을 뚫고 날아와 탁자를 가볍게 관통하고 그 힘의 여세를 몰아 끝이 마루 바닥을 꿰뚫은 것이다. 이때의 충격으로 인해 탁자 위에 있던 음식들이 허공으로 날아올라 뒤집혀 못 쓰게 되려는 순간이었다..

바로 그때―접시와 술잔이 쏟아지려고 하는 찰나―붉은 머리털의 사내가 탁자를 한 번 손바닥으로 가볍게 내리쳤다. 텅, 하는 탁자 울리는 소리와 함께 공중에서 뒤집히려던 음식물들이 제 위치를 찾아 고스란히 아무 일 없었다는 모양으로 탁자 위에 착지했다. 자기로 만든 접시가 깨지는 일도 일어나지 않았다. 착지 시의 요란한 소리도 없었다. 가볍게 보이지만 오묘한 한 수였다. 지붕을 뚫고 날아온 깃대 상반부에는 붉은색의 깃발이 돌돌 말려 있었는데, 탁자를 뚫고 꽂히는 충격으로 인해 활짝 풀어져 사내와 객점 안의 모든 사람들 눈앞에서 모습을 드러내고 말았다.

모든 사람들의 눈이 화등처럼 커졌다. 입은 쩍 벌어져 주먹 하나가 충분히 들어가고 남을 정도였다. 모두들 경악했다. 그 깃발의 정체를 확인하는 순간, 정체 불명의 탄성—허억! 하는 심장 멈출 때 지르는 소리 같은—이 여기저기서 터져 나오더니 이윽고 끝없이 침묵이 이어졌다. 붉은 바탕에 연꽃과 검, 그리고 가운데 중(中)자, 아무리 뜯어보아도 틀림없는 중앙표국의 표기였다. 자신들의 세력을 표시하는 깃발을 던졌다? 이것은 상대에 대한 명백한 도발이자 도전이었다.

"마, 말도 안 돼! 이… 있을 수 없는 일이야."

부딪치는 이빨 때문에 더듬거려지는 말을 억지로 추스르며 장우강이 외쳤다. 하지만 책임 회피의 변명이 농후한 그의 외침을 들어주는 사람은 아무도 없었다. 의미 없는 몸짓이었을 뿐이다. 장내의 공기는 천산 산맥 정상에서나 느낄 수 있는 공기처럼 싸늘해졌다. '집단 간수축 증세'와 심장 박동 수 증가에 의한 '혈압 상승 증상'이 동시다발적으로 객점 안의 손님들에게 일어나기 시작했다. 그와 함께 객점의 자리 대부분을 점하고 있던 중앙표국 사람들의 안색이 하얗게 탈색되었다.

붉은 사내는 우선 침묵했다. 그 침묵은 무언의 거석이 되어 사람들의 머리를 짓눌렀다. 그 다음은 폭발할 듯이 불타는 살기, 순식간에 객점 전체를 뒤덮은 뜨거운 살기, 그것은 바로 분노였다. 그 분노의 살기 중심부에 핏빛같이 붉은 머리칼과 수염, 그리고 눈썹을 가진 사내의 존재가 있었다.

염도(焰刀)!

강호 사람들은 그를 공포와 경의의 염(焰)을 담아 염도(焰刀)—불꽃의 칼날—이라고 불렀다. 강호 무림에서 그의 존재는 특별할 수밖에 없었다. 사천 제일 도객이자, 저 하늘의 별처럼 많다는 무림인 중에서도 가장 강하다는 백대 고수(百代高手)중에서 당당히 한 자리를 차지하고 있는 사람이 특별하지 않다면 누가 특별하겠는가.

그의 순위가 몇 번째인지는 정확히 단정할 수 없지만 후 순위가 아니라는 것만은 확실했다. 이 백대 고수라고 칭해진 사람들이 서로 직접 맞붙는 경우는 하늘에 별 따기처럼 극히 드문 일이었으므로 사람들은 알려진 사실과 목격자와 증인들의 증언을 토대로 순위를 추정할 수밖에 없었다.

사실 백대 고수라는 것도 밖으로 알려진 사람들만 모아 놓은 것이기 때문에 정확하다고는 할 수 없었다. 세상에는 무수한 수(數)의 기인이사와 은거한 전대 고수들이 있다고 하질 않는가. 그래도 사람들은 순위 매기기를 좋아하여 알려진 사람들을 토대로 하여 소위 백대 고수라는 존재를 만들어 낸 것이다. 백(百)이란 숫자는 강호에서, 그것도 고수를 꼽는 데 있어서 절대로 큰 수는 아니다. 오히려 극히 작은 수라고 해야 옳았다. 천무학관, 마천루, 그리고 백도 무림맹과 흑도의 무림맹인 흑혈맹의 주요 고수들을 대충 합쳐도 족히 백은 넉넉하게 넘어가기 때문이다.

강호의 무력이 결집되었다고 전해지는 이 네 단체에서 초고수로 알려진 인물들만도 그 수가 백은 금방 넘고 이 백은 조금 안 된다고 한다. 거기에 9대 문파와 5대 세가의 수장들과 실세들을 합치면 또 그 수가 얼마나 되겠는가? 이것만 보아도 백대 고수의 대단함을 쉽사리 짐작할 수 있었다.

이처럼 대단하게 평가받고 있는 그의 머리카락과 수염, 그리고 눈썹까지 모두 불꽃같은 붉은색인 까닭은 그의 독문신공이자 그를 백대 고수에 꼽히게 만든 토대가 된 화령신공(火靈神功)의 수위가 거의 극성에 이르렀다는 것을 의미했다.

　검염기(劍焰氣)!
　강호에서 염도(焰刀)라 불리는 그가 구사하는 독특한 기(氣)이자 기(技)이다. 도를 사용하니 도기(刀氣)가 분명한데 왜 검(劍)자가 붙었는지 강호 사람들은 궁금했다. 하지만 염도(焰刀)가 원래 있던 이름이라 전통에 따라 그대로 쓴다는 말에, 강호에서 똑똑하기로 둘째라면 서러워한다는 천관(天觀) 여량은 다음과 같은 추측을 했다고 한다.
　"그렇다면 원래는 그의 독문도법인 진홍십칠염(眞紅十七炎)은 도법이 아니라 검법이었을 가능성이 매우 높다. 그러나, 대를 이어 전승되어 오는 과정에서, 패도함과 극강함을 추구하는 화령신공에 정교함과 변화를 중시하는 검법(劍法)은 맞지 않는다고 판단, 변화보다는 힘과 강함을 중시하는 도(刀)로 바뀌었을 가능성이 높다. 검염기(劍焰氣)는 아마도 진홍십칠염(眞紅十七炎)이 도법이 아니라 검법이었을 때 붙여진 이름이 틀림없을 것이라고 추측된다."
　그의 해박함과 높은 신용도가 이런 주장에 무게를 더해 주었고, 강호 사람들은 별 의심 없이 고개를 끄덕였다. 그리고 그의 추측은 어느새 정론이 되었다. 이에 대해 염도는 일언반구 입장을 표명하지 않고 침묵했다고 한다. 단순히 도염기(刀焰氣) 보다는 검염기(劍焰氣)가 더 어감(語感)이 좋았기 때문에 검염기가 된 것뿐이라는 무명(無名)의 만담가 주장은 헤아릴 수 없이 많은 비웃음 속에 묵살된 후 흔적도 없이 매장되었다. 그런 일은 있을 수 없다고 다들 생각했던 것이다.

　아무튼 말도 많고 탈도 많았던 검염기(劍焰氣)라 불리는 기(氣)이자 기(技)는 화령신공(火靈神功)의 공부(工夫) 영향으로 발생하는 특이한 기(氣)로서, 극강의 화기를 담고 있어 이에 스치면 살이 타고, 베이면 전신이 불탄다고 한다. 정확히는 그의 독문신공인 화령신공의 연장선상에서 만들어진 도법(刀法) 진홍십칠염(眞紅十七炎)의 위력과 여파에 의해 발생되는 도기(刀氣)의 일종인데, 내려치는 홍염(紅焰)을 막아도, 도에 실린 검염기(劍焰氣)가 상대의 검을 통해 휘어져 들어가 상대의 팔에 타격을 준다. 그의 독문도법인 진홍십칠염는 무림에서도 절정 5대 도법 안에 들어가는 막강한 도법이었다. 하지만 이런 대단한 무공을 지니고도 확실히 50위권 이하라고 추정되는 이유는 바로 신법(身法)에 있었다.

　그의 위력적인 신공(神功)과 파괴적이고 극강한 도법(刀法)을 보좌해 줄 만큼 그의 신법은 정교하지도, 신속하지도, 환상적이지도 못했다. 이것이 바로 그의 취약점이자 옥의 티였다. 움직임, 특히 발놀림의 속도가 그의 무공에 비해 너무 느렸다. 특히 패도(覇道)한 도법에 가장 필요한 돌진력(突進力)이 그의 신법에는 턱없이 부족했다. 신법이 신공과 도법에 따라가지 못하니 일신의 실력이 평가절하 당할 수밖에 없는 것이다.

　하지만, 아무리 신법이 약하다 해도 초절정 고수들을 기준으로 생각했을 때의 이야기지, 보통 이상은 충분히 되었고, 그가 강하다는 사실과 백대 고수라는 사실에는 아무런 변함이 없었다. 그는 도법(刀法)과 신공(神功). 이 둘만으로도 충분히 강호 백대 고수 안에 들 자격이 있는 존재였다.

영예로운 강호 백대 고수 안에 꼽히는 그에게는 불문율이 하나 있었다. 정사(正邪), 흑백(黑白)을 막론하고 무림에 몸을 담고 있는 자든 일반 평민이든 왕후장상이든 염도 앞에서는 그의 불문율을 반드시 지켜야만 했다. 그는 정사 중간의 인물이었지만, 이 불문율에 대해서만은 용서가 없었다. 그의 금기(禁忌)를 지키지 않은 자가 무사했다는 예는 아직까지 확인된 바 없다.

그가 흑도인이 아님에도 불구하고 뭇 사람들에게 두려움의 대상이 되는 이유란 바로 그의 뭣 같은 성격 때문이었다. 참을 인(忍)자(字)란 단어는 어릴 적의 열악한 교육 환경 탓에 배우지 못했는지, 그는 인내심(忍耐心)이란 이 짧은 단어 하나를 실천하지 못 했다. 훗날 좀 더 개선된 교육 환경에서 참을 인(忍)자(字)가 들어간 인내심(忍耐心)을 가르치려 했지만 이미 때가 늦어 있었다. 세 살 버릇은 여든 가고, 성질은 죽어서 유언장에도 남는다는 말을 입증해 주는 좋은 예였다.

화나면 눈에 뵈는 게 없어지는 그의 성질에 사람들은 무수한 두려움을 느꼈다. 거기에 적발, 적염, 적미의 거칠고 험악해 보이는 그의 인상이 합쳐져 그에 대한 두려움과 공포를 배가 시켰다. 전에 도(刀)를 좀 안다고 염도(焰刀) 앞에서 도(刀)를 들고 깝죽대던 흑혈맹의 행동 돌격대 중 하나인, 흑호단(黑虎團) 단장(團長) 극도(極刀) 가대난이 염도의 일격에 의해, 꼬챙이에 꽂힌 고기 산적처럼 애도(愛刀) 홍염(紅焰)에 걸린 뒤, 시간 잘못 재고 때를 놓쳐 장작불에 새까맣게 태워 먹은 생선처럼 불타오른 것은 일화 중에서도 특히 유명한 이야기였다. 먼저 염도의 애도 홍염(紅焰)에 꿰뚫린 곳 주변의 옷이 불타기 시작하더니 진홍의 불길은 삽시간에 가대난의 전신으로 번져 나갔다고 당시의 목격자들은 한결같이 입을 모아 증언한다.

종래에는 멀쩡했던 사람 몸뚱이는 온데 간데 없고, 새까맣게 타 버린 고기 덩어리밖에 남지 않았다고 한다. 극도 가대난은 그 당시, 도에 대해 어느 정도 명성을 얻고 승승장구할 때였는데, 주제도 모르고 염도(焰刀) 앞에서 칼 빼 들고 도(刀)가 어쩌고저쩌고 아는 척하며 깝죽대다가 염도의 일격에 인생 고별하고 저 세상으로 떠나가고야 말았다.

이 일화는, 가대난이 몸을 담고 있던 흑도 무림 연합 연맹 즉 흑혈맹(黑血盟)이 침묵으로 일관한 채, 염도에게 책임을 묻지 않았다는 얘기 때문에 더욱 유명해졌다. 그만큼 염도의 존재는 큰 것이었다. 이일을 기점으로 더욱 유명해진 이야기가 "염도의 눈자위 마저 붉어지면 주변의 풍경은 핏빛 붉은 석양 빛으로 변한다."라는 이야기였다.

여기서 핏빛 붉은 석양 빛이라고 하니 사람 몸에서 나온 피가 주변에 떡칠 되는 것을 연상하는 사람들이 많은데 그것은 크나큰 오해다. 그의 무공은 극강의 화기(火氣)를 담고 있는 무공이라 사람의 피마저도 한줌 재로 태워 버린다. 그러므로, 그의 무공은 의외로 피를 보지 않는 무공이다. 염도의 검기(劍氣)에 신체를 베이면 그 안에 실린 막강한 화기 덕분에 상처 부위가 태워진다. 때문에 사지가 잘려도 고열에 의해 혈관이 막혀 피가 흐르지 않는 것이다.

핏빛 붉은 석양은 상대의 몸이 불타면서 그 불길 때문에 주변이 온통 빨갛게 보이는 것을 일컫는 것이다. 그의 얼굴 중에서 유일하게 흰색을 띠고 있는 부분이 바로 눈자위였다. 그런데 염도(焰刀)의 특징 중 하나가 화가 머리 꼭대기까지 나면 눈에 핏발이 서서 눈자위마 저도 붉게 변하는 것이었다. 적발(赤髮), 적염(赤髥), 적미(赤眉)에 적 안(赤眼)까지 더한 그의 모습은 정말 지옥의 수라(修羅)같이 두렵고 괴기하다는 것이 목격자들의 한결같은 증언이었다. 그리고 그 모습 을 한 번이라도 본 이들은 모두 앞으로는 절대로 염도의 비위만은 건 드리지 말아야지, 라고 굳은 결심을 했다고 입을 모아 합창했다.

적발, 적염, 적미에 적안까지. 그리고, 붉은 옷과 붉은 도, 그리고 피(血). 괴기하지 않으려고 해도 괴기하지 않을 수 없는 모습이 틀림 없다. 하지만 다행히 그는 아직 적안(赤眼)의 최종 상태는 아니었다.

분노와 불꽃의 화신 같은 염도에게 지금 다가가서 인사 나누고 대 화할 분위기는 맹세코 아니었지만 지금 하지 않을 수도 없었다. 게다 가 그의 탁자에 박힌 깃발은 틀림없이 중양표국을 상징하는 연화검 기(蓮花劍旗)! 등여호와 장우강은 이 놀랍고도 끔찍한 사태를 어떻게 타계하고 무마시켜야 할지 맹렬히 궁리하기 시작했다. 애당초 승패 의 행방이 명확히 정해져 있는 무력은 절대 불가했다. 일단은 대화로 풀어야 한다는 것이 두 사람의 공통된 생각이었고, 그러기에 서로 눈 짓을 교환한 후 용기를 내어 염도(焰刀)에게 다가갔다. 아직 그의 눈 이 적안(赤眼) 상태가 아니라는 사실이 그나마 쥐꼬리 같은 용기를 북돋워 주고 있었다.

보통 때 같았으면 국주 장우양이 냅다 달려와서 염도에게 인사하 고 머리 숙여 사죄를 해야 옳았을 것이다. 근데 지금 국주 장우양은 이 갑작스럽고 놀라운 사태를 어떻게 타계해야 할지 갈팡질팡하며 고민에 궁리를 거듭하는 데 여념이 없었다. 그래서 일단 장우강과 등여호가 나선 것이다. 자칫 잘못하면 피할 수 없는 싸움이 붙을 지도 몰랐다. 그렇게 되면 중앙표국이 당하는 피해는 이만 저만이 아닐 것이다. 자칫 잘못하면 괴멸될 지도 모른다. 염도에겐 그만한 역량과 실력이 넘칠 만큼 충분했다. 일문(一門)의 힘을 지녔다고 평가되는 이들이 바로 강호 백대 고수들인 것이다.

이미 엎질러진 물이지만 급하면 주워담는 시늉이라도 해야 했다. 마른침을 목구멍 속으로 애써 삼키며, 장우강과 등여호는 조심스럽게 염도라고 불리는 이 위험하기 짝이 없는 사내에게 다가가기 시작했다. 두 사람의 마음은 끊어지기 반 보 전(前)인 비파(琵琶)의 현처럼 팽팽하게 긴장된 상태였다.

그때, 이마에 수십 방울의 식은땀을 송골송골 맺은 채 조심스럽게 염도에게 접근하는 두 사람을, 재미있고 신난 듯이 흥미진진한 눈빛으로 쳐다보는 사람이 한 사람이 있었다. 그는 현재 20세로 개구쟁이 같은 얼굴을 하고 있었으며, 현재 중앙표국 남창행 표행에 끼여 무위도식하고 있는 사람으로, 이름은 비류연이라 했다. 지금 비류연이 위치하고 곳은 화운루의 3층 난간 부근이었다.

그곳에서 비류연은 고개를 내민 채 흥미진진한 얼굴로 사태를 예의 주시하고 있었다. 분명히 1층 문 밖으로 볼 일 본다며 나간 비류연이 왜 3층에 올라가 있는 것인지 그 이유를 아는 사람은 아무도 없었다. 그의 입가에 매달려 있는 초승달같이 장난스런 미소의 끝머리만이 앞으로 누군가에게 닥칠 불길함을 예견해 주고 있었다.

이미 화살은 시위를 떠났다

한 가문과 그 가문이 가진 가업의 모든 기반이
괴멸이냐, 기사회생이냐? 혹은 전(全)이냐 무(無)냐? 라는
택일의 답을 요구하는 잔혹한 운명의 소용돌이 가운데 놓이게 되었다.

한 가문의 주인인 장우양 국주. 그가 생각하기에 자신에게 괴멸이
냐 기사회생이냐? 라는 생사(生死)의 물음 중에 택일을 요구하고 있
는 사람—비록 그가 직접적으로 말로 하지는 않았지만, 온몸에서부
터 무럭무럭 피어올라 풍겨져 나오는 압도적이고 파괴적 분위기로
충분히 간접적인 선택을 요구하고 있는—은 그 사람이 강호에서 차
지하고 있는 존재의 비중만큼이나 확실하게 자신의 가업을 송두리
째 파멸시킬 만한 저력을 가지고 있음을 장우양은 충분히 인지하고
있었다.

　과거, 자신의 가는 길을 방해했다는 이유로 3개의 도적 산채를 하
룻밤 사이에 괴멸시킨 일화는 너무나도 유명했다. 원래 그 당시 염도

의 길을 가로막았던 도적 산채는 하나였다고 한다. 그런데 염도가 그 길로 자신의 앞을 가로막은 산채 하나를 완전히 쑥밭으로 만든 다음, 화가 아직 안 풀렸다며 인접한 산에 있던 두 산채마저 한꺼번에 쓸어 버렸던 것이다. 나머지 두 산채는 단지 옆에 있었다는, 그러니까 일차 피해자의 이웃 사촌이었다는 단순하고 어이없는 이유 하나만으로 염도의 무자비한 칼날 아래 몰락의 길을 걸어야만 했던 것이다.

지금 중양표국의 운명도 이와 다를 게 없었다. 그러므로 장우양은 당장 뭔가를 해야 했다. 이것은 한 개인의 선택이 아니라 중양표국이라는 단체, 300여 인생들의 사활(死活)이 걸린 중요한 선택인 것이다. 하지만 장우양은 그 선택의 막중한 무게에 짓눌려 제대로 움직일 생각도 못하고 있었다.

그때 그의 아들 장우강과 부총표두 등여호가 그런 장우양의 생각을 먼저 읽기라도 한 듯 자리에서 벌떡 일어나 염도의 곁으로 슬금슬금 다가갔다. 물론 두 사람은 언감생심(焉敢生心), 염도를 때려눕히는 방향으로 이 사태의 해결 방안과 타결책을 강구해 보자는 생각은, 눈곱만큼도 가지고 있지 않았다. 장우강은 이 무시무시한 사내를 대상으로, 청성산 높고 깊은 곳에서 맑은 공기를 마시며 갈고 닦은 청성검의 예봉(銳鋒)과 현묘함을 시험해 보고픈 마음은 꿈에도 없었다. 이런 생각은 섬연창 등여호도 오십보 백보였다.

억지로 용기를 쥐어짜 염도를 향해 걸어가고 있는 두 사람의 오직 하나뿐인 목표는 어떻게 하면 저 불꽃같이 격렬한 사내의 화를 가라앉히고, 이 절대절명의 위기를 탈출할 수 있을 것인가, 라는 절실하고도 소박한 바람뿐이었다.

'무슨 짓이든 다 할 테니 살려만 주십쇼! 그러면 그 은혜가 백골난 망이로소이다! 제발 살려주세요!'

지금 그들의 심정을 가장 잘 나타낸 말일 것이다. 일단 그러기 위해서는 상호간의 대화가 필수적이었다. 장우강과 등여호는 걸어가는 도중에도 쉴 사이 없이 눈빛과 눈짓을 통해 누가 먼저 이 위험천만한 사내에게 말을 걸 것인가, 에 대한 말없는 공방을 계속했다. 두 사람 사이에 오가는 눈짓의 교환은 그 격렬함과 신속함에 있어서, 절정 고수들의 손 나눔을 방불케 하는 것이었다. 이 둘 사이의 맹렬한 상호 안구 이동 및 안광 교류 운동은 고양이 목에 방울을 달 쥐, 즉 최초의 희생양을 정하는 싸움이었기에 더욱더 처절하고 치열했다.

장우강으로서는 물론 등여호가 먼저 말을 건네면 좋겠다고 생각했다. 하지만 그런 의사를 명확하게 등여호에게 전달하기에는 자존심이 너무 상했다. 자신의 약한 모습을 등여호에게 보여주기는 죽기보다는 아니지만 어쨌든 싫었다. 그렇다고 자신이 먼저 나서서 하자니 그것도 영 내키지가 않았다. 목숨이란 하늘이 내려 주신 소중하고 귀중한 선물이기에 소중히 다루고 아껴야 하는 것이다.

이런 심정은 등여호로서도 마찬가지였다. 자신도 일단 용기를 짜내 염도를 향해 걸어가고 있지만, 지금 다시 생각해 보면 내 자신이 왜 그랬을까? 라는 후회가 들었다. 등여호 역시 생명의 소중함을 뼈저리게 느끼고 사는 사람이었다. 그렇다고 해서 소국주인 장우강에게 먼저 말을 건네라고 할 수도 없는 상황이 그를 더욱 힘들게 만들었다. 그는 중앙표국의 뒤를 이을 후계자였다. 아무리 그릇이 작고 검봉(劍鋒)의 예기가 무디다 해도, 아무리 검의 날카로움이 떨어진다 해도 그것은 변할 수 없는 사실이었다.

밑의 사람으로서 "난 싫으니 네가 저 위험물에게 가서 잘못했다고 용서를 빌어."라고 할 수는 없는 노릇이었다. 그리하여 지금 두 사람은 아주 전형적이고도 정석(定石)적이며, 또한 지극히 표본적인 미치고 환장하는 상황에 놓이게 되었다.

그래도 역시 표국을 이을 후계자답게 장우강이 검대(劍帶)를 메었다. 그가 이렇게까지 하기에는 엄청난 심적 갈등이 있었을 것이다. 그래도 명문 정파인 대 청성파의 적전 제자라는 자부심이 그의 결심을 많이 도왔다. 장우강은 정중히, 그리고 가까스로 포권의 예를 취하며 긴장되어 조금 떨리는 두 입술을 떼었다.

"난 사천 제일의 무적 최강 절세 표국 대 중앙표국의 소국주 청성일검 장우강이라고 한다. 우리의 이름은 들어보았나? 아무리 이름 없는 무사라도 한 번쯤은 들어보았겠지. 요즘 강호에 소문이 자자한 우리 대 중앙표국의 명성을 말이야, 하하하!"

"?"

염도의 속이 다시 한 번 뒤집어졌다.

그렇지 않아도 일그러져 있던 염도의 얼굴이 다시 한 번 확확 팍팍 구겨졌다. 그의 귓가에 울리는 우렁차고도 오만하며, "하늘이 얼마나 높은지 땅이 얼마나 넓은지, 내는 모른다, 니는 아나?" 식의 말을 듣고 가만히 있을 무인은 이 강호에는 없었다. 특히 성질이 불같은 염도에 있어서는 두 말할 필요 따위는 없는 일이다.

그런데 난 지금 한시바삐 일 분 일 초라도 빨리 뒈지고 싶은 심정이니 빨리 날 되지게 만들어 달라는 의도가 듬뿍 들어 있는 말을 내뱉다니, 아무래도 장우강은 너무 긴장한 나머지 머리가 홱 돌아 버려 겁을 완전히 상실한 상태가 아닌가? 라는 의문이 들 지경이었다. 그런 그가 계속해서 말을 이어갔다. 곧 죽을 줄도 모르고 말이다.

"우리 대~에(大) 중양표국에서 오늘 이곳에 머무르고자 하는데 자리가 부족하군. 그런데, 우린 모두 자리에 앉아서 편안히 식사를 해야 되겠단 말씀이야. 그러니 어쩌겠나? 하긴 어쩌긴 뭘 어째! 자리를 마련해야지. 어떻게 마련을 하냐고? 당연히 당신이 자리를 양보하고 조용히 이 객점에서 나가 주는 게 어때? 좋은 생각이라 생각되지 않나? 근데 왜 딴 사람들 다아~놔두고 당신한테 이러느냐고? 아, 그야 당연히 당신이 제일 만만하기 때문이지. 뭐, 당신을 깔보는 거냐고? 깔본 사람이 나쁜가? 그렇게 보이도록 행동한 사람이 나쁜 거지. 그렇잖아? 그럼 이제 충분히 이해했지. 그럼 이제 그만 자리를 비켜 주는 게 어때?"

말은 정말이지 음절 하나 하나가 청산유수(靑山流水), 안하무인(眼下無人)인데……. 그런데 언행 불일치(言行不一致)란 이런 것을 두고 하는 말인가 보다. 식은땀에 푹 절은 듯이 아주 잘 눈에 보일 정도로 허리를 푹 숙이고, 식은땀이 줄줄 흘러내리는 머리를 조아리며, 식은 땀에 번질거리는 두 손을 열심히 비비는 태도를 보이고 있는 두 사람의 입에서 절대 나올 수 없는 말이, 자꾸만 염도의 귀로 파고 들어와 속을 뒤집어 놓고 있는 것이었다.

이 엉뚱하고도 황당한 언행 불일치의 상황 속에서 염도가 고개를 갸웃거리며 잠시 생각에 잠겼기에 망정이지, 언행 일치의 상황이었다면 둘은 이미 단칼에 저 세상 객이 되고 말았을 것이다. 이게 과연 어찌된 일일까? 물론 겁을 잔뜩 집어먹고 설설 기고 있는 장우강과 등여호가 아직 제정신이라면 위와 같은 생명 경시 사상이 담뿍 든 말을 내뱉을 리는 없었다.

안 그래도 파여져 있는 묘자리를, 얕다고 더 깊게 팔 필요까지는 없지 않은가. 장우강과 등여호는 절대 그런 말을 한 적이 없었다. 하지만 염도의 귀에는 분명히 그렇게 들렸다. 그렇다고 염도의 귀가 잘못된 것도 아니다. 그렇다면 이것이 어찌된 노릇인가? 참으로 이상한 일이 아닐 수 없었다. 진짜 장우강이 몸둘 바를 몰라 하며 송구스럽기 짝이 없다는 얼굴로 한 말들은,

"오, 오늘 이… 이렇게 이름높은 강호의 거인 염도 곽 대협을 뵙게 되니 삼생의 영광이 아닌가 합니다. 불, 불초 소생은 사… 사천의 이름 없는 조그만 표국인 중, 중양표국의 소국주, 청성의 이름 없는 검, 무림 말학 장우강이라고 합니다. 오… 오늘 이렇게 부, 불초 소생이 흠… 흠모해 마지않던, 무림에 태양같이 찬란한 이름을 떨치고 계시는 홍염의 불꽃, 염도(焰刀) 대 선배님을 뵙게 되다니 저희 가문의 무한한 영광이 아닌가 합니다. 제가 이렇게 여… 염도 대 선배님께 인사드리는 것은 무림의 말학으로서 당연한 의무이기도 하고, 또… 또 하나 방금 선배님과 저희 중양표국 사이에 크나큰 오, 오해가 발생한 것 같아 저희들이 이렇게 대 선배님께 고개를 숙이고 사… 사죄를 드리고, 오해를 풀어 주셨으면 해서였습니다. 저희 중양표국은 추호도 흠모해 마지않는 염도 곽 대협께 불민하고 불경스러운 행위를 할 마음을 품은 적이 꿈에도 없습니다. 이, 이 모든 일은 모두 사… 사고,

예, 바로 사고였습니다. 그러니, 하해와 같은 넓은 마음으로 불민한
저희들을 용서해 주십시오!'

라고 불쌍할 정도로 비굴하게 머리를 조아리며 말했었다. 자존심
이라고는 발톱의 때만큼도 나오지 않을 정도로 모두 내팽개치고 빌
고 또 빌었던 것이다. 그런데 어찌하여 염도의 귀에는 하나부터 열까
지, 전부 극과 극의 다른 내용이 전달된 것일까? 진실은 이러하다.

갑(甲)과 을(乙), 그리고 병(丙)이 있다고 하자. 이때 갑(甲)과 을(乙)
과 병(丙)을 무림의 고수라고 가정하자. 위의 가정 하에서 갑과 을이
서로 대화를 하고 있다고 해 보자. 이때, 갑이 을에게 칭찬을 한마디
했다. 아주 훌륭하고 멋지고 좋은 말이었다. 즉, 상대를 기쁘게 해 줄
수 있는 말이었다. 그런데 이와 동시에 병(丙)이 교묘한 전음(목소리
가 갑의 목소리로 변조되어 있고, 또한 듣는 사람이 전음인지를 느낄 수 없
는 교묘하고도 신통한 전음)을 이용하여 동시(同時)에 을(乙)에게 욕을
했다면 어떻게 되겠는가?

당연히 을은 갑의 칭찬은 한마디도 듣지 못한 채 욕만 바가지로 들
을 수밖에 없을 것이고, 당연히 을은 갑이 자기한테 욕을 바가지로
했다고 생각할 것이다. 그리고는 갑과 을은 대판 치고 박고 싸울 것
이다.

전음(轉音)이란, 음파나 음성을 내공에 실어 특정 상대에게 날려보
내는 기(技)로서 내공을 이용하여 허공을 격해 상대방의 귀속으로 직
접 소리를 전하는 상승(上昇)의 기술(技術)이다. 전음과 보통 말소리
가 동시에 한 사람의 귀에 전달된다면 그 사람은 공기 중에 실려 오
는 소리는 듣지 못한 채, 오직 내공에 실려 전해지는 전음 밖에는 들

지 못한다. 전음은 내공을 이용해, 허공을 격하여 직접 상대의 고막을 울림으로써 소리를 전달하는 기술이기 때문에, 그 내공에 의해 귀 안에는 일종의 보이지 않는 기(氣)의 막이 형성되게 되어, 공기 중의 말소리는 이 보이지 않는 기막(氣幕)에 의해 차단되어 버리고 전음만이 전달되는 것이다. 말 그대로 기(氣)막힌 일인 것이다.

방금 염도와 장우강 사이에 일어난 일도 위의 예와 똑같은 상황이었다. 장우강이 갑(甲)이라면 염도는 을(乙)이라 할 수 있겠다. 그렇다면, 갑과 을이 싸움 붙게 된 원흉인 병(丙)은 누구이겠는가? 물론 물을 것도 없이 병(丙)은 바로 비류연이다. 비류연은 교묘하게, 그리고 어찌 보면 야비하다고 까지 평할 수 있는 전음술을 이용하여 염도와 장우강을 다시 한 번 농락한 것이다.

첫 번째는 물론 어디선가 날아와 맛있게 식사중인 염도의 식탁에 콱 박힌 중양표국의 표기였다. 그리고, 이 일은 다시 한 번 더 깊숙이, 아주 깊숙이 중양표국을 파멸의 구렁텅이로 밀어 넣는 일이기도 했다. 비류연의 가벼운 장난으로 장우강과 그가 속해 있는 중양표국은 절명의 위기에 처하게 되었다. 단지 장우강이 건방지다는 단순한 이유 하나로 인해…….

비류연의 농간(弄奸)을 모르는 염도, 그의 입에서 장우강, 아니 중양표국 전체를 향한 분노가 섞인 비릿하고 거친 비웃음이 새어 나왔다. 그의 얼굴은 이제 붉어질 대로 붉어져 마치 화로에 달구어진 시뻘건 철검같이 보였다.

"크크큭, 중양표국? 요즘 근래 들어 이름은 조금 들어봤다만, 감히 그따위 일개 표국 따위가 감히 나 염도의 비위를 건드려? 여기 객점의 자리가 부족하니 나보고 꺼져 달라고? 대 중앙표국은 나 염도 따위는 안중에도 없다고? 간이 아에 배 밖으로 나왔구나. 목숨이 그리 가볍더냐? 크크큭, 그러고도 너희들이 무사하길 바란단 말인가? 그러고도, 네놈들이 목숨을 부지하길 바래! 할(喝)!'

객점 안이 쩌렁쩌렁 울리는 노호성과 함께 엄청난 위압감이 염도로부터 뿜어져 나왔다. 너무나 사납고 위압적이어서, 염도 바로 앞에 서 있던 두 사람은 하마터면 정신을 잃고 무릎을 꿇을 뻔했다.

"무, 무슨 말씀을 하시는 겁니까? 곽 대협! 저… 저희가……."

염도의 무시무시한 반응에 장우강은 너무나 놀라 말을 떠듬거렸다. 그로서는 지금 염도가 내뱉는 말을 도저히 이해할 수가 없었다. 장우강은 후들후들 떨리는 두 다리로 간신히 서 있는 것이 고작이었다.

"저, 저희가 어, 어떻게 강호 제일 도객이라는 염도 곽영희 대협의 기분을 거슬릴 말을 감, 감히 할 수 있겠습니까."

옆에서 노심초사하는 심정을 극명히 드러내고 있는 표정으로 두 사람을 지켜보던 등여호의 얼굴이 순간 새파랗게 질려 버렸다.

"고… 공자, 안 돼!"

터져 나온 등여호의 목소리는 거의 비명에 가까웠다. 등여호의 비명 소리에 장우강도 아차, 하는 생각이 들었다. 하지만 이미 화살은 시위를 떠났다. 장우강의 마지막 실언이 염도로부터 있었는지조차도 불확실한 심사숙고와 재고의 여지를 완전히 앗아가 버렸다.

금기(禁忌)의 이름

불길을 머금은 칼날 앞에서는
절대 그의 이름 석 자를 입에 담지 말라.
잘못하면 진노(震怒)의 염화(炎火)가
너희의 몸을 잿더미로 만들지니.

이것은 강호 무림에 떠도는 한 가지 금기(禁忌)에 대한 이야기다. 강호에 회자되는 불문율에 의하면 염도(焰刀), 그 이름과 그의 도(刀) 앞에서 지켜야 될 절대의 규칙, 즉 어겨서는 안 될 금기가 하나 있다. 절대적으로 지켜져야만 되는 금기(禁忌), 그것은 바로 그의 앞에서 절대로 본명(本名) 석 자를 입에 담으면 안 된다는 것이었다.

이제까지 손으로 다 꼽을 수 없을 만큼 많은 사람들이 고의적이든 실수(?)든 간에 좌우지간 이 금기된 불문율을 어겨, 한 번 가면 다시는 돌아올 수 없는 길을 가게 되거나, 또는 한 평생을 불구의 몸으로 지내야만 하는 비극적인 운명을 겪게 되었다. 명(名) 한 번 잘못 댔다가 명(命)을 달리한 사람이 부지기수였던 것이다.

염도(焰刀)! 강호 무림 천하에서 도를 쥐고 강호를 걸어가는 모든 도객들의 선망의 대상인 가공할 무위(武威)와 높고 뛰어난 무명(武名)을 소유한 그도 한 가지 아주 심각한 열등감을 가지고 있었다. 그것은 바로 그의 이름 석 자에 대한 무한대의 영원한 열등 의식이었다.

영(榮)희(喜)!

영화롭고 희망찬 미래를 가지는 사람이 되라는 고마운 뜻으로 그의 부모님께서 지어 주신 이름이었다. 그리고 현재에 이르러 이름 그대로 무림 최고의 영화를 누리며 살아가고 있었다. 하지만 불행히도 그 이름에 이어져 울리는 여운은 여인의 이름자를 떠올리게 했다. 바로 그 울림과 어감이 문제인 것이다.

"사내 대장부가 어찌 여자 이름같이 들리는 이름을 쓸 수 있단 말인가? 난 죽어도 못 해!"

라는 것이 염도 곽영희의 생각이었다. 그는 마치 여인의 호칭처럼 들리는 자신의 이름이 너무나 싫었다. 하지만 싫다고 해서 부모님께서 지어 주신 이름을 함부로 갈아치울 수도 없다는 것이 바로 문제의 핵심이자 강호의 불행이었다.

이름을 갈아 버릴 수만 있었다면 수십 번도 넘게 더 갈아 치웠을 염도였다. 하지만 그럴 수는 없었으니 울화통이 터질 수밖에 없는 노릇이었다. 그래서 그는 한 가지 금기를 세웠다. 아무도 그의 앞에서 자신의 이름 석 자를 부르지 못하도록 금기를 정한 것이다. 만약 이 금기를 어길 시에는 끔찍한 결과가 돌아가도록 그는 주저 없이 즉각적인 조치를 취했다. 때문에 이로 인하여 비참한 꼴을 당한 사람의 수는 책으로 엮으면 『염도 금기 위반자 처벌 명부』 한정판 전3권으로 만들 수 있을 정도였으니 더 말해서 무엇하겠는가.

　그러니, 이처럼 과격하기가 불같은 성질의 염도가 세운 절대 금기를 어기고도 장우강이 멀쩡할 리가 없는 것이다. 멀쩡하다면 어찌 염도 진노 화극염(焰刀震怒火極炎 : 이건 대충 염도가 되게 화나면 주위에 있는 것 깡그리 다 태워 버림이라는 뜻)이라는 말이 떠돌겠는가.

　"콰!"

　언제인지는 정확히 모르지만 염도(焰刀)는 자신의 이름 석 자가 말이 되어 세상에 튀어나오는 순간 자리에서 튀어나와 오른발을 장우강의 바로 앞 마루 바닥에 내딛고 있었다. 표현할 수도 없는 강맹한 진각에 의해 견고하기 그지없던 화운루의 마루 바닥이 깨어져 올라오면서 파편들이 사방으로 튀어 날아갔다. 단 한 번의 위력적인 진각과 동시에 내뻗어진 시뻘겋게 물든 오른손이 강맹하고 매서운 파공성을 일으키며 장우강의 가슴을 강타했다. 물론 그 속에 담긴 그의 화령신공의 공력은 그 위력이 무시무시한 것이었다. 맞으면 즉사를 면치 못하였으리라.

　하지만 장우강도 허수아비는 아니었다. 그동안 청성산 꼭대기에서 청풍을 맞으면서 갈고 닦은 청성산의 검기가 헛것은 아니었음을 증명이라도 하듯, 순간적인 반사 신경을 발휘하여 용케도 염도의 장력을 피하려는 몸부림을 시도해 볼 수는 있었다. 즉, 순간적으로 오른쪽 방향으로 회전력을 준 다음 뒤로 비틀면서 몸을 빼냈다. 하지만 직격을 피했다는 사실 하나만으로도 장하고 대견스러운 것이었다. 염도의 홍염장을 반의 반도 다 피하지 못한 채 고스란히 격중 당하고 말았다.

"텅!"

장우강의 몸이 들썩하더니 북 터지는 소리와 함께 이 장(二丈) 거리에 떨어져 있는 벽까지 날아가 처박혔다. 움푹 처박혀 버린 장우강을 중심으로 파문 모양의 균열이 벽에 그려졌다. 그나마 용케도 처음의 회피 동작으로 겨우겨우 죽음만은 면할 수 있을 정도였다. 그러나 중상(重傷)이라는 점에는 변함이 없었다. 하지만 염도의 생각은 달랐다. 단 한 수의 장력으로 싹수머리가 눈곱만큼도 없는 무뢰배인 장우강의 목숨을 끊어 놓지 못한 것이 못내 마음에 들지 않았던지 염도 곽영희는 우수(右手)을 천장을 향해 치켜들었다.

마지막 일격을 가해 확실히 끝장을 내겠다는 태도였다. 화령지기(火靈之氣)가 염도의 전신기맥을 타고 돌아 염도의 우수에 집결되고 맺혀 파괴적인 힘으로 승화(昇華)되려 할 때, 허공을 찰나(刹那)의 시간에 가로지르는 은빛 섬광의 빛 두 줄기가 있었다.

"쐐애애액!"

공기를 찢는 듯한 날카로운 파공성을 내며, 섬뜩한 예기를 머금고 날아온 이 두 줄기의 은빛 섬광 때문에 염도는 자신의 우수를 거두어들이고 자리를 피할 수밖에 없었다. 사실은 이미 지나간 뒤에 놀라서 피한 것이었다. 두 줄기의 은빛은 그의 몸을 적중시키지 않은 채, 마치 위협 시위만 하는 듯이 아슬아슬하게 그의 곁을 스쳐 지나갔던 것이다.

이렇게 두 가닥의 은빛 빛살은 순식간에 염도의 손속을 무력화시키고 다시 허공을 선회하여 한 사람의 손으로 빨려 들어갔다. 아마도 허공(虛空)이란 이름의 화폭(畵幅)을 가로지르는 두 줄기의 은빛 나선을 그려낸 장본인일 것이다. 그의 손에는 막 자신에게로 회수되어진 두 개의 동그란 철환이 들려져 있었다.

화운루의 마루 바닥이 염도의 진각에 의해 산산조각으로 부서진 여파로 생겨난, 뿌옇게 객점 안을 덮고 있던 먼지가 서서히 가라앉으며 그 주인의 윤곽이 뚜렷이 나타났다.

"웬 놈이냐?"

염도의 붉게 빛나는 두 눈동자가, 허공이라는 이름의 투명한 화폭(畵幅) 중에 은빛 나선의 가늘고 아름다운 무늬를 그려낸 장본인을 뚫어지게 응시했다. 그 은빛 나선의 세공은 그가 다음에 하고자 했던 행동을 방해하는 역할을 충실히 했기에, 염도의 눈에는 약간의 의아함과 넘칠 만큼의 노기(怒氣)가 담겨 있었다.

마침내 그 장본인의 윤곽이 뚜렷하게 드러났고, 산 채로 잡아서 씹어 먹을 듯, 끓여 먹을 듯, 볶아 먹을 듯, 튀겨 먹을 듯 뚫어져라 상대를 응시하는 적안(赤眼)이 더욱 빛을 발하기 시작했다. 하지만 찌를 듯한 살기(殺氣)와 노기(怒氣)의 소용돌이 속에서도 미세한 의아함이 스치고 있었다.

염도, 개망신 일보 직전

염도(焰刀)는 어의가 없었다.
머리에 피도 제대로 마르지 않은, 새파란 애송이 겸 풋내기가
자신의 손속을 방해했다는 사실이 믿어지지 않은 것이다.
염도는 기(氣)가 막혔다. 그래서 저쪽에 서 있는 겁 모르는 애송이에게
한마디 안 해 주고는 참을 수가 없었다.

"이거 젖먹이 어린애잖아. 너 미쳤니?"

"안 미쳤는데요."

비류연의 대답은 더욱 가관이었기에 염도는 더욱 더 기가 막힐 수밖에 없었다.

"크크큭. 어디 사는 뉘 집 자식인지는 모르겠지만 겁을 상실한 꼬마로구나. 솜털 뽀송뽀송한 애송이 주제에 나의 도(刀) 앞에 서 보겠다는 것이냐? 나의 도를 막는 방패가 되어 보겠다는 것이냐? 그렇다는 것이냐?"

하도 황당해서 웃기지도 않는다는 투로 염도가 말했다. 그러자 겁을 상실한, 풋내 나는 애송이로 평가를 받은 비류연의 입 꼬리가 한

쪽으로 살며시 말려 올라갔다. 이윽고 은빛 편린으로 반짝이는 두 개의 눈망울 가득 자신감과 장난기가 차오르기 시작했다. 그의 두 눈동자에는 분명 염도 따위는 안중에도 두고 있지 않다고 말하는 듯한 당당함이 담겨 있었다.

"그렇다고 할 수 있지요."

순순하고 담담한 인정. 그러나 그 내용은 결코 담담하고 평범한 것이 아니었다. 절대로 범상치 않은 내용인 것이다. 당연히 비류연의 대답은 염도의 노한 안광을 진노(震怒)라는 이름의 붉은색으로 더욱더 진하게 덧칠하게 만들었다. 그리하여 그의 분노가 더욱 더 거세게 물결치게 만들었다.

염도의 붉은 안광은 매섭기 그지없었다. 그 정도와 강도의 세기는 비류연을 입에 털어 넣은 뒤 냉수 한 그릇으로 꿀꺽 삼킬 수 있을 정도로 지독한 살벌함 그 자체였다. 그의 이런 매서운 안광을 똑바로 쳐다볼 수 있는 사람은 무림 천하를 통틀어 몇 되지 않을 것이며 보통 사람은 아마 오금이 저려 제대로 서 있기도 힘들 것이다.

아무튼 그의 번득거리는 붉은 눈빛으로 보아 아마도 염도는 어떤 결심을 했음이 틀림없었다.

'내가 이미 한 놈을 잡기로 결심했고 곧 실행할 예정이니, 예정 외의 변수지만 하는 김에 약간의 수고를 더하여 네놈까지 함께 같이 잡아 주마. 그리하여 둘이 저 세상에서 외롭지 않게 사이좋게 보내 주마!'

분명 그런 의미와 의지를 담아 불태우는 눈빛이 분명했다. 그의 이런 결심은 코를 통해 내뿜는 거센 콧김과 붉으락푸르락한 안면과 이

마에 솟아 있는 수많은 가닥의 핏대들로 인해 대변되고 있었다.

"흐흐……. 나에게 덤벼 보겠다고? 그게 가당키나 할 것 같으냐. 네가 그럴 가능성이 천(千)에 하나, 혹은 만(萬)에 하나라도 있을 것 같으냐? 하룻강아지 범 무서운 줄 모른다고 간이 배 밖으로 나왔구나. 꼬마야!"

가당치도 않은 헛소리라는 투로 염도가 말했다. 하지만 비류연의 답변은 염도의 속을 네다섯 번 긁은 다음 다시 '홱' 하고 뒤집어 놓는 것이었다.

"아, 그럼요. 물론이죠. 이름 석 자가 꼭 계집애 같은 이상한 아저씨 하나 요리할 실력은 충분히 된다고 자부하고 있지요. 이 험한 세상에 그 정도의 실력도 없이 어떻게 살아갈 수 있겠어요, 안 그래요 아저씨? 아, 못 믿겠음 시험해 봐도 암말 안 하겠습니다. 빙긋!"

비류연이 절대 건드려서는 안 되는 곳을 겁도 없이 건드렸다. 그걸 건드렸다가 여러 사람 피를 본 전적이 있는 염도의 절대 금지(絶代禁地)를 진흙 발로 보기 좋게 짓밟아 버린 것이다.

"허읍, 컥, 혁, 흑!"

급히 숨을 삼킬 때 터져 나오는 소리들, 그들이 섞이면서 만들어지는 단말마. 만일 맹인(盲人)이 이 자리에 있었다면 화운루의 손님들 모두가 호흡기 질환을 앓고 있는 걸로 착각했을 것이다. 모두들 너무 급하게 숨을 삼키는 바람에 숨이 모두의 목구멍에 걸린 것이다. 화운루 내부는 완전히 일촉즉발의 초긴장 상태로 돌입했다.

손만 대도 끊어질 듯 팽팽하게 당겨진 금(琴)의 현과 같았다. 곧 끊어질게 분명한 초긴장의 현을 위태롭게 퉁기고 있는 손길은 현을 당긴 당사자 중 한 명인 염도(焰刀)의 입에서 흘러나오는 비릿한 웃음이었다.

"흐흐흐, 시험? 오냐, 시험해 주마. 암, 시험해 주고 말고. 흐흐흐, 시험해 줄 뿐만 아니라 채점 평가까지 덤으로 해 주마. 물론 그 채점 평가의 점수에 대한 대가는 비싸게 치러야 할 것이다."

염도의 양 눈은 이미 쭉 하는 소리와 함께 좌우로 찢어져 있었고, 한 쌍의 거친 적색의 눈썹은 분노로 꿈틀거리며 하늘을 향해 치솟아 있었다. 그의 불끈 쥐어져 있는 솥뚜껑 만한 양 주먹의 손등에는 먹이를 노리는 푸른 독사와 같은 굵은 혈관들이 툭툭 소리가 들릴 듯한 모습으로 표피 밖으로 튀어 올라오기 시작했다.

그러나 염도의 상태를 두 눈 똑바로 뜨고 보고 있으면서도 꿇릴 게 없다는 듯, 비류연은 여유 만만했다. 도무지 그의 얼굴에서 긴장이라는 단어는 눈 씻고 찾아보려 해도 볼 수 없었다. 아예 덜 떨어진 것인지도 모른다.

"아, 좋습니다. 언제든지 '아저씨'의 평가에 임할 준비가 되어 있습니다. 못 믿겠음 시험해 봐도 좋아요. 물론 '아저씨'가 자신 있을 때의 이야기지만 말입니다."

왠지 얄미운, 염도가 보기에는 아주 얄밉게만 느껴지는, 그리고 시건방져 보이는 미소를 입가에 매달며 비류연은 마지막 일격을 염도(焰刀)에게 가했다.

"물론 아저씨가 자신 있을 때의 이야기니깐 너무 걱정하지 마세요. 질 것 같아 자신 없으면 안 해도 되니까요. 내기나 할래요?"

"툭!"

어디선가 누군가의 그 무엇인가가 끊어졌다. 물론 그 누군가는 염도이고, 끊어진 것은 그렇지 않아도 가늘어서 투명하게 보이던 인내의 끈이었다. 그와 동시에 염도(焰刀)의 내부(內部)에서 커다란 폭발이 일어나고, 그 폭발에 의해 방출된 힘은 거침없이 밖으로 터져 나왔다.

그 여파인가? 순간 '빠직' 하는 소리와 함께, 염도가 밟고 서 있던 화운루의 비싸고 단단해 보이는 멋진 나뭇결의 바닥에 거미줄 같은 문양의 금이 생기더니 주위로 퍼져 나갔다. 이 얼마나 강력한 힘의 역작(力作)인가?

염도의 몸에서 발생한 강력한 기(氣)의 파문에 의해 바닥이 그 힘을 견디지 못하고 부서진 것이다. 아마 모르긴 몰라도 지금 막 염도의 기세에 의해 손상된 화운루 바닥을 고치려면 주인은 눈물을 삼키며 상당량의 액수로 추정되는 은전을 소모해야 할 것이다.

"흐흐흐, 좋아. 내기? 좋지, 아주 좋아. 그러나 그 내기의 대가로 네놈은 상당히 아주 큰 가치를 지닌 것을 판돈으로 걸어야 할 것이다."

주위에 앉아 있던 나름대로 한 수 가지고 있다고 자부하는 무인들조차도 견디기 힘든 따가운 살기가 머금어진 엄청난 위압감에도 불구하고 비류연은 태연자약하기만 했다. 아니, 한 술 더 떠서 얼씨구나, 하고 쾌재를 부르고 싶은 욕망을 지금 비류연은 억누르고 있는 중이었다. 역시 어쩔 도리 없이 무식하게 힘만 센 사람은 단순하다는 사실은 피할 수 없는 고래(古來)부터의 진리(眞理)가 아니겠는가.

노리던 물고기는 낚싯대에 걸려 있던 미끼를 물었고, 비류연은 조심스럽게 낚싯대를 당기기 시작했다. 미끼를 문 물고기는 이미 물가로 끌려왔고, 이제 낚시꾼은 마지막 마무리로 채를 가지고 건져내기만 하면 되는 것이다.

"아, 전 제 목숨을 걸죠. 부족하면 거기다 중앙표국의 전 재산을 걸어도 좋구요."

마치 제것인 양 아무렇지도 않게 중앙표국의 전 기반을 헐값에 넘겨 버리는 비류연의 한마디는, 국주 장우양을 단번에 까무러치게 할 정도로 경악스러운 것이었다. 아마 장우양의 혼백이 자신의 몸을 떠나 구천을 방황한다 해도 전혀 이상하지 않을 정도였다. 용케도 아직 제정신을 유지하고 있는 장우양이 장하기만 했다.

"흐, 네놈이 중앙표국의 전 재산을 처분할 만한 위치에 있다는 것이냐?"

웃기지도 말라는 표정으로 염도가 말했는데, 비류연은 서슴없이 대꾸했다.

"아, 물론이죠. 이대로 두면 괴멸될 게 뻔한 중앙표국인데 내가 구해 내면 내 재산이나 다름없는 것 아니겠어요? 그냥 놔두면 없어질 것, 손을 봐서 남아나면 내거나 다름없죠. 뭐, 걱정 마세요. 저기 있는 국주님도 동의 한 일이니까요. 안 그래요? 장 국주님!"

비류연은 자신이 생각하기에는 순수하고 천진난만한 미소를 지었다고 생각할지 모르지만, 국주 장우양이 볼 때는 가증스럽게까지 느껴지는 음흉한 미소를 짓고 있었다. 하지만 동의라도 하듯이 국주 장우양은 아무 말도 하지 않고 묵묵히 자리를 지키고 앉아만 있었다. 왜 그랬을까? 왜 장우양이 단번에 거절치 못하고 가만히 있었을까? 모두들 의아스러워 했지만 그의 목덜미에 박혀 있는 가느다란 침(針)

하나를 알아차린 사람은 아무도 없었다.

"그것 봐요. 국주님도 동의하잖아요. 이제 됐죠? 그럼 내기를 시작해 볼까요?"

"흐흐흐, 좋다. 저 세상에서 영원히 후회하도록 만들어 주마."

염도의 굵고 거친 손이 홍염(紅焰)의 손잡이를 잡자, 폭풍 같은 열기가 뿜어져 나오기 시작했다. 염도(焰刀)의 절정기(絶頂技) 검염기(劍焰氣)가 발동되려는 순간이었다.

염도, 가문의 망신

염도는 단지 도의 손잡이를 움켜잡았을 뿐이었다.
하지만 이 단순한 한 동작에 주변의 모든 것은 달라졌다.
염도는 마치 금방이라도 폭발할 것 같은 활화산이 되었다.
능히 그 힘으로써 모든 것을 휩쓸어 버릴 수 있는 막강한 파괴력을
가진 활화산이…….

모아지고 집중된 힘이 거대하고 강력한 파괴력으로 변하려고 했다. 이제 그의 애도인 홍염은 도집을 뛰쳐나와 어마어마한 위력과 속도로 상대를 덮쳐, 자신의 먹이를 반으로 가르고, 산산조각으로 파괴시키고, 검은 가루로 불태울 것이다. 그리하여 최종적으로 한줌의 재만을 남길 것이다. 언제나 그러했다. 그런데…….

"아, 잠깐."

막 붉은 화염의 도를 뽑아 비류연을 단칼에 불태워 버릴 작정이었던 염도의 몸이 비류연의 난데없는 한마디에 멈칫 했다. '그냥 돼지면 될 것을 귀찮게 뭐 하러 세웠느냐!'라는 의아함이 담긴 시선을 던지는 염도를 향해 비류연이 말했다.

"설마 여기서 도를 뽑으려 했던 건 아니겠죠? 강호의 명망 있는 고수가 그런 분별 없는 짓을 할 리가 없죠. 제가 잘못 본 거겠죠?"

"흐흐흐, 당연히 뽑으려고 하던 참이었다. 설마 이제 와서 두렵다는 것은 아니겠지? 용서를 빌려 해도 이미 때는 늦었다. 넌 이 세상에서 가장 처참하게 죽을 테니깐 말이다."

음산한 목소리로 염도가 대꾸했다. 화가 머리 꼭대기까지 난 염도가 이제 와서 상대방이 용서를 빈다고 "오냐, 그래라." 하며 용서해 줄 리는 천만부당한 일이었다. 하지만 비류연의 뜻은 그런 게 아니었던 모양이다.

"아, 그게 아니죠. 설마 아저씨 정도의 고수(高手)가 무력을 발휘했을 때, 그 힘의 여파로 인해서 그 주변 환경에 끼칠 여파와 영향을 생각하지 않았다면 이건 정말 실망이군요. 아저씨 정도의 고수가 도를 뽑으면 이 화운루 내의 손님들이 무사할 수 있겠어요? 절대로 무사할 수 없다구요. 강기와 검기에 휩싸여 모두 죽을 게 분명해요. 나이 살 드시고, 이름 값도 높으신 양반이 그런 무분별한 행동을 취해서는 안 되죠. 암, 그렇고 말고요."

비류연은 참으로 어이없다는 투로 머리를 좌우로 내저으며 말했고, 염도는 꿀먹은 벙어리가 되었다. 반박할 말이 궁했기 때문인데 이는 염도의 자존심을 대판 상하게 하는 것이었다. 원래 염도는 그의 성격상 주변, 주위의 그런 사소한 것 따위에는 신경도 안 쓰고 무차별적으로 행동하긴 하지만, 이렇게 많은 사람 앞에서 대놓고 지적을 당하면 함부로 행동할 수 없는 것이다.

사실 말이야 바른 말이지, 잠시 이치에 따라 곰곰이 생각해 보면 금방 알 수 있는 일이다. 일류를 넘어 그 기(技)와 술(術)과 역(力)이 절정(絶頂)에 달했다는 고수가 한 번 자신의 무력을 펼치면 그 여파는 주위에 무시무시한 파괴의 잔혹함을 안겨 준다. 염도 정도나 되는 절정의 고수가 그렇지 않아도 만원 사례라 비좁은 화운루에서, 그것도 노화가 머리 꼭대기까지 오른 상태에서 휘두르는 도(刀)에 인정과 사정이 있을 리가 만무했다. 그러하니 만약 조금 전에 염도가 하던 발도(拔刀)의 동작을 멈추지 않고 그대로 애도 홍염을 뽑아 비류연을 향해 휘둘렀다면 그 충격의 여파는 상상하기조차도 끔직한 참상으로 이어질 것은 뻔한 이치였다.

염도는 아차 하는 생각이 들 수밖에 없었다. 아무리 염도가 성질 더럽고 급하기로 소문나 있다손 치더라도, 그래도 당당히 정도(正道)를 표방하는 무림의 명숙으로서 해야 될 일과 하지 말아야 될 일, 그리고, 주의해야 될 일 정도는 알고 있었다. 방금 그는 크나큰 실수를 범할 뻔했던 것이다. 만약에 무작정 휘둘러진 그의 홍염(紅焰)에 의해 발생할 뻔한 인명 피해와 재산 피해를 생각하면, 생각만 해도 심장이 벌름거렸다. 또한 그에 대한 주위에서 들려 올 비난은 생각만 해도 끔찍했다. 그런 비극이 사전에 막아졌다는 사실에 대해 염도는 안도의 한숨을 내쉴 수 있었다.

'큰 실수를 범할 뻔했군. 자칫 잘못했다가 개망신 당할 뻔했군.'

염도가 가슴을 쓰다듬으며 안도의 한숨을 내쉬었다.

"아, 전 뭘 걸어도 좋습니다. 근데 진실과 허구에 대한 진위 평가를 받기에 이곳은 너무 좁다는 느낌이 드는군요. 이래서는 쌍방이 모두 제대로 된 힘을 발휘할 수 없죠. 주위에 끼칠 민폐도 생각해야 하구요. 좀 널찍하고 한적한 곳으로 시험대를 옮겨 평가판을 벌여 보는 게 어떨까 하는 데요? 아저씨의 의향은 어떠하신 지? 설마 거절하지는 않으시겠죠. 무림의 이름높은 명숙인 염도께서 주위에 끼칠 민폐도 생각하지 않는 파렴치한 일 리가 없을 테니까요. 설마 붉은 화염의 불꽃 칼날로 불리시는 분이 그러실 리는 없겠죠. 그렇죠? 씨익……."

비류연이 예의 그 얄미운 미소를 지어 염도에게 보여주었다. 비류연은 염도를 향해 청산유수처럼 말을 내뱉었는데, 그의 말에 틀린 말은 없었다. 단지 안하무인격으로 싹수머리가 없다는 것뿐이었다.

'저, 저놈이…….'

염도는 속으로 광분할 수밖에 없었지만 함부로 움직이지는 못했다. 비류연의 말은 얄밉기는 했지만 구구절절 옳은 말이었기 때문이다. 염도의 입장에서는 "그렇다!"라고 말하며 자리를 옮기는 도리 밖에는 달리 용한 수가 없었다. 어떻게 상대방이, 이렇게나 많은 사람이 운집된 곳에서 저렇게 큰 소리로 자신의 이름과 명성과 강호의 지위를 강조하며 고수의 처신에 대해 떠벌려 놓았으니 자신의 행동은 이미 결정이 난 것이나 다름없었다. 어찌 그렇게까지 강조된 자신의 명성에 먹칠을 할 수 있겠는가?

"좋다. 기꺼이 네놈의 의사에 동조해 주마. 자리를 옮기지."

"당연히 그러셔야죠."

보는 사람 기분 나쁘게 비류연이 자꾸 히죽히죽 웃는다. 쾌재의 미소였다. 드디어 상대는 완전히 덫에 걸려든 것이다. 비류연의 관점 속에서, 염도는 이미 빼도 박도 못하는 덫에 갇힌 쥐새끼 신세인 것이다. 먼저 비류연이 몸을 돌려 화운루 문 밖으로 나갔고, 그 뒤를 염도가 따랐다.

그와 동시에 터져 나오는 화운루 곳곳의 안도의 한숨. 두 사람이 사라지자마자 화운루 안을 무겁게 짓누르고 있던 위압감도 썻은 듯이 함께 사라져 버리고 약간의 잔잔한 여운만이 남았다.

'이제야 숨통이 좀 트이는 것 같군!' 이라는 생각이 바로 지금 화운루 안에 있던 모든 손님들의 공통된 심정이었다. 염도는 이 주위의 사람들이 숨도 제대로 쉬지 못할 만큼의 엄청난 존재감을 발산했던 것이다. 그리고 그가 사라진 후에도 그 위압감의 여운은 계속 남아 있었다. 물론 비류연에게서 한 올의 존재감이나 위압감, 혹은 중압감 따위의 것들을 느끼는 사람들은 없었다. 모든 중압감과 존재감은 모두 염도(焰刀)로부터 비롯된 것들이었다.

때문에 주루의 모든 사람들은 이제 비류연의 인생은 비참할 정도로 끔찍하고 처참하게 종말을 고할 것임이 틀림없다고 내다보고 있었다.

"오늘 또 시체 한 구 치우겠구먼. 자칫했으면 우리까지 말려 죽을 뻔했네 그려."

"치울 시체라도 나오겠나? 한줌의 재밖엔 나오지 않을 걸세."

"화장 비용(火葬費用) 걱정할 필요는 없겠군."

"그나마 다행일세. 아무튼 쯧쯧… 젊은 나이에 미쳐 죽다니 안 됐어."

화운루 안에 있는 모든 사람들의 예상은 한결같았다. 한 방울의 피와 한 조각의 살점 하나 남지 않는 완전한 소각(燒却). 그 중에는 조용히 비류연의 명복을 비는 사람조차도 있었다.

"그럼, 시작할까요. 톡!"

어느 한적한 공터. 두 사람이 화운루를 나간 뒤 몇몇 곳을 둘러 찾아낸 이 공터에서 '까요'라는 말이 끝나자마자 비류연의 왼발 끝이 가볍게 지면을 굴렀다.

"챙강!"

비류연의 왼발 끝이 지면을 가볍게 톡하고 찍자마자 신기하게도 비류연의 왼 발목에 차여 있던 묵룡환(墨龍環)이 벗겨지며 땅바닥에 툭 떨어졌다. 이와 함께 대지를 받치며 서 있던 비류연의 발끝으로부터 강맹한 기류가 용권(龍卷)처럼 생성되어 순식간에 비류연의 온몸을 감싸는가 싶더니, 염도(焰刀)의 눈 앞에서 비류연은 왼발의 가벼운─남이 보기에는 한없이 가벼워 보이는─발구름 한 번으로 그의 존재를 텅빈 허(虛)와 무(無)의 공간 속에 숨겼다.

염도가 폭발적인 기세로 폭염(暴炎)의 발도(拔刀)를 펼쳐 내기도 전에 다시 비류연은 자신의 존재를 염도의 시야 속으로 드러냈다. 사실 처음과 두 번째의 상황 사이에 시간은 존재하지 않았다. 이때 이미 비류연의 존재와 염도 사이에 거리란 것은 존재하지 않았다. 두 사람 사이의 거리가 무(無)의 상태로 화(化)한 이 순간, 마침내 격돌(激突)이 일어났다.

가장 먼저 염도와 비류연 사이의 거리를 무(無)로 만든 것인 비류연의 오른발이었다. 오른발을 앞에, 왼발을 가볍게 뒤로 뺀 자세에서 도를 뽑을 준비를 하고 있던 염도의 왼발을 그대로 밟아 버렸던 것이다. 이 부지불식간의 한 수에 염도는 아무런 대처도 하지 못한 채 자신의 움직임을 봉쇄 당하고 말았다.

그러나 과연 고명한 절정 고수는 무엇인가가 틀려도 틀렸다. 이 부지불식간의 순간에 거의 본능적인 순발력으로 반쯤 뽑아 낸 염도의 애도 홍염(紅焰). 하지만 안타깝게도 그 우아한 붉은 애도가 채 안식처를 빠져나오기도 전에 우아한 나선을 그리면 뒤집어지는 비류연의 좌장(左掌)에 밀려나 홍염은 방향을 상실한 채 힘을 흐트러트렸고, 마지막으로 왼손에 의해 반쯤 뽑혀진 붉은 도신이 잡혀 버려 끝내는 속도마저도 상실해 버렸다. 염도의 도는 허무하게 멈추어 버리고 만 것이다.

염도로서는 이 믿을 수 없는 사실에 일순 넋을 잃고 말았다. 아무리 다 뽑혀지지 않은 도(刀)이기로서니, 그 안에 축약되어 있던 힘은 결코 가볍게 치부될 만한 기운이 아니었다. 보통 사람들이 손을 댔다면 그 사람은 자신의 팔을 평생 사용하지 못하게 될 것이다. 시커멓게 타 버린 고깃덩어리를 어떻게 사용할 수 있겠는가.

그러한 화령신공의 불꽃력과 기(氣)가 응집, 집결되어 있던 홍염(紅焰)이 이름도 모를 약관의 애송이에게, 그것도 채 다 뽑히기도 전에 잡혔다는 것은 당장 홍염를 입에 물고 콱 자빠져도 씻을 수 없는 치욕이자 오명이었다. 하지만 이런 염도의 비감(悲感)에도 아랑곳하지 않고, 비류연의 움직임은 아직 그 끝을 맺고 있지 않았다.

비류연의 우수(右手)가 쭉 내뻗어지며 활짝 펴져 있던 손바닥이 가벼운 손목 놀림 한 번과 함께 뒤집어 지며 손바닥의 안쪽 면이 염도의 명치 부분을 그대로 직격 했다. 손바닥을 한 번 뒤집는 정도의 가볍게 보이는 한 수였지만 그 안에 실린 힘은 간단히 무시할 수 있을 만큼 가벼운 것이 아니었다. 비류연의 기묘한 장력이 염도의 몸을 통해 침투되는 순간이었다.

잔잔한 호수에 퍼져 나가는 파문처럼 넓게, 폭풍 속에 일어나는 파도처럼 거세게, 비류연의 우장에 실려 있던 장력은 염도의 몸 안으로 넓게 퍼져 나가며 엄청난 충격으로 염도의 내장을 분탕질 쳐놓았다. 정확하니 급소를 얻어맞은 터라 승부는 비류연의 이 한 수로 싱겁게 끝나 버리고 말았다.

놀랍게도 강호의 명망 높은 도객 하나가 약관의 애송이 청년이 뻗어 낸 단 한 수의 장법을 감당치 못하고 나가떨어진 것이다. 여기에는 염도 자신이 자신의 애도 홍염이 채 뽑히지도 못한 채 치욕 속에서 잡혀 버린 것에 대한 정신적, 심리적인 충격이 한 몫 단단히 했음은 부정할 수 없는 사실이었다. 이렇게 염도는 자신의 눈 앞이 캄캄해짐과 동시에 멀어지는 의식의 저편을 느끼며, 어두움 깊은 곳, 심연의 늪으로 깊숙이 가라앉았다. 치욕 속의 불명예스런 참패를 당한 염도가 다시 정신을 차리기까지는 상당한 시간이 필요로 하리라.

"여반장(如反掌)이라……. 흠, 괜찮은데."

푹, 면상을 지면에 처박은 채 쓰러져 있는 염도에게 흘낏 시선을 던지며 비류연이 얼버무렸다. 이 중얼거림 속에는 약간의 기분 좋은 감탄이 담겨져 있었다. 방금 비류연이 시연해 보인 무공이 바로 그의 사부로부터 덤으로 배운 일권, 일각, 일지, 일장 중 하나인 일장법(一掌法)으로 일명 '여반장'이었다. 일권(一拳) '삼복 구타 권법', 일각(一脚) '무생각', 그리고 지금 선보인 일장(一掌) '여반장'. 그 기원에 무상(無想 : 아무 생각도 없이 덤으로 만들어졌지만… 이라는 뜻으로 해석

됨)이 있다 하더라도 그 위력은 전무(全無)하지 않았던 것이다.

여반장, 손바닥 뒤집는다는 이름 그대로의 용형(用形)과 오의(奧義)를 지닌 장법이다. 말 그대로 여반장이란 이 어이없는 이름을 가진 시시한 장법에 존재하는 것이라고는 알고 보면 손바닥 뒤집는 것, 이것 하나밖에는 없었다. 전사를 통해 발끝에서부터 허리와 어깨를 돌아 나선을 그리며 손끝으로 타고 내려오는 회전력의 오묘함에 의해 뒤집혀지는 손바닥이 이 장법의 모든 것이었다. 하지만 이 한 동작이 분뢰수와 더해져 무서운 위력을 낳게 되는 것이다.

비류연이 염도의 강맹한 도력(刀力)에 밀리지 않은 것은 물론 그의 도를 거침없이 그리고 무사히 잡을 수 있었던 까닭도 여반장의 묘용에 의해 폭발하기 직전에 있던 홍염의 힘과 속도의 방향을 흐트러트려 그로 인해 턱없이 위력이 반감된 홍염의 붉은 도신을 분뢰수(吩雷手)의 수법으로 잡아낼 수 있었기 때문이다.

어떻게 보면 어이없을 정도로 간단한, 마치 심심풀이로 만들어진 듯한 인상을 주는 무공 수법으로, 강호를 질타하는 드높은 명성의 염도의 도를 잡아내고 그의 자존심을 산산이 박살낸 다음 더 나아가 인사불성의 상태로 전환시켜 땅바닥에 뉘여 놓은 것이었다.

만일 이 사실이 알려지기라도 한다면 강호를 손쉽게, 마치 여반장처럼 발칵 뒤집어 놓을 수 있는 상황이었지만, 비류연은 별로 대수롭지 않다는 표정이었고, 그냥 조용히 서서 뉘어져 있는 염도가 깨어나길 기다렸다. 손가락으로 쓰러져 있는 염도의 머리를 쿡쿡 쑤시면서……

'킥킥, 나도 이제 막 부려먹을 제자가 하나 생긴 건가?

만약에 쓰러져 있는 염도에게 티끌 만한 의식이라도 남아 있었더라면 그는 온몸을 얼려 버릴 듯한 무한한 한기에 휩싸였을 것이 분명했다. 정신이 들면 한 번에 천지가 뒤집혀 버린 듯한 어처구니없는 현실이 자신을 기다리고 있는지도 모른 채 염도는 편해 보이는 자세로 뻗어 있었다.

기쁨 가득한 미소를 만면 가득히 머금으며 비류연은 자신이 벗어놓았던 묵룡환 하나를 주워 다시 왼쪽 발목에 찼다. 이 벗겨진 묵룡환은 비류연이 염도와의 대전에 매우 막대한 신경을 쏟아 부었다는 것을 의미하는 상징물이었다. 비뢰도를 쓰지 않고 염도를 제압하기 위해서는 현 상태보다 더 빠른 속도를 얻을 필요가 있었다. 그래서 자신에게 채워져 있던 4개의 묵룡환 중 하나를 벗었던 것이다. 그리고 벗겨진 이 하나의 묵룡환은 그에게 엄청난 가속(加速)을 가져다주었고 이는 염도를 제압할 힘이 되었다.

비류연은 묵묵히 서쪽 지평선을 바라보았다. 해는 이제 서산으로 기울어 황혼을 짙게 뿌리고 있었고, 붉게 물들어 가는 천공과 대지 사이로 '휘이잉' 기분 좋은 바람이 불어왔다.

애송이의 제자가 된 고수

'제자(弟子)!'
'제자(弟子)란 무엇인가?'
'사부(師父)의 반대말이다!'
'정답일지도 모른다.'
'무언가를 누구 밑에서 배우는 사람을 제자라 한다.'
'제자는 사부 없이 성립되지 않는다.'
'사부가 있기에 제자가 있다.'

사부는 대단해야 한다. 시시한 존재는 결코 사부가 될 수 없다. 자신은 이제 제자가 아니다. 자신은 충분히 남의 사부가 될 자격을 지니고 있는 사람이다. 남들도 다 인정한다. 자신은 강하다고. 자신은 훌륭하다고. 그러니 단 한 수만이라도 좋으니 그 강함의 비결을 일부분이나마 가르쳐 달라고, 자신의 사부가 되어 달라고, 열심히 부탁하고 애걸을 한다. 하지만 자신은 모두 거절했었다. 귀찮았었다.

물론 자신도 한때 제자였던 적이 있었다. 물론 자신이 제자였으므로, 자신이 제자이기 위한 사부라는 존재(存在)가 당연히 있었다. 사부는 강했다. 자신은 그 강함이 너무나 좋았고, 그래서 존경했다. 그리고 배웠다. 그래서 배웠다. 사부의 강함을 원했다. 자신도 그와 같이 되기 위해 그는 배웠다.

　사부는 제자에게 있어 절대적인 존재다.

　사부가 일어나신다. 제자가 세숫물을 떠다 드린다.

　사부가 시장하시다. 제자가 밥을 한다.

　사부가 술을 드시고 싶어하신다.

　제자가 산골짜기를 뛰어내려가 술을 사 온다.

　사부가 계시는 방이 지저분하다. 제자가 청소를 한다.

　사부가 부른다. 제자가 달려간다.

　사부가 시킨다. 제자가 한다.

　사부가 시킨다. 제자가 한다.

　한다, 한다, 뭐든지 한다.

　사부가 시켰다. 제자는 해야 한다. 해야 한다.

　사내는 꿈을 꾼다. 사부가 있었다. 자신의 무(武)의 스승. 자신의 꿈, 자신의 갈망. 끝없이 강했던 사부. 누구도 사부의 위치와 자리를 넘볼 수 없었다. 그만큼 사부는 강했다. 사부에 비한다면 자신은 아직 멀고도 멀었다.

　염도에게도 동문수학한 친구가 있었다. 이제는 친구가 아니다. 그놈이나 그 녀석이라 부르자. 그런 호칭이 훨씬 잘 어울린다. 그런 놈은 이제 생각도 하지 말자. 재수 없다.

　사부는 절대적이었다. 사부는 위대했다. 나는 사부의 반쪽이었다. 사부의 나머지 반쪽은 그 녀석이었다. 반으로는 충분하지 않다. 완전하지 않다. 완벽해질 수가 없다. 하지만 어쩔 수 없다. 나와 그 놈은 이상이 될 수 없었다.

'태극청홍신령빙염공(太極靑紅神靈氷炎功)!'

사부가 지니고 있던 극상 극대의 신공의 명칭. 무도(武道)의 극의 (極義) 중에 극의(極義)였다. 홍염(紅焰)은 모든 것을 불태우고, 청염 (靑焰)은 모든 것을 얼게 한다. 음(陰)과 양(陽)의 기운을 모두 지닌 초절정의 신공(神功). 두 가지가 하나로 합쳐지면 두려울 것도 막아설 것도 없었다. 하지만 두 가지를 한 몸에 지닐 수는 없었다. 사부는 둘을 한 몸에 지닐 수 있었지만 그 놈과 나는 둘을 한 몸에 지닐 수가 없었다. 사부는 특이 체질이었고, 우리들은 아니었기 때문이다. 자신은 홍염(紅焰)을 택했다. 사부가 그에게 신도 홍령(神刀紅靈)을 주었다. 자신의 친구는 청염(靑焰)을 택했다. 사부가 그에게 신검 청령(神劍靑靈)을 주었다.

여기까지는 좋았다. 아무 문제도 없었다. 그런데 딸이 있었다. 사부의 딸이었다. 그녀를 사랑했다. 아주 많이 사랑했다. 그런데, 그런데 그 놈에게 주었다. 이건 기분 나쁘다. 아니 참을 수가 없다. 그런 얼음덩이 같은 놈이 어디가 좋은 거야. 화가 난다. 그래서 싸웠다. 싸우고 또 싸웠다. 결판이 안 난다. 그러나 내야 한다. 패배자가 모든 걸 포기하는 것이다.

그런데 그녀가 그를 택한다. 결판이 나지도 않았는데 그녀가 그를 택했다. 나는 사부가 택하게 했다고 하고, 그녀는 자신이 택했다고 한다. 화가 난다. 자꾸 화가 난다. 도무지 참을 수가 없다. 사부에게 따지려 들었다. 그런데, 사부가 죽었다. 절대로 죽을 것 같지 않던,

죽음마저도 제압할 수 있을 것만 같던 사부가 죽었다. 나는 그곳을 나왔다. 뛰쳐나왔다. 무작정 뛰쳐나와 강호 천하를 헤매었다. 나의 앞을 가로막는 장애물은 가차없이 제거해 버리며 나는 강호를 떠돌았다. 다시는 돌아갈 일이 없을 것이다. 그곳으로…….

사내는 오른 손에 들린 자신의 애도를 바라본다. 저녁의 황혼보다도 짙은 붉은빛을 머금고 있는 범상치 않은 신도(神刀). 지금까지 한번도 그의 기대를 저버리거나 실망시킨 적이 없는 자신의 분신이었다. 언제부터인가 자신이 지니던 진명(眞名) 대신에 홍염(紅焰)이라는 또 하나의 이름으로 불리게 된 도(刀). 그는 하염없이 바라보기만 한다. 피처럼 붉은 불꽃을 피우는 자신의 애도(愛刀)를!

손이 하나 있다. 자신의 손은 분명히 아니었다. 자신의 손은 틀림없이 자신의 붉디붉은 애도를 꽉 쥐고 있지 않은가. 이런 상태로 자세를 고쳐 잡고 있는 그에게 여태껏 함부로 덤빈 사람은 아무도 없었다. 모두들 목숨이 아까웠던 터이다. 하지만 저기 떠있는 저 손은 예외였다.

저기 저편에서 장난스럽게 움직이고 있는 손에게는 거칠 것이 없는 모양이었다. 손은 거침없이 움직여 사내에게로 다가왔다. 두고 볼 것 없이 붉은 머리칼을 지닌 사내가 자신의 애도를 휘두른다. 그러자 자신의 애도로부터 화려하고 아름다운, 그리고 거친 불꽃들이 피어올라 둥글게 벽을 형성하여 사내 자신을 보호했다. 사내는 흡족해 했다. 사내는 확신했다.

'그 무엇이라도 이 불꽃의 벽을 뚫고 나에게 도달할 수는 없어. 그

러므로 나는 안전하다. 그러므로 나는 강하다.'

하지만 사내의 자신감은 순식간에 한줌의 티끌과 같이 부스러지고 뿔뿔이 흩어져 버렸다. 너무나 어이가 없을 정도로 손쉽게 손은 그가 만든 불꽃으로 처진 방어 벽을 뚫고 다가와 그를 덮쳤다. 갑자기 새하얀 손이 점점 커지기 시작했다. 한 배, 두 배, 세 배, 손은 더욱 더 커지더니 곧 사내를 덮어 누를 수 있을 정도로 커졌다. 그의 공격을 모두 무위로 만들어 버리는 그 손은 매우 위협적이었다. 그리고 끝내 손이 사내를 덮쳤다. 사내는 막을 수 없었다. 암흑이 주위를 덮쳤다.

잠시 후, 넋이 나가 있던 사내가 정신을 차리고 주위를 인지하게 되었을 때 그는 자신이 새하얗고 커다란 손바닥 위에 서 있다는 것을 알았다. 마치 서유기에 나오는 부처님 손바닥 위의 손오공처럼……. 그리고 아주 가벼운 동작으로 손바닥이 발랑 뒤집혔다. 사내도 같이 뒤집혔다. 세상이 전부 뒤집혀졌다고 사내는 생각했다.

이 손바닥 뒤집힘의 동작 하나로 사내는 자신의 모든 것이 뒤집혀지고 바뀌어졌다는 것을 깨달았다. 손바닥 위에 있을 때 그는 강했다. 너무나 강하다고 하며 사람들은 접근조차 꺼려했었다. 그 강함에 이끌려 자신에게 한 수만이라도 가르쳐 달라며 애걸복걸하는 무리들도 수도 없이 많았다. 사내는 강했다. 그는 그렇게 인정받고 있었고, 그 대우와 평가에 대해 매우 흡족해 했다. 강호상의 어떠한 인물도 이를 부정하지는 않았다. 사내는 자신감과 자만심으로 가득 차 있었다.

명예가 오색 찬연히 빛을 발하고 명성이 드넓은 천하를 울렸다. 그 랬었다. 거침이 없었다. 그런데 손바닥이 뒤집혔다. 갑자기 자신이 보잘것 없어졌다. 사내는 그렇게 느꼈다. 손바닥 위의 세상에 있을 때만 해도 그는 남을 가르칠 사부가 될 자격이 충분했었다. 하지만 손바닥 아래의 세상은 그렇지 못했다. 사내는 한없이 초라해지고 왜소해지고 위축되어 졌다. 이제는 또다시 제자가 되어 사부를 모셔야 될 몸이 되어 버렸다. 엄청난 변화였다.

그는 방금 전만 해도 저 위에 있었지만 이제는 저 밑에 있었다. 명예(名譽)는 그 광휘(光輝)를 잃어 버렸고, 명성은 지상으로 곤두박질쳤다. 수치스럽고 억울했다. 사내는 그러한 현실을 용납할 수 없었다. 그래서 울부짖었다.

'으아아악, 난 인정할 수 없어. 절대로 인정할 수 없어. 이것은 한순간의 악몽일 뿐이야. 깨어나면 사라질 한순간의 나쁜 꿈.'

사내는 울부짖었고 그 울분의 외침 때문인지 아닌지 세상이 진동하기 시작했다. 마침내 사내는 자신이 뒤집혀진 세상에 거꾸로 서 있다는 것을 알았다. 사내 주변의 세계가 서서히 조각조각 붕괴되어 떨어지기 시작했다. 사내도 함께 떨어졌다. 곧 완전한 무(無)의 세계가 그를 삼켰다. 사내는 자신의 존재를 완전히 잃어버렸다.

또르륵, 또르륵. 두 눈동자가 쉴새없이 굴러간다. 그 눈동자는 단 한 사람을 향한 것인데 관찰 대상자를 속속들이 파헤쳐 보겠다는 듯이 뚫어져라 쳐다보고 있었다.

'왜 이렇게 식은땀을 줄줄 흘리고 있는 것일까?

얼마나 땀을 많이 흘렸던지 옷이 다 젖어 축축해져 있었다.

인상은 팍 우그러뜨려진 채 헛소리 해 대며 경련을 떠는 모양새가 가위에 눌려도 아주 단단히 눌린 모양이었다. 큰 내상을 입지 않았으면서도 식은땀을 줄줄 흘리며 일어날 줄 모르는 붉은 머리칼을 가진 특이한 생김새의 관찰 대상자를 바라보며, 비류연은 참 재미있다는 표정을 지어 보였다.

"꿈틀!"

갑자기 비류연의 관찰 대상이 꿈틀거리며 크게 움직이기 시작했다. 바닥에 튀겨져 오르는 공 같이 격렬히 움직이던 관찰 대상, 즉 염도의 눈이 뻔쩍 떠졌다. 괴이한 비명과 더불어…….

"으아아악!"

염도는 기분이 매우 나빴다. 나빠도 아주 더럽게 나빴다. 그렇지 않아도 매우 찝찝하고 끔찍하고 무서운 가위에 눌렸다가 겨우 깨어났는데 바로 눈 앞에 확 들어오는 기묘한 얼굴이라니. 그것도 자신을 무슨 장난감 마냥 호기심 어린 눈으로 뚫어져라 쳐다보는 놈의 면상은 그의 기분을 끔찍하게 상하게 했다.

그 얼굴 어디서 많이 본 얼굴이고, 그와 만나서 행해지고 이루어졌던 일이 꿈이 아니라는 절망적인 사실을 인식하고 인지하는 데는 잠시의 시간이 필요했다. 염도의 머리는 상당히 혼란해져 있었던 터라 제정신의 사고를 하기 위해서는 충분한 여유가 필요했다.

마침내 염도는 인식했고, 곧바로 깊은 절망 속으로 빠져들었다.

'차라리 깨어나지 말 것을……. 내가 왜 깨어났을까?'

하지만 이런 후회도 이미 늦었다는 것을 인정할 수밖에 없었다. 이로써 염도는 인생의 전환기를 맞게 되었다. 그에게 있어서는 최악의 방향과 방법으로……. 그 날 염도는 비류연의 제자(弟子)가 되었다.

무림의 고수가 애송이의 제자가 된 것이다. 그리고, 두 사람의 여행
이 시작되었다.

두 사람의 여행이 시작되었다

"고백은 사절이야."
비류연이 말했다.
"뭐?"
"그렇게 뚫어지게 쳐다보지마. 부끄럽잖아!"

무슨 귀신이나 본 사람처럼 멍하니 자신을 뚫어져라 쳐다보고 있
는 장우강에게 향한 말이었다. 장우강은 완전히 얼빠진 사람 마냥 넋
을 놓은 채 해답의 육지가 보이지 않는 의문의 바다 속을 열심히 헤
엄치고 있는 중이었다. 하지만 아무래도 해답의 실마리가 보이지 않
는 것이 이제 곧 의문의 바다 한가운데서 익사할 가능성이 다분해 보
이는 얼굴이었다. 그는 도저히 이 사실을 믿을 수가 없었다.

"어, 어떻게 살아 있지?"

장우강은 충격으로 혀가 굳어 말도 제대로 나오지 않는 모양이다.

"엉? 내가 언제 죽은 적 있었나? 난 그런 기억 없는데?"

당연한 걸 가지고 별소리 다 듣는다는 몸짓을 보이자 장우강의 면

상이 금세 일그러졌다. 시인의 실패한 작품처럼 구겨진 그의 얼굴을 보며 비류연이 싱긋 웃었다.

"그렇게 노골적으로 실망한 표정 짓지마. 대신 좋은 선물이 있어."

지금 그는 막 화운루에서 표물 점검을 끝내고 취침하려는 중양표국 일행에게로 돌아온 것이었다. 모두들 그가 죽었을 거라고 생각하고 있던 순간이었다. 겁도 없이 염도의 금기를 어기고, 그 위에 도발의 기름까지 끼얹은 주제에 살아오길 희망하느냐고 생각하던 터였다. 죽음이란 당연히 예정된 수순이라 여기고 있었다. 그런데 건방지게 운명의 예정표를 깡그리 무시하고, 신(神)과 상의도 없이 저승 사자의 엉덩이를 걷어차고 일정을 대폭 변경한 채 비류연이 급작스레 생환한 것이다.

그를 본 사람들의 표정은 정말 가관이었다. 손에 들고 있던 찻잔을 아깝게 깨 버린 사람. 손에 든 서류를 바람에 날려보내 수습하는 데 시간이 많이 걸릴 것 같은 사람. 붓을 들고 서류 정리하다 종이에 대각선의 일 자 얼룩을 남겨 새로 작성해야 되는 사람. 그리고 닦고 있던 병장기에 손을 베인 사람 등등 모두들 그를 보고 귀신이라도 본 사람 마냥 광란에 빠진 것이다. 모두들 존재하지 않는 것을 본 사람 같은 얼굴로 비류연을 빤히 바라보자 괜히 머쓱해지는 비류연이었다.

"아, 소개할 사람이 있어요. 오늘부터 우리 표행에 합류해 남창까지 같이 갈 사람을 소개하죠."

"누구 맘대로!"

비류연의 소개가 끝나기도 전에 장우강이 바락 고함을 쳤다. 무사 귀환한 것만 해도 울화가 치밀어 죽겠는데, 오히려 한술 더 뜨려 하고 있으니 울화통이 터질 만했다. 그의 얼굴은 조금 전 충격의 후유증으로 창백하기 그지없었지만 다행히 생명에는 지장이 없었다. 하지만 기혈이 뒤틀려 당분간은 절대 안정을 취해야만 했다.

"여긴 너의 표국이 아니야. 우리 중양표국의 주인은 우리 아버지고 이 표행의 책임자도 우리 아버지야. 네 마음대로 아무런 놈팡이나 데리고 들어올 수 있는 곳이 아니란 말이야."

"고… 공자!"

등여호가 눈깔이 뒤집혀 발광하는 장우강을 막아 보려 했지만 소용이 없었다. 이미 장우강은 눈에 보이는 게 없는 모양이었다. 그렇지 않고서야 국주 장우양도 처신을 주의하는 비류연 앞에서 이처럼 천방지축으로 날뛰진 못했을 것이다.

"정말?"

"물론이다. 내 눈에 흙이 들어가기 전엔 절대 안 돼!"

자신의 눈 앞에 서 있는 사람이 여차하면 정말로 그 자신의 말대로 실행할 수도 있는 성격과 능력을 겸비한 존재라는 것을 망각한 채 함부로 내뱉은 말이었다. 비류연으로서는 못할 것도, 꺼릴 것도 없는 일이었다. 염도의 무시무시한 홍염장의 장력 아래에서 간신히 구사일생으로 살아났는데 아직도 정신을 못 차리고 다시 제 무덤을 파고 있는 것이다.

"정말? 후회할 텐데……."

"물론이다."

장우강은 여전히 분수를 모른 채 단호하기만 했다. 하지만 중양표국 장 씨 가문으로서는 다행히도 비류연은 자신의 눈에 흙을 넣어 달라는 장우강의 청을 거절했다. 그 대신 그가 한 일은 문 밖에서 기다리고 있던 한 사람을 부르는 일이었다.

"들어오세요!"

비류연은 즐거움이 가득한 얼굴로 소리 높여 외쳤다. 그리고 한 사람이 들어오자 사람들은 모두 경악한 채, 자신이 정말 지금 현재 생시에 머무르고 있는지를 확인하는 절차를 거쳐야 했다. 잠시 후 중앙 표국 일행은 얼얼한 볼을 부여잡고 눈물을 찔끔거려야 했다. 모두들 있는 힘껏 자신의 뺨을 꼬집어 비틀었던 것이다.

그 중에서 가장 놀란 사람은 다름 아닌 장우강이었다. 몇 시진 전에 염도에게 지은 죄로 생사의 기로를 헤맬 뻔한 전적이 있었으니 놀랄 만도 했다. 얼마나 긴장했는지 비틀어 꼬집은 볼에서도 감각이 느껴지질 않았고 오금이 저려 제대로 서 있기조차 힘겨웠다. 또한 얼어붙은 냉동 동태처럼 굳어 버린 혀는 제 기능을 발휘하지 못해 그 주인을 답답하게 만들었다.

"이, 이 분은……."

"아, 아까 장 소협이 말한 아무런 놈팡이죠!"

비류연이 미소를 지으며 말했다. 어떤 악귀의 간악하고 사악한 미소도 지금 비류연의 미소엔 비할 수 없을 거라고 장우강은 생각했다. 그리고, 자신의 부질없는 허상 같은 자존심과 경솔함에 대해 땅을 치고 후회했다.

비류연에 대한 태도와 대우는 백팔십 도로 변모했다. 그건 염도에게도 마찬가지였다. 아니, 강호의 명성과 위치를 고려했을 때 염도에게는 당연한 대우였으므로, 오히려 그 덕에 비류연에 대한 태도가 황족(皇族)부럽지 않은 귀빈 대접으로 돌변한 것이다.

염도의 등장으로 이야기는 끝났다. 더 이상 입 아프게 혀를 놀릴 필요가 없었다. 누가 감히 염도의 비위를 거스르려 하겠는가. 언감생심 꿈도 꾸지 못할 일이다. 장우강은 그때의 충격으로 아직도 꿀 먹은 벙어리 마냥 실어증에 걸려 말을 못하고 있었다. 비류연으로서는 장우강 앞에서 염도를 가르키며 "너의 눈에 흙을 넣어 주실 용의가 충분히 있으신 분이셔, 인사드려." 라고 말하지 못한 게 못내 아쉬웠다. 장우강은 염도의 등장과 함께 정신 활동을 정지해 버린 상태라 외부 자극에 아무런 반응도 못하고 있는 실정이었다.

염도는 열렬한 환영을 받았다. 염도 정도의 초고수가 따라간다는데 어느 표행이 이를 반기지 않겠는가. 가만히 있는 것 자체만으로도 표물에 꼬이는 파리 떼들을 물리치는 최고 효능의 살충제이자 방패막이가 된다. 모습 하나 만으로 산적 떼들을 발바닥에 불나도록 내빼게 만들 수 있는 능력이 염도에겐 있었다.

물론 그들의 든든한 보호자가 언제 어디서 전몰(戰歿)의 파괴자(破壞者)로 뒤바뀔지 모를 일이지만 이미 선택의 여지가 없는 마당에 그런 고민은 불필요한 것이었다. 장우양을 비롯한 중양표국 일동은 허리를 직각으로 굽히며 염도를 환영했고, 염도는 이때부터 비류연과 함께 남창으로 향하게 되었다. 이번 남창행은 염도의 계획에 없던 일이었지만 약속은 약속이었으므로 울분을 참으며 약속을 지킬 수밖에 없었다.

염도는 한 번 못박은 약속을 기회의 반전을 틈타 무위로 돌리려 할 만큼 몰염치하지는 않았다. 그가 정한 금기(禁忌)와 그 실행 여부를 봐서도 알 수 있듯이 그는 한 번 정한 약속은 철석같이 지키고 이행하는 단순하고 고지식한 사람이었다. 이리하여 마침내 두 사람의 여행이 시작되었다.

승천무제(昇天武祭)와 환장한

끝이 보이지 않을 정도로 광활히 펼쳐져 있는 새파란 물빛 대지.
물새는 순풍을 타고 울고, 호변의 갈대는 미풍에 흔들린다.
이 투명한 맑음이 숨쉬는 푸름의 쪽빛 빛깔 곁에
어깨를 나란히 이웃하며, 거대히 펼쳐 솟아나 있는 인간의 손길.
난공불락(難攻不落)이라는 말을 몸소 표현이라도 하는 듯
이중으로 우뚝 솟아 있는 성벽!
그것은 무엇이든 막을 수 있는 든든한 방패처럼 철벽같이 견고하고
단단해 보였다.

이 견고하기 그지없는 성벽은 어디에서 시작해 어디에서 끝날지 모를 정도로 넓은 지역을 감싸고 있었고, 그 주위에는 적이 함부로 침입하지 못하도록 하는 해자(공성에 대비하여 성벽 주위에 파 놓은 수로)가 있어, 하늘에서 바라보면 거대한 둥근 물의 띠를 이루고 있었다. 그 안은 수십 채의 거대하고 웅장하며 화려한 전각들로 가득 차 있었다. 이 성채 하나가 마치 살아 있는 생물이라도 되는 것처럼 함부로 범접할 수 없는 삼엄한 기세를 내뿜고 있었다.

세상 저편으로 보이는 수평선으로부터 광활히 펼쳐진 자연의 대절경인 파양호를 이웃하여, 장엄하게 자리한 수많은 전각들의 군집들. 이곳이 바로 강호 백도 무림의 정수가 숨쉬는 위대한 무도(武道)

의 배움터이자, 거대하고 강력한 무위(武威)를 자랑하는 강호 백도 무림의 핵심인 천무학관(天武學館)의 자리였다.

그리고 이 거대한 무위와 무력의 결정체인 천무학관과 넓고 거대한 물의 쪽빛 대지 파양호에 인접하여 자리하고 있는 도시 남창. 남창은 지금 파양호와 더불어 천무학관이라는 거대한 존재에 의해 놀라운 번영을 이룩하고 있었다.

매일 수백 수천 명의 사람들이 왕래하고, 수백 수천 종의 물자가 쉴새없이 거래된다. 쉽게 표현하자면 눈이 핑핑 돌 정도로 엄청난 양의 물자가 들락거리며 교류되고 있는 것이다. 천무학관에 의해 생성된 이 엄청난 수요와 공급으로 인해 필연이라고 해도 좋을 만큼 남창은 번영할 수밖에 없었다.

특히 요즘 남창에 위치한 모든 숙박 시설과 유흥 시설은 한 곳의 예외도 없이 연속적인 만원 사례를 거듭하고 있었다. 한마디로 대박이 터진 것이다. 그리하여 현재 이쪽 업계의 주인들의 입은 좌우로 쭉 찢어져 다물어질 줄 모르고 있었다.

중원 각지에서 청운의 꿈을 품고 모여든 수많은 무림인들에 의해 숙박 업소들은 이미 빼곡이 들어 차 있었고, 주루(酒樓)에는 밤낮 없이 해와 달의 자리 바꿈을 상관치 않고 많은 사람들이 모여 이야기와 정보를 교환하고 있었다. 물론 이 자리에서 술은 필수였다. 날밤을 지샌 후에 남은 것은 빈 술병과 빈 안주 접시뿐이라 하지 않는가.

지금 남창에 모여들고 있는 무림인 대부분이 모두 등용문을 넘어 승천을 꿈꾸는 무인들은 아니었다. 그들 중에서도 30대 미만의 청년 고수 일부만이 승천을 꿈꾸는 무사들이었고, 나머지는 그저 그런 정도의 구경꾼들 내지는 정보 상인이나 내기꾼이었다. 물론 크게 보면 모두 구경꾼들이라 할 수 있었다.

하지만 어쨌든 그들이 모여든 이유는 단 하나, 곧 있으면 열릴 천무학관 최대 행사의 하나인 천무학관 입관 시험 통칭 '승천무제(昇天武祭)'라 불리는 무(武)의 제전(祭典) 때문이었다.

'승천무제(昇天武祭)'

이 얼마나 무인의 가슴을 두 방망이질 치게 만들고 무인들의 허리춤에 맨 도검(刀劍)의 신(身)을 울리게 만드는 이름인가. 이를 통과하기 위해 매년 검(劍)을 갈고, 도(刀)를 닦는 이가 수천을 쉬이 헤아린다. 그러나 그 중에도 아주 극소수만이 이를 통과해서 빛나는 영광을 거머쥐게 된다. 그리고 탈락한 대다수의 사람들은 다시 실력을 연마하여 도전에 도전을 계속하는 것이다. 이 승천무제에 합격만 한다면 강호 백도의 후기 지수로서의 한 자리가 완벽하게 보장될 뿐만 아니라 자신의 미래는 완벽하게 보장되게 된다.

강호 백도의 실력의 척도(尺度), 무위(武位)의 가늠자, 승천무제(昇天武祭)!

그러니 누가 있어 이 승천무제에 귀를 기울이지 않을 수 있겠으며, 시선(視線)을 뗄 수 있겠는가. 그 화려한 무(武)의 축제가 지금 시작되려 하고 있다.

그 즈음, 이렇게 뜨거운 열기의 소용돌이 속에서 들떠서 흥분하고 있는 남창에 두 명의 남자가 들어섰다. 한 명은 스무 살이 되었을까 할 정도의 평범해 보이는 청년이었고 한 명은 적발, 적염, 적미의 특이한 용모를 지닌 마흔 중반의 중년이었다.

청년의 앞머리는 길어질 대로 길어 눈을 덮고 있었기에 정확한 용모는 파악하기 어려웠으나 채 가려지지 않은 턱 선으로 보아 못 생기지는 않은 듯 하였고, 입고 있는 옷은 별 특징 없는 청색 무복으로 특별한 부분은 없었다. 반면 청년과 함께 동행하고 있는 마흔 중반으로 보이는 중년인은 한 번 보면 절대로 있을 수 없는 용모를 가지고 있어 주위의 이목을 집중시켰다. 적발, 적염, 적미의 특이한 외모. 게다가 옷까지 불꽃같은 황금빛 섞인 진홍의 무복을 입고 있어 마치 하나의 거대한 불꽃 그 자체를 연상케 하였다. 허리에 매어져 있는 한 자루의 도(刀)마저도 붉은 그에게, 단 하나 진홍빛을 띄지 않은 물건이 있었으니, 그것은 바로 등에 지어져 있는, 그와는 전혀 어울리지 않는 묵금(墨琴)이었다.

깊은 암흑을 연상하게 하는 칠흑의 묵금(墨琴)은 왠지 그 중년인을 어색하게 만들고 있어 지나가는 주위 사람들 모두 힐끗힐끗 고개를 갸웃거렸다. 하지만 그 중년인이 왜 그런 묵금을 등에 지고 있는지는 그 두 사람만이 아는 사연이 있었다. 바로 비류연과 염도였다.

곧 시작될 승천무제(昇天武祭)를 관람하거나 출전하기 위해 모여든 수많은 사람들. 헤아릴 수 없이 몰려든 군중들에 의해 객점은 이미 모조리 점거된 상태였다. 이러한 상황 속에서 비류연이 보란 듯 방을 구했다는 사실은—그것도 남창에서도 알아준다는 객점—하월루(夏月樓)에 방을 잡을 수 있었는지-불가사의한 일이 아닐 수 없었다. 이미 모든 주루와 객점의 예약은 한 달 전에 끝나 있었다. 그러기에 방값은 천정부지로 치솟아 올랐고, 남창 전역에 위치한 인가에는 민박이 판을 쳤다. 이 시기에 민박으로 얻는 수익은 이곳 남창의 중산층 가정에는 절대로 무시 못할 중요한 수익이자 짭짤한 이익이었다.

물론 민박 값도 승천무제의 시작 일이 다가오면 다가올수록 고액으로 치솟아 올랐다. 때문에 승천무제를 구경하러 왔던 가난한 사람들의 눈에는 피눈물이 맺힐 지경이었다. 이런 민박마저도 얻지 못한 무인들과 관전자들은 파양호 강변에 천막을 치고 잠자리를 해결하고 있는 실정이었다.

그렇기에 매년 이맘때가 되면 볼 수 있는 기풍물(奇風物)이 바로 파양호 주변을 빼곡이 채우고 있는 각양각색의 천막들이 연출해 내는 천막촌 풍경이었다. 이때 이곳 남창의 천막 장사들은 매상이 세 배 이상 뛰어오르기 때문에 일 년 수익의 절반 이상을 이 시기에 벌어들이고 있었다. 여러모로 승천무제는 이곳 남창의 경제에 막대한 영향을 끼쳤다.

상황이 이러한 때에 버젓한 객점에 자리가 있을 리 만무했다. 그런데도 비류연은 구했다. 그것도 일등급 객점이라 할 수 있는 하월루(夏月樓)에서, 그것도 최고급으로. 하월루(夏月樓)는 여름 달이 머무는 곳이라는 운치 있는 이름을 지는 남창 제일의 객점이었다.

총 수용 인원 400명. 종업원 수 100명. 최고의 숙수(요리사)들과 최고의 미주(美酒), 그리고 최고의 시설을 갖추고 손님을 편안히 모시기로 유명한 이곳은, 숙박비도 워낙 고액이지만 이미 두 달 전에 예약이 마감된 곳으로 알려져 있었다. 그런 하월루에서 이렇게 쉽게 방을 얻다니 이것이 어찌된 일인가?

그 해답은 바로 비류연의 제자, 본인에게 물으면 비류연의 제자임을 마구잡이로 칼을 휘두르며 극구 부인할, 염도에게 있었다. 염도가 누구인가? 지금은 어쩌다 하늘의 못된 장난으로 이름도 없는 무명의 소졸 비류연에게 당해 그의 제자로 추락사에 가까운 전락(轉落)을 해 버린 비운의 인생이지만, 그래도 강호에서 알아주는 천하 5대 도객의 수장이며, 강호 막강 세력인 염천도문(焰天刀門)의 문주(門主)였다. 그런 그가 방을 달라는데, 거절할 자가 누가 있겠는가. 그것도 성질이 더럽고 급하기로 유명한 염도, 바로 그에게.

그 날로 장사 마감하고 폐호로부터의 재생과 급속한 업종 변경을 원하는 자가 아니라면 감히 꿈도 꾸지 못할 일이다. 이곳은 남창, 천하의 무인들이 모인다는 무(武)의 집결지! 이곳에서도 일 등급으로 자리 매김 되어져 있는 하월루에서 염도를 알아보지 못할 리가 없었다. 이곳 남창에서는 무림인의 신분 파악이 장사의 성공 여부를 가늠하는 중요한 일이었다. 상대의 신분과 능력, 위치와 비중을 정확히 판단하여 절대 고수에게는 절대 거역하지 않고 기분을 거슬리지 않는 것이 바로 이곳 남창 주루 숙박 업계에서 살아남는 지름길이었다.

절대 고수의 비위를 잘못 거슬렸다가 사라진 객점과 주루가 한둘이 아니어서 열 손가락과 열 발가락으로는 다 셀 수 없는 곳이 바로 이곳 남창이 아닌가. 그러기에 이곳의 업주들은 항상 그쪽 방면에 촉각을 곤두세우며 주의에 주의를 기울이고 있었다. 게다가 별의 별 무림인들이 다 모이는 곳인 만큼 사고의 위험성도 잦았다.

그런 남창에서도 염도는 특일 급(特一級)으로 분류된 절정 고수였다. 게다가 위험도와 주의도가 적색(赤色) 특(特) 제일 급(第一級)으로 분류되어 있기 때문에, 그런 염도가 방을 요구한다면 만들어서라도 방을 마련해야 하는 것이다. 그의 특별한 외모는 그에 대한 진위 여부를 확인할 필요도 없게 만드는 것이었다. 염도만큼 신분과 용모 확인이 간단한 인물도 없었다. 게다가 그의 눈동자를 한 번만 바라본다면 더럽기로 유명한 성질을 단번에 파악할 수 있기 때문에 그의 외모는 그 자체가 걸어 다니는 신분 증명서였다.

그러기에 하월루는 무슨 수를 써서라도 방을 마련해야 했다. 그리하여 끝내 방을 마련했을 때 하월루의 지배인은 눈물을 머금었다. 해냈다는 성공과 기쁨의 눈물은 아니었다. 자기 방을 빼앗긴 데 대한 서러움의 눈물이었다. 염도의 격에 맞는 방을 마련하기 위해 그들은 없는 방을 만들어 내야 했다. 그렇게 되고 보니 만만한 방은 지배인의 거처밖에 없었던 것이었다. 그보다 신분이 아래인 고용인들의 방은 염도의 격에 맞지 않는다는 자체 판단 때문이었다. 그러기에 하월루의 지배인 환장한은 눈물을 머금고 그의 방을 비웠고 곧 그의 방은 2인 1실의 객실로 순식간에 변모했다. 그리고 지배인 환장한은 점소이의 숙소에서 당분간 같이 지내는 것으로 결정이 내려졌다. 환장한 지배인은 정말 환장할 수밖에 없었다. 그러나 별 수가 없었기에 환장하는 속으로 이름 값을 할 수밖에 없었다. 속으로 환장했다는 이야기다.

이리하여 비류연과 그 외 1명은 최고급 숙소에서 편안한 잠자리를 제공받게 되었다. 그래서 그 뒤에 숨겨진 비사를 아는지 모르는지 비류연은 연신 싱글벙글 할 뿐이었다. 다음날, 그가 경순이(輕順耳) 나중해를 만난 순간까지는 그랬다.

순풍산부이 나대이의 수난

경순이(輕順耳) 나중해. 나이 45세. 직업 정보 상인.
현 남창 지역 내 최대 사설 정보 매매 조직 순풍당(順風堂)의 주인이
라는 거창한 자리를 꿰차고 있는 자이다.
순풍당이라 하면 철석같은 신용과 탁월한 정보력을 기반으로
용호(龍虎)가 길길이 날뛴다는 남창성 내에서도 꿋꿋이 터를 닦아
온 정보 매매 조직으로 그 규모는 남창성 내 제일이라고
공공연히 회자되어질 정도였다.

그 순풍당을 총괄하여 관리, 운영하고 있는 인물이 바로 눈 앞에
있는 인물 경순이(輕順耳) 나중해였다. 이런 그를 사람들은 보통 순
풍산부이(順風産婦耳) 나대이(那大耳)라 부른다.

원래 순풍이(順風耳)란 이런저런 소문들을 많이 주워듣는 사람을
가리키는데, 그런 순풍이를 여러 곳에 여러 개를 나누어 가지고 있다
고 해서 붙여진 별호였다. 원래 그의 별호인 경순이는 고래(古來)로부
터 전해져 내려오는 고사를 인용한 것으로, 공자님께서 나이 쉰에 남
의 말을 가려 들을 수 있는 경지인 이순(耳順)에 들어섰다는 이야기를
인용(引用), 이라기보다는 왜곡, 조작하여 만들어 붙인 것이었다.

그런데, 인위적인 조작이 가미된 별호답게 그의 경지 또한 한참 왜

곡된 삐딱한 경지로서, 그는 남의 이야기를 모아 들었을 때 가려 듣기는 가려 듣지만, 나중해의 경우 돈이 되는 이야기와 그렇지 않은 이야기로 구분해 듣기 때문에 앞에 가벼울 경(輕) 자(字)가 하나 덧붙게 된 것이다.

게다가 그는 별호에 어울릴 만큼이나 귀가 큰데, 그 크기가 삼국지의 유비 현덕이 형님으로 모실 정도로, 멀리서 보면 얼굴 양옆에 주머니 두 개를 차고 있는 듯한 우스꽝스런 형상이라 쌍낭이(雙囊耳)라고 우스개 소리로 부르는 사람들도 있었다. 물론 그는 두 개의 주머니 귀라는 뜻을 지닌 쌍낭이(雙囊耳)라는 별명을 무지무지 싫어해, 이에 관한 이야기를 함부로 했다가는 발작으로 사지가 온전하기 힘들었다.

남창(南昌)은 무림 제일세(武林第一勢)라는 천무학관(天武學館)의 근원지이자 앞마당이나 다름없는 곳이라 나중해 같은 중소 문파를 지닌 자는 천무학관의 위세에 눌려 세력을 확장시키는 데 한계가 있었다. 고작해야 천무학관의 보좌 신세로 전락하기 십상인 것이다.

그래서 비록 한 조직을 이끄는 당주라 해도 영세 정보 상인의 한계를 벗어나기 힘든 곳이 바로 이곳 남창이었다. 하지만 나중해는 그의 타고난 영리함과 재치를 기반으로 남창 제일의 정보 조직이라는 명성을 획득함은 물론 천무학관 내(內)에도 일부 선을 대고 있는 실력자였다. 그런 만큼 그가 현재 다루고 있고, 또 장악하고 있는 정보의 양은 세인의 추측을 불허할 정도로 막대한 양이었다.

이처럼 남창 안에서도 알아주는 실력자인 그였지만 지금 나중해는 자기 집무실 하석(下席)에서 극도 극진의 예(禮)를 갖춘 채 공손히 오체복지(五體伏地)하고 있었다. 안 그래도 길고 가늘어 전체적으로 얄팍한 인상을 풍기는 그의 얼굴에는 금방이라도 떨어질 듯한 땀방울들이 송글송글 알알이 맺혀 있고, 길고 넓적한 복주머니 같은 그의 귀는 힘없이 축 처져 있었다.

가늘고 뾰족한 코 밑에 나 있는 쥐꼬리 같은 수염을 비 맞은 생쥐의 꼬랑지처럼 파르르 떨고 있는 것이 보기에도 안쓰러울 정도로 극도로 긴장하고 있는 모습이었다. 그의 정면에 위치한 상석(上席 : 평상시에 그가 집무를 보고 정보를 정리하고 수입을 결산하며 명령을 하달하던 바로 그 자리)에는 온몸이 붉은색 일색인 험상궂은 인상의 중년인이 한껏 위엄 넘치는 모습으로 자리하고 있었는데 적발, 적염, 적미의 강인하고 굳건한 외모와 오악의 장대함을 연상하게 하는 그의 풍채는, 보는 사람을 질식시킬 듯한 엄청난 기도와 존재감을 내뿜고 있었다.

온몸에 자신이 누구인지를 확실히 하나하나 강조해 가며 써 놓은 듯한 이 중년인은, 정보 업계에 종사하는 나중해로서는 도저히 모르려고 해도 모를 수 없는 사람, 바로 염도 곽영희였다. 아마 정보 업계 쪽에 종사하는 인물이 아닐지라도 이 구주 강호(九州江湖)에 몸을 담고 있는 자라면 결코 모를 수 없는 인물이 바로 이 염도였다.

그런데 이채로운 점은 그 엄청나고 무시무시한 실력에도 불구하고 형편없는 사교성으로 말미암아 혼자 행동하길 좋아하는 염도와 어깨를 나란히 하고 자리한 인물이 한 명 있었다는 사실이다. 짙고 기다란 흑발에 앞머리가 눈 밑까지 내려와 얼굴 형태를 잘 분간할 수 없는, 나이 스무 살 정도의 괴청년이었다. 무시무시한 위압감을 내뿜는 염도 바로 옆에, 왠지 왜소해 보이고 부스스해 보이는 애송이 청년 한 명이 그와 동등한 위치에 자리하고 있다는 사실이, 비록 오체복지 하고는 있지만 대가리 속에서는 돌아갈 것 다 쌩쌩 잘 돌아가고 있는 나중해로서는 믿기 힘들고 도저히 이해할 수 없는 일이었다.

게다가 설상가상으로 괴청년은 목숨이 서너 개 여분으로 준비되어 있는지 오른팔로는 턱을 괴고, 두 다리는 꼬고 앉은 아주 시건방진 자세였다. 그랬기에 경순이 나중해의 놀라움은 더욱 더 컸다. 솔직하게 표현하자면 눈깔이 냅다 튀어나오고, 심장이 터질 듯이 발랑발랑거리며, 간은 확대 수축을 반복할 만큼 심하게 놀랐던 것이다.

'심장에 털이 무성히 나고, 간이 배 밖으로 나와 날 잡아 잡수, 하며 툭 튀어나왔나?

천하의 염도 옆에서 예의(禮意)라고는 눈곱의 반쪽만큼도 찾아볼 수 없는 저 따위 자세로 앉아 있을 수 있는 인물이 감히 있다고는 꿈에서조차도 상상할 수 없는 일이기 때문이었다. 자신이 지금 이 모양이 꼴로 비굴하게 무릎꿇고 머리를 조아리며 전전긍긍하고 있는 것도 다 염도라는 이름과 그 존재가 주는 중압감과 명성(?) 높은 성질때문이 아닌가. 무림을 은밀히 떠도는 '불타는 개차반' 이라는 그의 비밀스런 별명은 괜히 붙여진 것이 아니다.

그런데 그런 불같은 성질로 유명한 염도 옆에서 저따위 자세로 앉아 있고도 생명 보존, 무사 안일, 사지 멀쩡한 인물이 있다니 그에 대한 궁금증이 치밀어 오르지 않을 수가 없는 것이다. 역시 직업은 속일 수 없는 것인가, 수백 수천 개의 의문 부호들이 상념의 바다 속에서 명멸하기를 반복했다. 뇌가 비비꼬여 엉킬 정도로 맹렬히 회전하고, 사념이 뱀처럼 그의 뇌리 속을 헤집고 지나갔다.

하지만 아무리 머리를 굴리고 정보를 뒤적거려 봐도 괴청년 같은 사람은 그림자도 발견할 수 없었다. 이렇듯 격렬하고도 정열적으로 머리 속을 굴리고 있을 때, 괴청년의 입이 벌어지며 경순이 나중해의 사고 활동을 중지시켰다. 순간 그의 머리 속을 온통 헤집고 다니던 의문 부호들이 거짓말처럼 말끔히 사라졌다.

괴청년의 정체는 두말할 나위도 없는 자칭 염도의 사부 비류연이었다. 그런데 지금 비류연은 기분이 매우 안 좋은 상태인지 안면 부위에 온통 불만의 표식들을 대롱대롱 매달고 있었다.

"끝났다구요?"

아까 그의 질문에 대해 나중해가 해 준 답에 대한 반응이었다. 그런데 왠지 반응이 심상치 않은 듯했다. 나중해는 기분이 영 찜찜했다.

"예, 말씀드린 그대로입니다."

식은땀이 절로 그의 등줄기를 적시고 지나갔다. 일단 나중해는 공손히 대답했다. 정체 불명의 인물을 대하는 데 있어 조심하고 또 조심해서 건강(健康)과 장수에 나쁠 건 하나도 없었기 때문이었다. 특히 무림에 몸을 담고 있는 사람에게 자중, 주의, 신중은 3대 필수 덕목이었다.

"분명히 내가 듣기로는 시험 일은 내일이라고 하던데? 그래서 그 준비로 다들 시끌벅적 요란스러운 거 아니오? 그런데 벌써 끝났다니 그게 말이나 될 법한 소리냐고요!"

집무실이 떠나가도록 핏대 세우며 고함을 지르는 비류연의 얼굴이 단숨에 팍팍 구겨졌다. 그의 현재 기분을 반영하는 하나의 징표였다.

그의 기분도 아마 지금쯤 그의 얼굴과 마찬가지로 팍팍 구겨지고, 그것도 모자라 비비꼬여 있을 것이 틀림없었다. 이런 그의 기분을 아는지 모르는지 나중해는 계속 말을 이어나갔다.

"예, 다시 한 번 말씀드리지만 승천무제의 개최 일은 확실히 내일이 확실하나 참가 접수는 이미 한 달 전에 끝난 상태입니다. 어렵고 까다롭기로 유명한 천무학관 입관 시험(天武學館入館試驗) 승천무제(昇天武祭)! 최고의 무도 수련 환경과 지위, 그리고 명예와 명성이 보장되는 천무학관에 입관할 사람을 뽑는 시험인 만큼 참가 희망자는 부지기수. 그 많은 수의 신청자를 일일이 시험해 본다는 것은 현실적으로 사실상 불가능합니다. 그러니 만큼 참가 접수 후 한 달의 기한을 두고 일차로 일단의 덜 떨어진 무리들을 골라내는 것입니다. 논밭에서 잡초를 솎아 내듯 말입니다. 때문에 이 한 달 동안의 서류 심사에서 떨어져 예선에조차도 참가 못하는 사람들도 부지기수입니다."

나중해는 자신이 아는 모든 지식과 정보를 동원하여 머리 나쁜 놈일지라도 쉽게 이해할 수 있도록 요약 정리하여 상세히 설명해 주었다. 하지만 그의 이러한 노력을 알고 나 있는지 비류연에게 씨알도 안 먹혔다. 애초에 이야기를 듣고 이해할 생각도 없는 듯 보였다. 그의 부단한 노력이 말짱 헛수고임이 판명된 것이다. 정말 개 같은 성격이라고 나중해는 생각했다. 절대 겉으로는 내색하지는 않았지만…….

금일 정오, 경순이 나중해는 상다리가 휘어지도록 차려진 상을 앞에 두고 즐거운 마음과 감사한 마음으로 막 식사를 들려던 참이었다.

그런데 이 무슨 마른 하늘에 날벼락이요, 벌건 대낮에 당하는 봉변인가! 막 수저를 들어 한 입 뜨려던 찰나, 자신의 눈 앞에 멀쩡히 잘 서 있던 방문이 산산 조각나며 뻥 뚫린 출입구를 통해 두 명의 인영이 들어왔다. 그 중 한 명은 대가리 꼭대기에서부터 피를 동이 채 뒤집어쓴 듯 시뻘건 악귀 같은 형색과 타오르는 불꽃처럼 거칠고 무시무시한 기도로 보아 하건 데, 그동안 귀가 따갑게 들어오던 명성의 소유자 염도 곽영희가 확실했다.

반면 같이 쳐들어온 예의도 없는 방문자 나머지 한 명은 듣지도 보지도 못한 스무 살 초반의 괴청년이었다. 이들이 너무 쉽게 순풍당(順風堂) 본관의 외부를 지키던 여덟 명의 호위들을 땅바닥에 눕히고 그것도 모자라 간단히 열고 들어올 수 있는 멀쩡한 문짝을 거칠고 야만스럽게 때려부수고는 들어와 대뜸 한다는 이야기가 고작,

"어이, 이보세요. 천무학관에 들어가려면 어떻게 해야지요?" 였다.

그래서 나중해는 대답해 줬다. 사내가 배알도 없이 자신의 문파를 혼란에 빠트린 두 불청객에게 묻는다고 냅다 "아, 그건 이러 이렇습니다."라며 대답해 줬냐고 욕할 사람이 있을 지 모르겠다. 아마 많을 것이다. 명예로 사는 것이 강호의 생리가 아니던가. 하지만 불청객의 정체와 신분은 그의 저항을 넘어 소멸시킬 수 있는 존재였기에 나중해는 대항을 너무나 간단히 포기했다. 문파의 명맥은 유지하고 먹고는 살아야 한다는 생존 의지 때문이었다. 나중해는 순순히 묻는 말에 대답해 줬다.

"시험을 쳐서 합격하면 됩니다."

이 한 마디로 인해 나중해는 하마터면 그날 관 치울 뻔했다. 아마

도 분위기 파악을 지지리도 못한 것이 실패의 요인이 아닌가 싶다. 시퍼렇게 멍든 양쪽 눈두덩을 비비고 있는 나중해에게 비류연이 다시 물었다.

"시험을 쳐서 합격을 해? 그건 나도 알아요. 내가 알고 싶은 것은 시험을 치기 위한 좀더 정확하고 상세하며 확실한 정보예요. 그 승천무제라는 시험에 참가하려면 어떻게 해야 되는가, 그리고 합격하려면 어떻게 해야 하지요? 그 시험이 내일이라면 서요? 내가 뭘 알아야 신청을 하고 시험을 보죠. 그래야, 합격을 해서 천무학관에 들어가고!"

"저……."

뭔가 대답하기 곤혹스러운 점이라도 있는지 비류연의 질문에 나중해가 잠시 머뭇거렸다. 자꾸만 비류연의 질문을 회피하려는 듯이 보였다.

"저……. 다음이 뭡니까. 몰라요? 뜸들이지 말고 빨리 얘기해 봐요."

머뭇거리는 나중해의 모습에 잠시도 참지 못하고 비류연이 반문했다. 여전히 그의 성질은 급했다.

"저… 그러니깐 승천무제에 참가하시려면 일, 일 년을 다시 기다리셔야 합니다."

"뭐, 일 년? 내가 미쳤나요, 미쳤어요? 혹시 미친 것처럼 보이는 건 아니죠? 어떻게 일 년을 더 기다려요. 왜? 그 승천무젠가 승천문젠가 하는 시험은 분명 내일이라고 하지 않았습니까?"

"저 그게 아뢰옵기 송구스럽사오나 비록 시험은 내일이지만, 참가 접수는 이미 한 달 전에 끝난 지 오래입니다."

순간, 비류연의 눈이 화등잔 만하게 커졌고, 멀뚱멀뚱 두 번 깜박인 다음 다시 작아졌다. 그리고는 다음 순서로 비류연의 안면 근육이 요상하게 꼬이더니, 휴지통에 버려진 종이 쪼가리처럼 구겨졌다. 지금 본인은 기분이 아주 더럽고 아니꼽고 불쾌한 상태입니다, 라는 것을 전신(全身)으로 적나라(赤裸裸)하게 보여 줄 수 있는 자세를 취하고는 잠시 침묵으로 일관했다.

이것이 방금 전까지 일어났던 상황의 전말이었다. 그러다가, 비류연이 잠시 동안의 사늘한 침묵을 깨고 꼬여진 안면 근육을 억지로 풀고는 착 가라앉은 목소리로 다시 물어 본 것이었다. 지금 현재 안면 근육이 다시 꼬일 대로 꼬인 채 인상 찌푸리고 앉아 있는 비류연의 옆에서 그동안 잠자코 앉아 있던 염도가 형형한 안광을 빛내며 한마디 내뱉었다.

"그래서 할 수 없다는 건가?"

"……."

나중해는 그의 질문에 대답하지 못했다. 안절부절못하는 모습으로 머뭇거리기만 할 뿐이었다.

"못 하나 보네요."

화가 난 듯 싸늘한 안색이 순식간에 수상하기 작이 없는 미소로 돌변하며 비류연이 말했다.

"방법이 없다구요?"

"……."

비류연의 손가락이 붓 통에 꽂혀 있던 모필 하나를 불만 가득한 모

습으로 만지작거렸다. 언뜻 보면 아무 것도 아닌 일이지만 나중해는
그런 그의 모습에서 문득 불길한 징조를 느꼈다. 30년 이상을 갈고
닦아 온 정보 상인으로서의 날카로운 직감이었다.

"접수는 어제 끝났다구요?"

"……."

여전히 묵묵부답, 여전히 나중해는 할 말을 찾지 못하고 고개만 푹
숙인 채 고양이 앞에 선 쥐처럼 처량하게 앉아 있었다. 그는 정말 해
결책이 생각나지 않았다. 그러니 비류연의 질문에 대꾸할 말이 없었
다. 그도 지금 답답해 미칠 지경이었다. 자신이 정말 남창 제일의 사
설 정보 매매 단체 순풍당의 당주가 맞기나 하는지 혹시 착각이 아니
었는지 회의가 들 정도였다. 일이 이렇게 된다면 오늘 부로 순풍당의
간판이 내릴지도 모를 일이었다. 이런 지속적인 침묵은 비류연에게
도 짜증이 치밀어 오르게 했다. 그리고 드디어 일은 터졌다.

"쐐애액!"

공기를 가르는 파공성과 함께 싸늘한 한기가 나중해의 커다란 귓
가를 스치고 지나갔다. 이때 발생한 풍압에 의해 몇 올의 머리카락이
베어져 나가 공중에 하늘거리며 날렸다.

무조건 방법을 찾아라

나중해는 본능적으로 자신의 목덜미를 쓸었다. 확인 절차였다.
자신의 목이 무사한지를 파악하는 조심스러운 작업.
아직 자신에게 주어진 나머지 생을 영위할 자격을
박탈당하지나 않았는지 확인해 보는 길이었다.

다행히 목은 무사했다. 몸체와 분리되지 않고 무사히 붙어 있다는
사실을 확인한 나중해는 일단 안도의 한숨을 내쉬었다. 붓 통에 꽂혀
있던 여섯 자루의 모필 중 하나가 보이지 않았다. 조심스럽게 굳어진
목을 돌려 등 뒤를 확인해 보니 벽에는 붓 한 자루가 석벽을 뚫고 깊
숙이 박혀 있는 것이 아닌가. 그것도 자루 부분이 아니라 모필 부분
이었다. 장난처럼 만지작거리던 붓을 손가락 한 번 퉁기는 가벼운 한
수로 바람처럼 날려 석벽에 박아 넣은 것이다.

이 한 수로 나중해는 비류연을 경시하던 생각을 머리 속에서 사그
리 지워 버렸다. 아울러 자신의 부주의함과 경망함을 자책했다. 강호
에서는 겉모습만으로 상대를 파악하는 것이 절대 금물이었음에도

불구하고 정보 직종에 종사하는 자신이 그런 실수를 범한 것이다.

나중해는 혼비백산했다. 다행히 상처는 없었지만, 전신에 오한이 들끓듯이 일었다. 등줄기로 식은땀이 비 오듯 흐르고 쥐어진 주먹에도 땀이 가득 고였다. 다리가 후들후들 사시나무 떨듯 떨렸다. 아직도 붓 통에는 다섯 자루의 붓이 더 남아 있었다. 만약 조준이 잘못되기라도 한다면 곧바로 저 세상 행이라는 것은 불 보듯 뻔한 일이었는데, 애석하게도 실수란 누구나 할 수 있는 일이었고 이 세상에는 고의적인 실수라는 것도 명백히 존재했다. 비류연의 손이 다시 붓 통에 남아 있는 붓들 중 하나를 만지작거리기 시작했다. 그의 얼굴에는 가벼운 눈웃음을 동반한 미소만이 떠다니고 있었다.

"못 들어간다? 그래서 일 년을 더 기다려라?"

비류연이 혼잣말처럼 나직이 중얼거리며, 자신의 손으로 희롱하던 붓을 거칠게 만지작거리기 시작했다. 달그락 달그락하는 소리가 요란하게 울려 퍼졌고, 이 소리는 나중해의 귓구멍을 뚫고 지나가 그의 심장을 오그라들게 하기에 충분했다. 오늘 부로 그의 수명은 운명의 정량보다 몇 달은 족히 줄어든 것만 같았다.

"일 년은 너무 길지. 기다릴 수도 없고……. 어떡한다?"

"……."

"근데도 일 년을 나보고 기다리라고!"

"……."

"퍽!"

이번에는 왼쪽 귀 위로 바람이 스치고 지나갔다. 다시 한 자루의 붓이 붓 통을 나와 석벽으로 날아가 박힌 것이다. 아직도 남은 붓의 수는 네 개. 나중해의 목숨을 끊기에 충분한 개수였다. 비류연의 얼굴에는 여전히 옅은 미소가 살며시 걸려 있었다. 그런데 이번에는 한 술 더 떠서 비류연은 자신의 시선을 다른 곳에다 머무르게 한 채 딴청을 피우며 붓을 만지작거리기 시작했다. 여차하면 보지도 않고 날려보낼 기세였다.

이 어처구니없는 모습에 나중해의 간은 작아질 대로 작아졌지만 아직 해결책을 찾지 못했기 때문에 더욱 더 조마조마해졌다. 그는 심하게 요동치는 심장을 진정시키기 위해 온 힘을 기울여야 했다.

"그거 알아요? 난 기다리는 걸 싫어해요. 아주 싫어하지요. 지긋지긋하거든요. 생기는 것도 없고."

"……."

"근데 난 기다렸어요."

"픽! 픽!"

두 개의 격타음이 동시에 울렸다. 보지도 않고 딴청을 부리며 하나도 아닌 두 개의 붓을 날려보낸 것이다. 목숨이 좌우될 만한 위험하기 짝이 없는 짓을 아무렇지도 않게 저질러 버리다니, 능력만 된다면 비류연의 뇌 뚜껑을 열어 머리 속 구조를 파악해 보고 싶은 욕망에 사로잡히는 나중해였다. 하지만 힘과 능력과 재능이 미진한 관계로 그는 자신의 장대한 계획을 아쉽게 접으며 꿈 속에서나 모의로 실행해 보기를 갈망하는 수밖에 도리가 없었다. 비류연의 손이 아직도 꼼지락대고 있었다. 그의 손가락이 한 번씩 장난스럽게 움직일 때마다 자신의 수명이 일 년씩 깎여 들어가는 듯한 착각에 사로잡히는 나중해였다. 여전히 비류연의 얼굴에는 지금의 상황과는 전혀 어울리지 않는 방긋한 미소가 지어져 있었다.

"그리고 난 내가 원하는 것이 이루어지지 않는 것을 아주 싫어해요. 그래서 혹시나 그런 경우에 처하게 되면 조금은 무리를 하더라도 가능성에 도전해 보는 좀 끈질긴 성격이죠."

미소 띤 얼굴로 하는 말은 조용한데 그의 손속은 말만큼 조용하지 못했다. 이것은 나중해에게 매우 불행한 일이었다.

"퍽퍽!"

다시 두 개의 붓이 그를 스치고 날아가 석벽에 꽂혔다. 이제 붓 통에는 붓이 하나도 남지 않았다. 애석하게도 빈 통이 된 것이다. 비류연의 손속에 의해 조금이라도 성공의 가능성을 높이기 위한 조치에 모두 사용되고 남은 것이 없었다. 붓 통에 꽂혀 있던 붓이 모두 사라지고 나서야 생명의 위협에서 간신히 벗어난 사람처럼 비로소 나중해는 안도의 한숨을 내쉴 수 있었다. 그러나 그의 안도는 좀 이른 감이 있었다.

붓 통이 다 비어도 비류연의 말은 끝날 줄 몰랐다. 여전히 억지를 부리고 있는 것이다. 그의 말대로 그는 좀 집요할 정도로 끈질긴 면이 있었던 것이다.

"난 말이죠, 할 수 있는 일인 데도 할 수 없다고 하는 사람이 제일 싫더라. 안 되면 되게 해야죠. 그게 당신 할 일이잖아요? 그렇지 않아요? 난 분명히 그렇게 알고 왔어요. 철석같이 믿고 온 손님을 실망시킬 만큼 이곳이 형편없는 곳은 아니겠죠? 난 이곳이 알아주는 신용과 정보력을 가진 곳이라 해서 찾아온 거예요. 겨우 이 정도로 간단히 포기해 버리다니 부끄럽지도 않아요?"

저놈에게 저런 말을 해 준 놈을 발본색원하여 세상 끝가지 쫓아가 반드시 요절내 버리고야 말겠다고 나중해는 속으로 굳게 맹세했다. 거품 선전과 과대 포장 광고는 자신과 조직의 이익을 신장시키기 위한 것이지, 자신과 조직의 파멸의 꼬투리가 되기 위한 것은 아니었다.

하지만 맹세를 지키기 위해서는 먼저 자신의 목숨부터 보전해야 한다는 전제가 따라붙었다.

"하… 하지만……."

나중해는 어줍잖은 변명을 늘어놓으려 했다. 그때,

"쾅!"

여전히 미소를 머금고 있는 비류연의 손이 붓 통을 후려쳤고, 이윽고 굉음이 울려 퍼졌다.

"쐐애액!"

"파바박!"

나중해는 다시금 혼비백산(魂飛魄散)했다. 죽음의 차가운 공포가 그의 전신을 덮쳤다. 머리 속은 텅 비어 버렸고 그 속에는 살아야 한다는, 죽으면 결단코 안 된다는 일념만이 남았다.

붓 통이 산산조각 나면서 그 파편들 하나 하나가 무시무시한 흉기로 돌변해 나중해의 전신에 쇄도했다. 어느 것 하나라도 급소나 그 근처에 맞는다면 나중해를 염라전 구경시키기에 충분한 위력을 지닌 무시무시한 살상 흉기들이었다.

그는 막아낼 엄두도, 움직일 엄두도 내지 못했다. 너무나 순식간에 벌어진 일이라 미처 대응할 여유도 없었다. 그저 하늘에 운명을 맡기는 수밖에 다른 도리가 없었다. 열여섯 조각의 빛살로 화(化)한 붓 통의 조각들이 아슬아슬하게 나중해의 전신을 스치고 지나갔다. 하지만 파편들이 스쳐 지나간 흔적은 그의 몸 구석구석에 골고루 명확하게 남았다.

옷은 너덜너덜해지고 머리를 묶고 있던 끈은 처량하게 잘려 나갔으며 머리카락은 올올히 흘러내렸다. 그러나 극적으로 생명에 지장을 미치는 흔적은 없었다. 천운으로 사신의 칼날을 아슬아슬하게 목 뒤로 흘려 보낸 것이다. 무사히 살아났다는 안도감에 나중해는 큰 안도의 한숨을 내쉬었다. 마치 한낮의 미몽처럼 아무 일도 없었던 것만 같은 착각이 들기도 했다.

그의 옷 위에 남은 열여섯 개의 상처만이 방금 전 있었던 일을 증명해 주고 있었다. 그 흔적들에서 피는 베어 나오지 않았다. 관대하게도 파편의 화살은 절묘하게 그의 옷감만을 베고, 그의 피부에는 손상 하나 남기지 않은 채 지나간 것이다. 하지만 비록 신체에 직접적인 상처를 입지는 않았다고는 하나, 이 일로 인해 나중해가 받은 심리적 타격은 막대한 것이었다. 심장이 내려앉는 듯한 충격으로 한 바가지는 족히 넘을 만큼의 식은땀을 흘린 나중해는 아마 수명(壽命)이 십 년은 준 것 같은 기분이 들었다.

하지만 정작 이런 짓을 저질러 놓고도 비류연은 '내가 방금 뭐라도 했었나?'라는 듯이 능청스럽게 생글생글 웃고 있었다.

"어라? 부서져 버렸네요. 이를 어쩌죠?"

"괘, 괜찮습니다. 다시 하나 더 사면 됩니다."

나중해는 가까스로 미소를 지어 보이며 입을 열었다. 법은 멀고 주먹은 가까운데 아무리 그 자단목제 붓 통이 고급 문방 용품이고 아끼던 것이라 해서 감히 항의할 수 있겠는가. 아깝긴 했지만 그래도 목숨보다 아깝진 않았기에 참는 수밖에 없었다.

"아닙니다. 이런 일을 그냥 넘어가면 안 되죠. 붓 통 구입처에 가서 항의 하는 게 좋겠어요. 이렇게 약해 빠진 불량품을 상품이랍시고 버젓이 팔아먹다니 정말 형편없는 사람들입니다. 반드시 손해 배상을 받도록 하세요. 쯧쯧… 이 나라의 상도덕이 어찌되려 하는지……."

비류연은 짐짓 개탄스런 표정을 지어 보이며 강호 상계의 미래를 걱정했다.

'가증스러운 놈!'

솔직히 나중해가 손해 배상을 받을 사람이 있다면 그것은 바로 비류연 자신이었다. 지금까지 그에게 입은 물질적, 정신적 피해와 줄어든 예상 수명을 생각하면 돈으로 환산이 불가능할 지경이었다. 황금으로 그 값을 매길 수 없는 것이 생명이라 했을 때 자신이 청구해야 될 금액은 자신의 숫자 개념으로는 근사치의 환산조차도 불가능할 것이라는 것이 바로 나중해의 주장이었다.

이런 판국이니 나중해는 비류연의 이 일련의 행동들과 입가에 매달린 빙긋한 미소가 그렇게 가증스러워 보일 수 없었다. 남의 수명을 기분 내키는 대로 축소시키고 있는 그가 결코 달가울 리 없었다. 물론 나중해가 아니더라도 누구나 이런 상황을 겪게 되면 그와 똑같이 생각했을 것이다.

나중해의 이런 딱한 처지는 주위의 동정과 연민을 사기에 충분했지만, 제 발등에 불똥 떨어진 염도로서도 어떤 수단과 방법을 가리지

않고라도 천무학관에 입관해야 했다. 그는 더 이상 비류연의 등쌀에
시달리기 싫었다. 군자처럼 이것저것 남의 사정 다 신경 써 줄 여유
있는 처지가 아니었다.

비류연에게 시달린다는 것, 그것은 정말 귀찮고도 짜증나는 일로
수명 단축의 지름길이었다. 강호를 살아가는 무인으로서 생명에 큰
집착은 없었지만, 그래도 될 수 있으면 그는 보통 사람들처럼 제명에
살다 죽고 싶었다. 그러기 위해서는 나중해를 핍박해서라도 해결책
을 찾아낼 수밖에 달리 방도가 없었다.

"그래서, 해결 방도가 절대로 없다는 건가? 죽어도?"

염도는 특히 뒷부분을 힘주어 말했다. 정말 안 되면 그렇게 라도
해 줄 기세였다. 염도에겐 충분히 그럴 의사(意思)가 있었다.

역시 사람은 생사의 갈림길에 놓이면 감추어져 있던 잠재 능력이
드러나기 마련인가 보다. 놀라운 인체의 신비를 증명이라도 해 주 듯
이 나중해의 뇌(腦)는 그동안에 축적되어 있던 모든 경험과 지식과
정보를 샅샅이 훑어 냈고, 마침내 상황 타계의 실마리를 건져냈다.
무한한 정보의 바다 속에서 생명의 동아줄을 움켜쥔 것이다.

"아, 아닙니다. 이, 있습니다. 있고 말고요. 없을 리가 있습니까! "

다급하게 떠는 목소리로 나중해가 대답했다. 빨리 얘기 안 했다가
는 냅다 박살나는 것은 물론이거니와, 한술 더 떠서 목숨까지도 거두
어 버릴 기세였기에 생각이 떠오르자 부리나케 얘기한 것이었다.

"호오, 그래요? 뭔가요?"

그의 긍정적인 대답으로 비류연의 눈이 반짝이며 생기를 되찾았
다. 잠시 비류연의 안색을 살피며 눈치를 보던 나중해가, 그의 얼굴

에 회색이 도는 것을 확인하고 조심스럽게 이야기를 꺼냈다. 그의 질문은 비류연에 관한 것이 아니라 염도에 관한 것이었다.

"저기… 그런데 한 가지 질문이 있습니다. 혹시 곽 대협께서도 천무학관에 입관하실 생각이십니까?"

"물론!"

미처 비류연이 대답하기도 전에 염도가 직접 그의 질문에 대한 답을 던져 주었다. 그가 내뱉는 말은 정말로 짧았다. 하지만 이것이 그의 의사 소통 방식일지도 모른다. 가장 간결하고 짧게!

"혹시나 했었는데, 역시 그랬군요. 믿어지지 않습니다. 그러나, 천무학관 입관자 자격 규정(天武學館 入館資格者規定)을 보면 학관 입관자를 만25세 이하로 엄격히 제한하고 있습니다. 젊은 피가 아니면 필요 없다는 뜻이지요. 게다가 많은 나이에 입관을 하게 되면 자질면에서나 무공 성취면, 모두에서 여러 가지로 불리하기 때문에 연령 제한을 실시하고 있습니다. 물론 승천무제 규정에도 분명히 나와 있습니다. '만25세 이상 절대 사절!' 이라고 말입니다."

"그래서?"

염도의 눈에서 살기 어린 매서운 적광이 번뜩였다. 그 눈빛에 나중해는 자신의 몸이 다시 한 번 굳어지는 것을 느꼈다. 본능적으로 목이 움츠려 들었다. 눈빛을 한 번 받은 것만으로도, 전신의 근육이 굳어지고 등줄기로 한기가 지나갔다. 번뜩이는 적광의 눈빛 속에서 여지없이 드러나는 염도의 급한 성질을 느낄 수 있었기 때문이다.

"예, 그러니깐… 그래서, 송구스럽지만 지금 곽 대협의 춘추로는 확실한 입관 자격 미달입니다."

"그래서?"

"예, 그래서 곽 대협께서는 천무학관에 입관하실 수 없습니다. 관원으로서는 요."

"그래서?"

염도의 목소리는 점점 더 싸늘해져 갔다. 아마도 이야기를 질질 끄는 나중해의 모습에 열이 받은 모양이다. 그의 급한 성격에 나중해의 비비꼬인 우회적인 이야기를 듣는다는 것은 매우 곤혹스럽고 가슴 속 깊은 곳으로부터 열화가 치밀어 오르는 일이기 때문이다. 이런 염도의 상태를 알기나 하는지 나중해는 눈치 없이 계속 필요 없는 말들을 구질구질 이어나갔다. 결론에 도달하려면 아직 멀고 먼 답답한 이야기였다.

"불초의 미천한 생각으로는 곽 대협 정도의 신위를 지니신 분이 굳이 천무학관에 들어가지 않아도……."

"그래서?"

"쾅!"

염도가 솥뚜껑 만한 무시무시한 주먹으로 바닥을 내리쳤다. 순간 바닥이 푹 꺼지며 나중해는 자신의 엉덩이가 그 충격파에 들썩이는 것을 느낄 수 있었다. 염도의 노기 띤 목소리가 3평 남짓 되는 방 안을 쩌렁쩌렁 울렸다. 드디어 참다 못 해 폭발해 버린 것이다. 염도의 폐부 속 깊숙한 곳으로부터 노갈(怒喝)이 터져 나왔다.

"그래서 뭐가 어쨌다는 거냐? 나는 천무학관에 반드시 들어가야 한다. 그러니 한 가지만 대답해라. 들어갈 방도가 있느냐 없느냐? 있으면 살 것이고, 없다면 무사하지 못할 것이다."

아마도 한 번만 더 딴소리하다가는 번쩍이는 섬광의 순간과 함께 나중해의 목이 본체와 영영 분리될 것만 같은 긴장감이 뭉클뭉클 피어올랐다. 남창 내를 돌고 있는 정보 중 3할을 장악하고 있는 나중해가 파악하기로는 염도라면 충분히 그러고도 남을 인간이었다. 이 인간에게는 과거 여러 차례 이미 이와 같은 전적이 화려하게 수놓아져 있었다. 그의 앞길을 가로막았다 덧없이 죽어 간 녹림 호걸들과 기분을 거슬린 죄로 절단 난 수 개의 흑도 문파의 전례를 생각해 볼 때 자기 자신 하나 요절내는 건, 식후 한 잔의 차 마시기만큼 간단한 일일 것이다. 생각이 거기까지 미치자 나중해는 두려움에 몸이 오체투지의 자세로 확 허물어져 내렸다.

"방법을 찾겠습니다. 아니 찾았습니다. 있습니다. 방도가."

한 번의 협박에 너무나 쉽게 금방 나오는 방안, 도대체 믿을 수나 있을지……. 하지만 아무리 짧은 시간이라 해도 그래도 좀 비범한 축에 속하는 나중해의 두뇌는 인간의 잠재력이 뭔지를 보여주기라도 하듯이 맹렬한 회전을 거듭했던 것이다.

"말해 봐."

"예, 곽 대협의 춘추는 이미 스물다섯을 넘기신 지 오래입니다. 그렇기에 일반 방법으로는 천무학관에 들어가실 수 없습니다. 규칙은 엄연한 규칙이니깐요. 그러나 염도 곽 대협께서는 천하 5대 도객의 일인으로 무림의 명망이 높고도 높으신 분. 그런 신(神)과 같은 무위(武威)를 지니신 분이 천무학관에 겨우 문하생 따위의 신분으로 입관한다는 것은 언어도단, 어불성설, 있을 수도 없고 있어서도 안 되는 일입니다. 염도 곽 대협의 무(武)는 천무학관 무사부들과 동등, 또는 그 이상입니다. 이러한 사실을 세상이 모두 알고 있는데 그러한 분이 어찌 한낱 문하생 따위로 천무학관에 발을 들여놓을 수 있겠습니까."

흡사 기름을 칠한 것처럼 나중해의 혀는 지칠 줄 모르고 매끄럽게 돌아갔고, 온갖 미사여구와 아부가 그의 입으로부터 튀어나왔다. 나중해는 얼굴에 강력 무쌍한 철판을 깐 듯 열변을 토하며 아부를 해댔다.

"즉, 배우는 자가 아니라 가르치는 자가 되는 것입니다. 그리하면 모든 문제가 일순간에 말소되어 버립니다."

"어떻게 말인가?"

침을 튀기며 열변을 토하는 나중해의 말에 염도도 약간 흥미가 이는 모양이었다.

"지금 천무학관은 문하생의 수에 비해 상대적으로 무사부의 수가 절대적으로 부족한 극심한 인력난에 시달리고 있습니다. 물론 강호 여타의 문파에 비교한다면, 그 수는 그야말로 질에서나 수에서나 엄청난 것이지만, 현재의 천무학관 규모를 생각해 본다면 현재 무사부의 수로는 턱없이 모자란 상황입니다. 원래 소수 정예의 교육을 지향하고 있던 천무학관에 있어서 요즘 무사부 개인 당 할당된 담당 문하생들을 생각하면 너무 많은 수입니다. 그런 이유로 지금 천무학관은 상승의 초고수 영입을 꿈에서마저도 목이 빠져라 바라고 있는 실정입니다. 지금 이 순간에도 천관(天館 : 천무학관을 지칭하는 말)에서 파견된 수백 명의 사자(使者)들이 천하 각처(天下各處) 심산 유곡(深山幽谷)에 은거하고 있는 기인이사들을 찾아 발이 부르트도록 헤매고 있는 실정입니다.”

　여기까지 열변을 토하며 쉬지도 않고 내리 설명한 나중해는 지칠 줄 모르는 아부와 변설로 거칠어진 숨을 잠시 고르고는 다시 말을 이었다. 언제 염도의 성질이 폭발할 지 조마조마 했기에 나중해는 불쌍하게도 쉴 엄두도 내어 보지 못했다. 힐끔 쳐다본 염도는 지금 무슨 고민을 하고 있는지 눈을 깜박이며 생각에 빠져 있었다. 하지만 그렇다고 해서 나중해가 설명을 멈출 수는 없는 노릇이었다. 왠지 이대로 설명을 멈췄다가는 염도의 도가 가만히 있지 않을 것 같은 불길한 예감이 들었기 때문이다. 그래서 나중해는 지쳐 가는 자신의 혀와 안면 근육을 격려하며 계속 설명을 이어나갔다.

　“이러한 실정이다 보니 염도 곽 대협 정도의 극상승 초고수이라면 천관(天館)은 쌍수(雙手)를 들고 열렬히 환영할 것임이 틀림없습니다. 이 나중해, 제 정보 매매 사업 30년 인생을 걸고 장담을 드리는 바입니다.”

　나중해는 오른손으로 자신의 가슴을 늑골이 부서져라 탕탕 치면서 자신 있게 확언했다. 늑골이 부서져라 가슴을 강하게 쳐 대는 나중해의 모습은 보는 사람에게 왠지 알 수 없는 믿음을 심어 주었다. 신뢰야말로 정보 상인의 가장 큰 무기. 역시 남창 최고의 정보 상인이라는 명성은 괜한 허세가 아니라는 것을 증명해 주는 듯했다.

　“게다가 가르치는 자(者). 즉 무사부로서 천관에 들어가고자 한다면, 날짜에 구애받지 않고 일 년 열두 달 어느 때 어느 날이나 들어갈 수 있다는 것입니다. 게다가 만약 천관의 무사부가 되신다면 문하생과 비교해 볼 때 막대한 혜택을 누리실 수 있습니다. 천관 내에 문하생의 것과는 비교도 할 수 없는 훌륭한 개인 숙소가 주어지고, 전담 시비(侍婢) 또한 부리실 수 있습니다. 게다가 천무학관에서 제공되는 막대한 수고비와 명성, 그리고 백도 내라면 어느 문파의 구역이라도 간섭받지 않고 출입할 수 있는 특권이 주어집니다. 어떻습니까, 저의 생각이?"

"……."

"흐흠, 아주 흥미로운 제안이로군요. 즐거워지겠어요."

염도는 침묵으로 일관했고, 대신에 비류연이 히죽히죽 웃으며 대답했다. 나중해가 열변을 토한 상대는 염도였는데, 대답은 엉뚱하게도 비류연 쪽에서 나온 것이었다. 나중해는 의아해 할 수밖에 없었다. 나중해는 비류연을 경시하던 마음은 크게 가셨지만, 아직까지도 염도를 행동 결정권자로 착각하고 있었다. 물론 이것은 크나큰 오판으로 지금 이곳의 실질적인 행동 결정권자는 염도가 아닌 비류연이며, 현재 염도는 비류연의 눈치를 살살 보아 가며, 조심스럽게 사태를 지켜보고 있는 중이라는 것을 나중해는 꿈에도 모르고 있었다.

하지만, 이 일에 대해 나중해의 어리석음을 추궁하거나 비난할 수는 없었다. 강호의 누가 천하 5대 도객의 한 명인 염도 곽영희가 새파랗게 젊은 애송이의 눈치를 살피는 처지로 전락했다고 짐작이나 할 수 있었겠는가. 누구도 탓할 일이 아니었다.

"그런데 그렇게 하려면 어떻게 하면 되죠?"

아무래도 비류연은 염도를 천관의 무사부로 집어넣기로 마음을 굳힌 듯했다. 그래서 구체적인 실행 방법에 대해 나중해에게 물어 보았다. 나중해의 대답은 의외로 간단한 것이었다. 시험을 칠 필요도, 시

험을 당할 필요도 없었다. 면접조차 안 봐도 된다는 것이 나중해의 이
야기였다. 지금까지 쌓아 올린 명성만으로도 까다로운 절차를 모두
건너뛰고 단번에 무사부가 될 수 있다는 것이 나중해의 이야기였다.

"예, 염도 곽 대협 정도 되시는 분이라면 그냥 맨몸 하나로 찾아가
시면 됩니다. 맨몸에 빈손으로 찾아가서 '나 무사부가 되고자 왔다.'
이 한 마디만 하시면 됩니다. 그것으로 모든 상황은 완료되는 것입니
다. 아니, 번거롭게 귀하신 몸을 그곳까지 행차하실 필요도 없습니
다. 제가 있지 않습니까. 두 분께서는 숙소에 가서서 편히 쉬고 계십
시오. 제가 다 알아서 천관에 기별을 올려놓겠습니다. 아마 천관에서
맨발로 사람이 달려 올 겁니다. 그러면 곽 대협께서는 그들의 제시
조건을 들어보시고 그들이 제시하는 대우가 마음에 드신다면 응낙
하시고 모든 일을 마무리하시면 됩니다. 즉 천무학관의 무사부가 되
시는 것입니다."

일 초라도 빨리 두 불한당을 돌려보내고 싶은 마음에 조급해진 나
중해는 모든 일은 자신이 책임지겠다며, 마음에도 없는 말을 꺼내 스
스로의 목에 올가미를 걸고 자신의 발에는 족쇄를 채웠다. 가만히 있
으면 중간이라도 간다는 옛말이 있는데, 그렇지 못한 나중해는 안 해
도 될 뒤치다꺼리까지 맡고 나서게 되는 꼴이 되어 버렸다.

"그래요? 그럼 너무 미안해서……."

생글생글 잘도 웃으며, 전혀 미안하지 않다는 투로 비류연이 말했
다. 이런 비류연의 태도에 나중해는 잠시 울컥했으나 현실을 직시하
고 속으로 분을 삼키며 접대용의 미소와 대화로 말을 이어나갔다.

"전혀 미안하실 것 없습니다. 곽 대협을 위해서라면 기꺼운 마음으

로 이 일에 임하겠습니다."

"......."

"그래요, 그럼 수고해요!"

나중해는 계속 염도를 향해 이야기하고 있는데 대답은 항상 비류
연 쪽에서 나왔다. 이번에도 역시 비류연이 대답했다. 비류연과 염도
는 수고한다는 이 간단한 말 한 마디를 남기고 떠났다. 아니 떠나려
고 했다. 그런데 안 떠났다. 그들은 왜 떠나지 않았는가?

두 사람은 뭔가 하나를, 그것도 아주 중요한 하나를 잊고 빠트렸던
것이다. 해서 둘은 돌아가려던 발길을 멈추고 다시 자리에 눌러 앉았
다. 잊어버릴 뻔했던 어떤 것, 그것은 바로 이곳에 그들이 찾아온 가
장 큰 이유이자 목적인 비류연의 천무학관 입관 여부와 그 방법이었
다. 염도의 입관 여부에 너무 신경을 쓰다 보니 정작 중요한 목적을
잊을 뻔한 것이다. 정말 어처구니없는 동행(同行)이 아닐 수 없었다.
다시 보기 싫은 궁둥짝으로 방석을 깔아뭉개며 비류연이 다시 나중
해를 쳐다보며 말했다.

"아참, 이쪽은 그렇다 치고 난 어떻게 해요? 난 어떻게 천무학관에
들어가죠?"

"......!"

나중해의 처절한 직업 정신

나중해는 얼떨결에 뒤통수를 얻어맞은 기분이었다.
뒷골이 디잉 울렸다. 나중해는 눈을 부릅떴다. 분노가 일었다.
막 돌아가려던 두 사람의 모습에 속으로 쾌재를 부르며,
한 건 해결했다고 졸이던 마음을 놓았던 나중해의 가슴에
찬물을 끼얹는 질문이었다. 나중해는 울고 싶어졌다.
자신이 그동안 그렇게 나쁜 짓을 많이 했었던가?
하늘이 이처럼 큰 벌을 내릴 정도로? 하는 후회도 들었다.

"저기 그러니깐 말입니다. 그것이……."

힘겹게 처리했다고 생각했던 반갑지 않은 애물단지들이 다시 눌러
앉았다는 사실에 충격을 받은 나중해는 비류연의 질문에 당장 답해
주지 못했다. 지금 그의 머리 속 헝클어진 마음 하나 챙기기에도 벅
찬 상황이었다. 그의 머리 속은 뒤죽박죽 얽히고 설킨 실타래처럼 풀
어질 줄을 몰랐다. 그런 그에게 질문을 한다고 해서 올바른 대답이
튀어나오기를 바란다는 것은 어불성설이었다.

"혹시 이 침묵을 동반한 우물쭈물은 아직도 해결책을 찾지 못했다
는 의미인가요?"

다분히 협박성이 가미된 싸늘한 목소리로 비류연이 말했다. 그가

오른 주먹을 말아 쥐었다 폈다 하는 모양새가 척 보기에도 심상치 않다. 쥐었다 펴졌다 하는 주먹의 불길한 모습과 이때 나는 뚜두둑 관절 접히는 소리가 시각적으로도, 또 청각적으로도 커다란 위협으로 다가왔다. 이런 협박이 효과 만점이었던 모양인지, 다시 정신을 수습한 나중해가 양손을 저으며 말했다.

"아, 아닙니다. 제가 누굽니까? 정보 매매 인생 30년의 순풍산부이 나중해가 아닙니까. 그런 제가 그런 소소하고 미미한 문제 하나 해결할 수 없는 무능력자로 보이십니까?"

순간 '응' 이라며 고개를 끄덕이려던 비류연을 의도적으로 무시하고 나중해는 목청을 가다듬더니 계속 말을 이었다. 그것은 단순한 말이 아니라 타인을 설득시키는 웅변이라 해야 옳을 것이다. 하지만 막 웅변을 토해 내려던 그의 얼굴에 갑자기 생기가 돌고 두 눈은 심상치 않은 빛으로 빤짝이며, 이상 기류가 그의 눈동자 깊은 곳을 맴도는 것을 보니 나중해는 뭔가 다른 꿍꿍이를 품은 듯 했다.

"승천무제(昇天武祭), 이것은 한 수 한다는 무림의 영재들이 자신의 꿈을 비상시키기 위해 현 무림 최고의 무인 양성 기관인 천무학관에 입관하기 위한 자격 시험입니다. 1년에 한 번 열리는 이 시험에 참가하기 위해 참가하는 인원은 그야말로 부지기수로 많습니다. 하지만, 이 승천무제의 난이도는 너무나 높고 험해 이 벽(壁)을 넘어 진정한 천무학관의 일원이 되는 자는 수천 수만의 무리 중에 겨우 오백여 명에 불과할 뿐입니다. 이 철의 장벽은 너무나 높고 단단하여 먼저 일차인 서류 전형에서 떨어지는 사람만 해도 부지기수이고, 예선 일차와 이차 또한 그 어려움은 말할 것도 없습니다. 수많은 참가자 중에서도 정작 본무대인 본선에 올라 만인이 보는 앞에서 기량과 재능을 뽐낼 수 있는 사람은 그야말로 손가락에 꼽을 정도입니다."

나중해는 보란 듯이 진짜로 자신의 손가락을 꼽아 보였다. 그러면서 어느새 거칠어진 호흡을 다시 정갈하게 가다듬었다.

"이러한 승천무제인지라 그 규칙과 법규는 까다롭고 엄하기 그지없습니다. 태산처럼 굳건하기로 정평이 나 있지요. 그러니 참가 접수일이 훨씬 지난 지금, 신청을 하지 못하였다면 금번 승천무제에 참가할 방법은 솔직히 없습니다."

"……"

여기까지는 지금까지 다 들어서 모두 알고 있는 사실인데 왜 귀찮고 번거롭게 다시 장광설을 늘어놓는지 비류연은 의아스럽기만 했다.

"그·러·나……"

나중해는 이 부분을 한 음절 한 음절 끊어 가며 특히 강조하였다. 자신의 언변에서 가장 중요한 대목이 시작되려는 순간이었다. 앞 부분은 단지 지금부터 시작될 이야기를 끌어오기 위한 단순한 서론에 불과했다. 지금부터가 바로 진짜 본론인 셈이다.

"그렇다고 해서 천무학관에 들어가는 길이 모두 막힌 것은 아닙니다. 승천무제, 즉 승무제(昇武祭)를 통하지 않고도 천관(天館)에 들어갈 수 있는 길이 하나 있기는 있습니다."

"그래요?"

방법이 있다는 나중해의 말에 비류연의 눈이 흥미롭게 반짝이기 시작했다. 상대의 흥미를 유발시켜 자신의 이야기에 집중하게 만드는데 성공한 나중해가 계속 말을 이어나갔다.

"아시다시피, 승무제는 일반인이나 강호의 모든 무인들이 누구나 공평하게 신청해서 자격과 능력을 시험을 받을 수 있는 일반 시험입니다. 하지만 이 승무제 말고도 천관에는 특별한 사람의 특별한 사람에 의한 특별한 사람을 위한 특별 전형 시험이라는 것이 존재합니다."

"호오, 그게 뭡니까? 매우 흥미로운 이야기로군요."

"예, 천무학관에서는 승무제 이외에도 입관생 정원의 일부를 특별한 재능을 가진 특기생, 소위 기재나 영재들이라고 불리는 사람들을 위해 남겨 두고 있습니다. 그들의 재능과 능력에 어울리는 특혜를 주는 것이죠. 그 내용을 보면 이렇습니다."

나중해는 처절한 직업 정신에 입각한 장황한 설명을 늘어놓기 시작했다.

"이 제도는 일종의 추천 입학 제도라고 할 수 있는데 강호의 이름 있는 명문 정파의 장문인들과 강호 거대 세력의 주인들에게 그들이 직접 추천한 인재에 한해서 간단한 자격 여부 검사만으로 천무학관에 입관시키는 제도입니다. 이때 추천을 받은 인재의 출신과 문파는 따지지 않는다고 법규로는 문서화되어 있습니다. 이것은 이 제도가 강호에 숨어 있는 특별한 인재를 출신과 신분에 관계없이 발굴한다는 취지를 살리기 위한 것입니다. 하지만 이러한 본래의 취지는 모두 상실되어 버리고, 지금은 거의 지켜지고 있지 않는 것이 작금의 현실입니다. 어느 누가 자기 문파에 영광이 될 수 있는 천관도(天館徒 : 천무학관 입관생을 칭하는 말.) 배출의 영예(榮譽)를 거머쥘 기회를 희생해 버리겠습니까. 백이면 백, 자신의 문파와 세력에 소속된 제자들을 추천하고 있는 것이 작금의 현실입니다. 하지만 규칙은 규칙이니 분명히 천무학관 입관 제도 관련 법규(天武學館入館濟度關聯法規)에도 명확히 문서로 명시(明視)되어 있습니다. 즉 원칙상으로는 다른 문파의 장문인으로부터 추천 지명을 받을 수도 있다는 것입니다. 허나 이것은 특별한 시험인 만큼 그 혜택에 반비례해 그 수는 엄격히 제한되어 있습니다. 천무학관에 의해 일류 문파라고 인정된 극소수의 문파와 세력에 한해서만 오직 한 명의 인물을 추천할 수 있는데, 거기에다 간단한 자격 심사라는 것도 말처럼 쉽지 않아 천관에서는 추천자의 재능과 능력이 자격 미달이라고 생각된다면 임의로 언제든지 탈락시키고 있습니다. 옥석을 가리기 위해 추려 내고 또 추려 내는 것이지요. 그러니 그 문은 바늘구멍만큼이나 좁은 문이라고 할 수 있습니다. 그러니 어느 문파에서 그 자릴 양보하려 하겠습니까? 이것이 가장 큰 문제인데……."

뭔가 노림 수가 있다는 듯 나중해가 말끝을 흐리며 운을 띄웠다. 역시 비류연의 반응은 나중해가 기대하던 바 그대로였다. 이 단순하고 간단한 행동 반응이 비류연의 특징이었다.

"그래요? 그렇다면 직접 찾아가서 평화적으로 담판을 지어야겠지요."

나중해의 꾀에 넘어가고 있다는 것을 알고 나 있는지 비류연은 생글생글 잘도 웃기만 했다.

"그럼 이 근처에서 가장 가까운 일류 문파는 어디죠? 물론 그 추천 자격권이란 것을 가지고 있는 문파말입니다. 멀리 가기는 귀찮고 경비도 많이 드니깐 거리 상 가장 가까운 곳이 좋겠군요."

비류연은 이런 일에도 세심하게 사용 경비와 효율성—좀더 덜 귀찮아지기 위한 방법—을 걱정하는 모습이었다. 그의 태도는 효율성을 높여 귀찮음을 덜고, 경비를 줄일 수만 있다면 그 문파의 세력이나 크기는 아무런 상관이 없다는 투였다. 나중해는 신이 나서 대답해 주었다.

"예, 그곳은 바로 남창성 내에 위치한 호아장이라는 무림 장원입니다. 그곳의 장주는 호아 맹검 호천상이라는 인물로 호아장은 그가 밑바닥에서 검 하나로 일으켜 세운 장원인데 그의 무위 하나만으로 강호 일류에 들어선 문파입니다. 그의 절기인 맹호비격검법(猛虎飛擊劍法) 26식은 그 위력이 강맹하고 변화가 무쌍하여 강호 내에서도 맞설자가 극히 드물다고 합니다."

"거리는요?"

"예, 남창성 내에 위치한 장원이니 걸어가서도 두 시진 걸리지 않아 도착할 수 있는 가까운 곳입니다."

"그래요? 그럼 거기 위치나 알려주세요."

나중해의 장황한 설명을 듣고도 비류연은 별 감흥을 느끼지 못하는 모양이다.

"그, 그곳의 위치말입니까? 설마……."

말은 꼭 놀란 듯이 하면서 비류연의 행동을 제지할 것처럼 하고 있지만 나중해는 내심 회심의 미소를 짓고 있었다.

"설마는 무슨 설마. 빨리 이야기나 해 주세요."

나중해는 내심 속으로 쾌재를 불렀다. 비류연은 단순 무식해서 너무나 쉽게 그가 쳐놓은 그물에 걸려든 것이다. 이제까지 나중해가 한 모든 언행(言行)들은 모두 지금 이 순간의 상황을 유도하기 위해 안배해 놓았던 것이다. 비류연과 염도의 성격과 행동 유형을 분석하고 파악하여 이런 결과가 나오도록 교묘하게 유도한 것이다. 그리고 안배한 대로 무사히 자신이 쳐놓은 그물에 비류연은 걸려들었다. 물론 덩달아 염도도 그의 그물에 걸려든 것이다.

나중해는 아직도 두 사람의 관계가 애매모호 하기는 했지만 그런 건 나중에 신경 쓰기로 했다. 어쨌든 한 통속인 건 확실하므로 그걸로 충분했다. 지금은 그것보다 더 중요한 일이 목전에 있었다.

"호아장(虎牙莊)을 찾으시려면 남창성 북문 대로 쪽으로 가서 길을 가는 행인을 아무나 붙잡고 물어 보시면 알 수 있으실 겁니다. 그 근방에서 가장 크고 유명한 장원이니 어렵지 않게 간단히 찾으실 수 있을 겁니다."

"그래요? 고마워요. 그럼 우린 이만 가볼까, 수고했어요."

"아니, 벌써 가시려고 하십니까?"

만면에 미소를 가득 머금은 채 본심과는 정반대의 인사 치레를 하는 나중해였다. 정말 이 무식한 것들이 사양이란 예의도 모르고 혹시나 다시 눌러앉아 정말 나중에 가면 어떡하나 하는 걱정을 했지만 다행히 두 사람은 더 이상 눌러 앉으려 하지 않았다.

"그럼 수고하세요."

먼저 이 말을 마친 비류연이 자리에서 일어서자 옆에서 인상만 구긴 채 묵묵히 앉아 있던 염도가 따라 일어났고, 이내 두 사람은 방문을 열고 올 때와는 달리 조용히 사라졌다. 떠나는 두 사람의 등을 바라보며 나중해가 소리쳤다.

"종종 필요하신 일이 있으시면 언제 어느 때라도 이 불초 소생을 찾아 주시기 바랍니다. 언제나 이용 대기중이니 마음내키는 대로 이용해 주십시오."

마음에는 떼다 만 눈곱의 반만큼도 없는 헛소리를 얼마나 큰소리로 질러 댔는지 온 방 안에 소리가 울려 퍼져 귀가 멍멍할 정도로 울릴 지경이었다. 입은 만악(萬惡)의 근원이라는 잠언과 말이 씨가 된다는 선인들의 충고를 미처 생각하지 못하고 입을 가볍게 놀리고 만 나중해였다.

두 사람은 마치 폭풍처럼 왔다가 재해의 현장만을 남긴 채 떠나갔다. 시야에서 둘의 신형이 완전히 사라진 것을 확인한 나중해의 얼굴이 싸늘하게 굳어졌다. 몸에서 맥이 완전히 빠지는 것 같았다. 처음엔 창백할 정도로 싸늘하게 굳어 있던 안색이 점점 더 붉게 변하더니 하나 둘 핏대가 서기 시작하고 급기야 달구어진 무쇠처럼 빨개졌다.

당장이라도 이마에 솟은 핏대가 울화를 견디지 못하고 터져 피를 내뿜을 것만 같은 괴기한 모습이었다. 빨개질 대로 빨개진 안색으로 나중해는 치밀어 오른 울화를 연료 삼아 밖을 향해 고래고래 소리를 질렀다. 그동안 쌓였던 울분이 한꺼번에 소리의 파도가 되어 터져 나왔다.

"이 천벌을 받아 뒈질 놈의 새끼들아! 저주받아 마땅한 개자식들아! 네 놈들은 반드시 하늘의 심판을 받을 것이다. 두고 보아라, 두고 봐. 으하하……."

나중해는 한 조직을 책임지는 수장답지 않게 차마 입에 담을 수도 없고, 글로 옮길 수도 없는 쌍욕들을 퍼부을 대로 퍼 붇자 마음이 조금 진정되고 가라앉았다. 게다가 자신이 벌여 놓은 일을 생각하니 절로 흐뭇한 생각이 들었다.

마치 돌연한 폭풍처럼 왔다가 재해의 현장만을 남긴 채 떠나간 가증스러운 두 놈의 새끼들. 때려죽여도 시원치 않을 두 놈을 향해 경순이 나중해가 한 가지 말하지 않은 것이 있었다. 그것은 바로 염도가 무사부로서 천무학관에 들어가길 원한다면 그 조건으로 비류연의 특별 시험 자격권을 요구할 수 있다는 사실이었다. 무사부의 수가 절대적으로 부족해 한 사람의 고수라도 아쉬운 천무학관 측으로서는 결코 거절할 수 없는 제의였다.

염도 정도의 큰 인물을 무사부로 얻는 데 그만한 대가는 너무나 미미한 대가나 다름이 없었다. 그런데 나중해는 이처럼 쉽고 간단한 방법을 그들에게 가르쳐 주지 않았다. 이것이 사실이라면 비류연과 염도가 손 붙잡고 호아장을 찾아갈 필요가 전혀 없는 데도 말이다. 나중해는 일부러 이 사실을 숨기고 의도적으로 그 둘을 호아장으로 보냈다. 사실 객관적으로 평가해 볼 때 호아장이 염도를 저지할 수 있을 확률은 전무하다고 보는 편이 옳았다.

남창 제일 무장원(南昌第一武莊園) 호아장(虎牙莊)!

물론 결코 만만히 볼 수 있는 곳은 아니다. 무(武)의 신전이라 할 수 있는 천무학관의 앞마당 터에서 당당히 간판 걸고 문파 행세를 할 수 있다는 사실이 호아장의 잠재 능력이 범상치 않다는 것을 증명해 주고도 남는 것이다. 그러나 그것은 호아장의 주인인 호아장주 호아맹검(虎牙猛劍) 호천상 때문이 아니었다.

'맹호비격검법 26식(猛虎飛擊劍法 26式)'. 물론 위력적인 검법이기는 하지만 장주인 호천상이 이를 극성(極成)까지 익혔다고는 해도 고작 그걸로 염도의 성명 절기인 화령염천도세(火靈焰天刀勢) 진홍십칠염(眞紅十七炎)를 막을 수 있다고는 애당초 파다 만 코딱지만큼도 생각해 본 적이 없었다. 염도는 그 자신의 개인 진신 진력 하나만으로도 강호의 일류 문파와 동등(同等), 또는 그 이상으로 평가받기에 전혀 부족함이 없었다. 강호에 산재된 수많은 정보를 수집하고 다루는 나중해는 그 사실을 누구보다도 잘 알고 있었다.

염도는 그만한 자격이 있는 사람이었다. 물론 이 자격 평가 시에 성격이나 품성은 심사 기준에서 제외되어 있다는 데 유념하기 바란다. 그러므로 염도와 덤으로 붙어 있는 재수 없는 애송이를 처리하는 세력으로 호아장 하나만을 생각했다면, 나중해는 애초에 염도와 비류연을 그곳으로 유인하지도 않았을 것이다.

하지만 나중해는 믿는 구석이 있었다. 호아장에는 의외의 변수라 할 수 있는 그 사람이 지금 머무르고 있었다. 지금의 호아장이 있도록 만든 실질적인 존재. 호아장주 호아맹검(虎牙猛劍) 호천상의 사부 격인 존재가 있었다. 호아맹검 호천상에게 검(劍)의 진리를 전해 주고, 호아장이 남창성 내에서 자리잡고 행세할 수 있도록 해 준 존재. 바로 월광마저도 얼어붙게 만든다는 그의 한빙검(寒氷劍)이라면 염도를 충분히 막아낼 수 있을 거라고 확신했다.

이 강호에서 오직 그만이 염도를 저지할 수 있다 해도 지나친 과언이 아닐 것이다. 그렇기 때문에 나중해는 '이 놈들아, 혼 좀 놔 봐라!' 라는 심정으로 염도와 버릇없는 애송이를 호아장으로 유인한 것이었다. 염도와 맞설 수 있는 유일한 인물. 천하 5대 도객(天下五大刀客)과 나란히 칭해지며, 강호 무림인의 칭송과 흠모를 동시에 받고 있는 천하 5검수(天下五劍手)의 일인인 존재가 지금 그곳에 머물고 있었기 때문이다.

그걸 생각하니 절로 흥이 돋고 기분이 들뜨는 것 같았다. 거친 파도 같던 마음도 금세 진정되었다. 염도는 아마 이번에 크게 낭패 한번 당할 것이다. 나중해는 그렇게 굳게 믿었다. 하지만 막상 두 놈을 호아장으로 보내 놓고 나니 기분이 파다 만 콧구멍처럼 영 찜찜하고, 왠지 모를 막연한 불안감이 들기 시작했다. 그래서 나중해는 하늘에 기도했다. 제발 그 둘이 떡이 되게 해 달라고 온 마음을 다 바쳐 기도하고 또 기도했다. 그의 기도를 하늘이 들어 줄지, 아니면 안 들어 주고 무정히도 내팽개칠지는 오직 하늘이 정할 일이었지만……

이때서야 비로소 나중해는 밖에서 안절부절 서성이고 있던 말단 제자 흑삼이를 불러 긴급히 해야 할 일을 지시했다. 그것은 아주 중요하고 시급을 요하는 일이었다.

"흑삼아."

"예, 당주님."

"넌 지금 빨리 뛰어가서 왕(王)소금 한 가마니만 가져오너라!"

"예? 왕소금이요?"

그는 순간 나중해가 도대체 무슨 말을 하는지 알아들을 수 없었다. 난데없이 웬 소금이란 말인가? 그것도 특히 왕(王)자를 특히 강조하면서 말이다.

"그래, 그것도 아주 굵은 걸로 말이다."

흑삼은 말단 제자의 신분으로 현재 순풍당의 잡일을 도맡아 하고 있었다. 그런 그가 아무리 당주의 정신 상태의 정상 유무를 의심해 본다 해도 차마 입 밖에 낼 수는 없는 노릇이었다. 그는 시키는 대로 그저 행동하는 수밖에 없었다.

나중해는 일단 흑삼이에게 왕소금 한 가마를 가져 오라 시켰지만 시키고 보니 좀 모자란다는 느낌이 들었다. 오늘 당한 일을 생각해 볼 땐 소금 한 가마 정도로 끝날 일이 아니었다. 그래서 나중해는 다시 밖을 향해 소리쳤다.

"흑삼아, 안 되겠다. 왕소금 한 가마니 더 가져오너라. 그리고, 도사님도 한 분 부르고. 오늘 액땜을 대판 해야겠다. 재수에 옴이 붙었어, 옴이. 그것도 아주 커다란 지랄 같은 옴이!"

경순이 나중해는 소금 한 가마니로 부족함을 느꼈는지 추가로 하나를 더 주문했다. 그리고는 구석구석 꼼꼼하게 손수 굵은 왕(王)소금을 뿌려 댔다. 그리고는 안타까운 돈을 들여 유명한 도사(道士)도 한 명 불러 액땜을 하고 주문을 영창하며 사방 천지를 비싼 부적으로 도배했다.

하지만 소금을 가마채로 뿌려 대고, 액땜을 하고, 부적을 붙였다 해서 걸어 다니는 재앙 덩어리라 할 수 있는 두 사람과 나중해의 악연이 이것으로 끝날 수 있을지…….

호아장(虎牙莊) 난입 사건

태양은 따사롭고, 바람은 잔잔하며 대기는 조용하다.
침묵하는 바람에 창공은 드높고,
드높은 푸른 하늘 가로지르는 구름의 흐름은 여유롭기 그지없다.
증인들은 하나같이 입을 모아 말했다.
그 날은 햇빛이 아주 따사로운 오후였다고.
그 날의 기상은 절기로는 겨울이되 겨울 같지 않고
오히려 따뜻한 봄날의 하루같이 맑고 청명한 날이었다고…….

소리 없이 내리 쪼이는 햇살이 따사로운, 여느 날과 마찬가지인 오후였다. 만약 그 일이 없었더라면 그냥 평화롭고 날씨 좋은 겨울의 한 오후로 기억되었을 것이다. 하지만 그 날을 호아장 무인들에게 아주 특별한 날로 인식되도록 만든 사건이 두 사람의 방문으로 인해 일어났다. 어느 누구도 미처 예상치 못한 느닷없는 날벼락이었다. 평화로운 오후의 명상을 깨는 초대받지 않은 방문객들. 바로 비류연과 염도였다. 비록 단 두 명에 불과한 수였지만 파생시킨 효과는 가히 재해 수준과 맞먹었다.

두 사람의 방문으로 인하여 호아장 무인들은 씻을 수 없는 치욕과 지워지지 않는 패배감을 안게 되었고 오래도록 잊혀지지 않을 악몽으로 선명한 화인(火印)처럼 깊이깊이 각인되었다.

"약속한 거예요."

비류연이 장난기 가득한 목소리로 말했다. 염도(焰刀)는 알았다는
듯 고개를 끄덕였다.

"그렇다고 해서, 반말은 사절입니다. 지킬 건 지켜야죠."

다시 무뚝뚝하게 염도가 고개를 끄덕였다. 비류연의 입가에 만족
스러운 미소가 걸렸다.

"그럼 가죠."

비류연이 몸을 돌려 앞장서서 걸었고, 염도가 그 뒤를 말없이 따랐
다. 그들이 가는 방향에는 호아장(虎牙莊)이라는 이름의 한 무림 장
원이 위치하고 있었다.

호아장의 정문은 만인을 환영하려는 듯 활짝 열려 있어야 원래는
정상이었다. 하지만 지금은 그렇지가 못 했다. 단단하고 굳게 닫혀
있어 열릴 줄을 몰랐다. 원래 이쯤 되는 일류 문파라면 특별한 사
정―여인들은 금지라던가, 봉문(封門)중이라던가, 아니면 특별한 의
식 행사중이라던가, 비지(秘地)에 위치해 있다거나, 문규에 의해 속
세와의 왕래가 엄금되어 있거나 하는 등등―이 있지 않는 한 하루의
해가 떠서 그 해가 서산 너머로 떨어져 질 때까지는 정문을 활짝 열
고 손님을 받는 것이 원칙이었다.

보통 정문을 지키는 두 명의 위사와 한 명의 지객 담당 제자가 있
어 정문에서 손님을 맞아 방문첩에 이름을 기재한 다음 지객당이나
용무가 있는 장소로 안내를 하는 것이 정상이었다. 그것이 강호의 법

도였다. 때문에 호아장(虎牙莊)쯤 되는 일류 문파에서 한낮에 손님을 거절하는 경우는 있을 수가 없었다. 원칙상 체면 유지를 위해서라도 문파를 방문하는 손님이라면 그 손님이 비록 거지라도 거절해서는 안 되는 것이 바로 묵시된 법도였다.

하지만 일반적인 관례라도 잘 지켜지지 않고 있는 것이 현 무림의 현실이었다. 더럽고 번거로운 거지들까지 신경 쓰기가 꺼림칙했고, 또 그렇게 되면 손님 접대용으로 나가는 엄청난 비용 지출을 견디기가 어려웠기 때문이었다. 그래서, 초대받은 일부의 방문객만을 선택적으로 받아들이고 있었다. 오는 족족 모두 손님으로 받아들여 접대를 했다가는 호아장의 재산은 순식간에 거덜나 버려 식솔들 모두 거리로 나앉기 쉬웠다. 그래서 초대받지 않은 손님은 환영받지 못하고, 초대받은 손님은 극진히 대접되었다. 관행상 이런 일들은 이제 모든 문파에서 당연시되고 있었다.

그렇다 하더라도 이곳은 무림 최대의 세력 중 하나가 있는 남창. 지나가는 거지들도 한 번쯤 고수 여부를 의심해 봐야 하는 곳이다. 이곳 거지들 중 과반수 이상이 모두 개방(開放)에 소속된 무림 거지들이었기 때문이다.

이런 현실인 남창에서 호아장쯤 되는 일류 문파라면 날마다 손님이 끊이질 않는다. 그렇기 때문에 호아장 측에서도 손님 접대에 소홀할 수가 없어 사정이 허락하는 한 접대에 만전을 기하고 있는 실정이었다. 며칠 전까지는 분명히 그랬다. 이곳을 찾아오는 손님은 누구나 융숭한 대접을 받았었다. 그런데 어찌될 일인지 지금은 그렇지 못했다.

그렇다면 이것은 무언가 특별한 일이 있다는 뜻. 그 이유는 바로 천무학관 입관 시험 대비를 위한 것으로 곧 입관 시험을 치르게 될 호아장주 호천상의 둘째 제자 감운수 때문이었다. 그래서 호아장은 요 며칠 간 정문을 굳게 걸어 잠그고 침묵에 휩싸여 있었다. 제자 감운수의 합격을 바라는 사부 호천상의 작은 배려였다. 큰 시험을 앞둔 이에게 소란스러움은 절대 금물, 당사자의 정신을 흐트러트리고 집중력을 약화시키기 때문에 독(毒)보다도 해롭고 치명적인 것이었다.

그래서 호천상은 사랑하는 제자의 천무학관 입관 시험 대비를 위해, 주위의 자중과 자숙을 요청하는 의미에서 정문을 굳게 걸어 잠그고 침묵으로 일관하고 있었다. 동시에 장 주위의 마을 사람들에게도 행동의 정숙과 자숙을 부탁해 놓은 터였다. 그 근방에서 호아장의 부탁을 단호히 거절하고 호기롭게 고성 방가를 일삼을 만큼 간담이 큰 사람은 없었기에 감운수는 조용하고 정숙한 환경 속에서 착실히 천관 특별 입관 시험에 대비할 수 있었다. 아무리 특별 전형이라고는 하나 낙오자가 없는 것은 아니었기에, 시험 대비에 조금도 소홀할 수가 없었다.

굳게 걸어 잠근 호아장의 철문은 최대한의 정숙을 요구하는 무언의 압력. 거절과 거부란 있을 수 없음을 명명백백히 나타내고 있었다. 이 무언의 압력이 톡톡히 효과를 봐, 지금 호아장의 주위는 흡사 쥐가 떼죽음 당한 듯 고요하기만 했다. 이러니 장내의 모든 인물들의 촉각이 날카롭게 곤두설 수밖에 없고, 곤두세워진 신경 때문에 정문의 번(番)을 서게 되는 문도들은 과중한 업무에 시달릴 수밖에 없었다.

오늘 정문 근무자는 호아장 주력 무단인 호무전의 조원 두 명이었다. 호무전(虎無殿)은 호아장 내에서도 가장 크고 강력한 무력 집단으로 전주 휘하 2대 6개 조로 1대 당 3개 조로 이루어져 있었다. 이 두 사람은 범이 날뛴다는 호무전 휘하조 중에서도 험하기로 소문난 1조 검호조에 소속된 이들로, 이름이 각기 이관정과 손곤우라 불리었다. 두 사람은 검호조에서 둘도 없는 막연한 친구 사이이자 경쟁자로, 다음 대 검호조 조장 자리를 놓고 암암리에 무(武)와 지(智)를 겨루고 있었다. 하지만 그런 두 사람도 지금 결코 좋은 기분에 투철한 사명감으로 근무를 서고 있는 것은 아니었다. 벌 근무이기 때문에 어쩔 수 없는 것일 뿐, 그렇지 않다면 누가 이 지긋지긋한 정문 위사 근무를 서려고 하겠는가.

한낮의 정문 수문위는 정문의 경비뿐만 아니라 장을 방문하는 방문자들을 일일이 확인하고 그들의 용건을 내원에 전하거나 더 나아가서는 손님들의 심부름까지도 해야 하는 경우가 다반사였기에 누구나 귀찮고 피곤하지 않을 수 없었다. 이러한 사실은 대다수의 다른 문파에도 그대로 적용되는 보편적이고 아주 일반적인 일이었다. 그래서 이런 곳의 근무는 각 조에서도 직위가 없는 사람이나, 아니면 사고를 쳐서 벌 당직으로 이곳의 근무를 서는 경우가 대부분이었다.

이 두 사람은 검호조 차기 조장의 자리를 다투는 인물들로서 검호조 내에서도 고참 축에 속했지만, 며칠 전 과음한 후 술김에 흥이 올라 벌인 음주 비무가 하필 재수 지지리도 없게 주위를 순시하던 호무전주에게 적발되어, 그 벌로 한 달 내내 이곳 정문 경비를 서야 하는 신세가 되었다. 소위 말하는 벌 근무인 셈이다.

그래도 둘은 문규에 엄격히 금지되어 있는 음주 비무를 벌이고도 이 정도의 체벌로 끝난 것을 감지덕지해야 했다. 한 달 동안의 정문

벌 당직과 맹호검법 기초 수련식 천 번 반복의 벌을 받았지만, 그렇다 해도 그들에게 내려진 징계가 그 정도로 끝난 것은 정말 천행이었다.

그만큼 음주 비무—그것도 진검을 사용한 음주 비무—는 잠깐의 부주의로도 단숨에 생명을 앗아갈 수 있기 때문에 그에 대한 처벌이 매우 엄중했다. 그런데도 불구하고, 이관정과 손곤우가 이 정도의 징계로 끝난 것도 이 둘을 아끼는 호무 전주의 중재가 있었기 때문이었다. 하나, 비록 큰 징계는 용케 피했다지만 이런 상황 하에 놓여 있으니 둘의 신경이 날카롭지 않을 수 없었다. 그래서 두 명 모두 극도의 저기압 상태였다.

그런 때에 초대받지도 않은 손님이 한 사람도 아닌 두 사람씩이나 호아장을 방문했다. 이 일행은 물어 볼 것도 없이 특이 사항 없는 형색의 비류연과 온통 붉은색 일색이라 어딜 가나 눈에 확 띄는 염도였다.

타오르는 태양 같은 강렬한 인상의 염도와 평범한 흑의에 치렁치렁한 흑발을 아무렇게나 묶어 놓은 비류연은 확실히 어울리지 않는 한 쌍이었다. 묵묵히 두 사람의 발걸음이 정문 바로 앞에서 멈추었다.

"장(莊)!" "아(牙)!" "호(虎)!"

비류연이 큰소리로 편액에 걸린 글자를 한 자, 한 자 또박또박 읽었다. 호아장의 정문에 걸린 편액에는 호랑이처럼 용맹한 기개가 넘치는 필체로, 비류연 식으로 하자면 '장아호(莊牙虎)'라고 멋들어지게 적혀 있었다.

"장아호라니… 요?"

염도가 보기에 비류연은 분명히 편액을 보고 글을 읽은 것 같은데 들리는 발음이 영 이상해 확인 차 물어 본 것이다. 그래도 까막눈이 아닌 자신의 눈으로 확인해 봤을 때 분명히 호아장(虎牙莊)이라고 적혀 있는데 웬 난데없는 장아호(莊牙虎)란 말인가? 그러나, 비류연은 염도의 이런 궁금증에는 아랑곳하지 않고 태연스럽게 말했다.

"아, 몰랐어요? 난 현판을 읽을 때 좌(左)에서 우(右)로 읽어요. 해석은 우(右)에서 좌(左)로 하고요. 몰랐나 보네요?"

당연히 몰랐다. 알 리가 없지 않은가.

"읽을 땐 좌(左)에서 우(右)로 읽고, 해석할 땐 우(右)에서 좌(左)로 해?"

그게 말이나 될 법한 소린가. 지나가던 똥개 코방귀 뀔 소리였다. 두 자로 줄이면 견음(犬音), 세 자로 풀어 주면 개소리. 비류연의 엉뚱하고 황당한 대답에 기가 막혀 버린 염도의 입이 쩍 하니 벌어졌다. 비류연을 향한 그의 눈동자는 강렬한 기광을 발하며, 염도 자신의 확신에 가득 찬 의사를 명명백백(明明白白)히 표현하고 있었다.

'미친 놈!'

물론 겉으로 내색하지는 않았다. 목숨은 아까우니깐…….

"그럼 책을 읽을 땐 어떻게 하나… 옵니까?"

아직도 염도는 비류연에 대해 말할 때 반 존칭을 사용해야 되는 것에 대한 어색함을 감추지 못하고 있었다. 그래서 염도의 말은 항상 하대로 끝나려고 하다가 아차, 하는 심정에 반 존칭으로 급선회를 하게 되니, 말이 이상하게 들리는 게 당연했다. 어투가 전혀 그답지 않게 되어 버린 것이다. 처음에는 이 존칭 문제를 가지고도 둘 사이에

많은 공방이 있었다. 하지만 비류연의 가차없는 응징에 곧 염도는 어투를 바꾸는 것이 신상에 이롭다는 것을 자각하고 존칭 사용 실행 여부에 동의하게 되었다.

배변(排便)이 무서워서 피하냐? 더러워서 피하지, 라는 것이 당시 그의 의지를 잘 대변해 주는 말이었다. 마치 이 말은 그 하나만을 위해 탄생된 말처럼 느껴졌다. 비류연도 일단은 염도에게 비록 그가 내기에 져서 자신의 제자가 되었다 하더라도, 자신은 비록 전혀 신경 쓰지 않는 부분이기는 하지만, 무림에서의 염도의 신분과 나이를 생각해 인심쓴다는 생각에서 반 존칭을 사용해 주고 있었다. 즉 적당한 상호 존칭으로 합의가 난 것이다.

"당연히 책은 그냥 위에서 아래로 읽어 내려가 가죠. 그럼 책을 아래에서 위로 읽어 가는 사람도 있어요? 내가 좌에서 우로 읽는 건 가로로 적힌 편액밖에 없어요."

세 살 어린애도 다 아는 당연한 사실을 뭐 하러 물어 보냐는 듯한 비류연의 시선이 염도로서는 견디기 힘들었다. 염도는 자신이 우롱을 당하고 있다는 느낌을 지울 수가 없었다. 뒷골이 지끈거리고 뻣뻣하게 느껴졌다. 참으로 요상하고 괴이한 버릇이 아닌가. 이런 짓거리는 단 네 자로 간단히 표현 될 수 있었다.

절대무용(絶代無用)—절대로 쓸모가 없다.

염도는 자신이 정말 엉뚱하고 허무맹랑한 놈을 사부로 모시게 되었다는 사실을 새삼 깨달으며 다시 한 번 절망에 빠졌다. 깨달음을 얻었음에도 그의 눈 앞은 더욱 더 어둡고 캄캄하기만 했다. 비류연과 동행하면서 느낀 절망감이 오늘로서 도대체 몇 번째인지 이젠 헤아리는 것도 포기했다. 사제 관계가 비록 명분뿐이라고는 하나, 비류연은 그렇게 생각하지 않는 모양이었다. 진짜 말년에 받은 제자처럼 진심으로 시킬 일 다 시키고 부려먹고 있으니 염도로서는 난생 처음 겪은 수모가 아닐 수 없었다.

하지만 비류연의 성질을 종합적으로 고려해 볼 때 이 정도면 그나마 양호한 편이었다. 그 딴에는 그래도 나름대로 대우해 주고 있었다. 그래도 비류연은 염도에 대해 어느 정도 예우를 해 주고 있는 실정이 아닌가. 그의 존칭 말투 또한 그런 것에 의해 비롯된 것이다. 너무 염도를 무시하고 함부로 대하면 그의 성격상 미쳐 날 뛸 위험이 없잖아 있기 때문에 미연에 위험을 방지하자는 의도에서 제 딴에는 나름대로 계산한 모양이었다. 물론 비류연의 제자가 되어, 그에게 그런 취급받은 것만으로도 이미 충분히 미쳐 날뛸 만한 상황은 충분했다. 아마 그때 비류연에게 죽도록 얻어터지지만 않았었더라도, 벌써 참지 못하고 미쳐 날뛰었을 것이다. 아직도 그때의 악몽이 생생하게 살아 있기에 염도는 자신의 감정을 누그러트리고 있는 것이었다.

비류연과 염도가 사이좋게 호아장의 정문 앞에서 사제간의 오붓한 대화를 끝내고 장내로 진입해 들어왔을 때 이 말많은 소문의 주인공, 호천상의 둘째 제자 감운수는 한창 무공 수련에 여념이 없었다. 이젠 정말로 시험 일까지는 며칠 남지 않은 상황이었다. 밤이 낮이 되어도 빠듯한 시간이었다. 그래서 지금 감운수는 모든 기력을 무공 공부에 쏟아 붇고 용맹 정진하고 있었다. 사문의 비전 검법인 맹호비격검법 26식에 모든 것을 쏟아 붇고 있는 것이다.

비록 특별 전형이라 합격은 따 놓은 당상이나 마찬가지지만 특혜자에게는 입관한 후가 더욱 문제였다. 왜냐하면 날고 긴다는 강호의 기재들이 모두 모이는 천무학관에 입관하여 만일 별 볼일 없는 무공을 선보인다면 과연 주변의 인물들이 그 사람을 어떻게 생각하겠는가. 문파의 이름을 업은 무능력자로 낙인찍히는 것은 뻔한 일이었다.

심한 경우 자격 미달이 인정되면 가차없이 퇴관도 가능한 것이다. 그러니 남에게 꿀리지 않고 사문에 누를 끼치지 않으려면 지금부터라도 맹수련이 불가결한 것이다. 당연히 만사 다 제쳐 두고 맹호비격검법의 대성(大成)을 이루기 위해 모든 정성을 쏟아 붙는 것이 바로 지금 감운수의 가장 중요한 일이었다.

그런데 이런 그의 공부를 방해하는 움직임이 있었다. 정문 바깥쪽이 잠시 소란스러워진다 싶더니 두어 번의 격타음과 함께 다시 잠잠해진 것이다. 그의 수련장으로부터 정문까지는 꽤 상당한 거리가 있었지만 수련으로 단련된 그의 이목을 속일 수는 없었다. 그의 이목은 이미 오 장 밖의 낙엽 떨어지는 소리마저도 포착할 수 있을 정도로 예민하게 다듬어진 후였다. 물론 비류연과 염도는 굳이 은밀함을 추구하지 않았기에 포착하기는 더욱 쉬웠다. 감운수는 무슨 일일까 걱정하여 정문 쪽으로 걸음을 옮겼다.

"쾅!"

그때, 천지를 울리는 요란한 소리와 함께 정문이 활짝 열리더니 보도 듣도 못한 불청객 두 명이 장내에 발을 들여놓는 게 아닌가. 고민할 여지도 없는 침입자였다. 옛말에 "선한 자는 오지 않고 온 자는 이미 선하지 않다." 하지 않았는가.

선자불래 내자불선(善子不來 來子不善)!

감운수는 허리에 찬 절호도를 꽉 움켜진 채 뽀얗게 일은 먼지가 아직도 채가시지 않은 정문을 향해 신형을 옮겼다. 감운수는 그동안의 수련 성과로 얻은 검득(劍得)으로 자신의 무공에 대한 자부심이 대단했다. 드디어 맹호비격검법을 극성까지 익혔다고 자신만만해 하고 있었다. 하지만 이를 어쩌나? 감운수는 오늘 운이 억세게도 없었다. 상대는 인간의 척도로는 측량할 길이 없는 인세(人世)에 다시 없을 괴물 두 마리였던 것이다. 지독한 계산 착오였다.

무모한 저항의 결과

소란스러움을 듣고 단숨에 달려온 감운수는
두 사람을 보자마자 겁도 없이 당당하게 외쳤다.
대사형이 없는 지금, 그가 이 호아장의 맏이였고
사부님을 대신해 사제들과 식솔들을 책임질 위치에 있었다.
그래서 그는 항상 당당하게 행동했다.

"웬 놈들이냐?"

"웬 분들이시다, 왜!"

비류연이 감운수의 버르장머리 없는 말을 받아 친절하게 정정해 주었다. 굳게 닫힌 정문 바깥을 지키던 이관우와 손곤우는 시끄럽게 굴며 장내로 들어오려는 두 사람을 제지했지만, 비류연의 가벼운 손짓과 발짓 한 번으로 허망하게 대지 저편으로 날아갔다. 아무리 장래가 촉망되는 무인이라고는 하나 둘은 일개 조원에 불과할 뿐이었다. 그런 그들이 염도와 비류연을 막는다는 것은 애시당초 불가능한 일이었다.

"우당탕탕!"

손곤우와 이관우는 나란히 햇살을 받아 알맞게 데워져 있던 길바닥 위를 사이좋게 굴렀다. 없던 재수는 끝까지 생기지 않고 설상가상으로 그 없음을 더해 갔다. 문 밖이 소란스러워 웬 일인가 싶어 닫혀 있던 철문을 열고 내다보던 지객 담당도 날아오는 비류연의 주먹에 콧잔등을 얻어맞고 삼 장이나 날아가 보기 좋게 의식을 잃고 쓰러져 버렸다. 문을 닫아 자신의 갈 길을 방해했다는 하찮은 이유 때문이었다. 이렇게 해서 비류연과 염도는 힘 하나 안 들이고 너무나 쉽게 호아장 내에 들어섰다. 그런 둘 앞에 감운수가 헐레벌떡 뛰어온 것이다. 얼굴에 당혹한 빛을 가득 띤 채…….

하지만 첫 인상부터 한심하기 짝이 없는 감운수가 비류연의 눈에 기꺼울 리가 없었다. 그래서 비류연은 그를 아예 싹 무시해 버렸다. 상대할 가치를 느끼지 못했던 것이다. 비류연은 전혀 진지하고 심각하게 그의 존재를 염두해 주지 않았다. 이런 비류연의 행동에 모욕을 받았다고 생각했는지 감운수의 안색이 뻘겋게 달아올랐다. 잘 나가는 무림의 후기 지수이자 예비 천관도라는 자부심으로 가득한 그에게 비류연의 무시는 참을 수 없는 모욕이었던 것이다.

"웬 놈이냐?"

비류연의 시선이 감운수를 향했다. 하지만 긴 앞머리에 가려 감운수는 비류연의 시선을 직접 보지는 못했다. 비류연의 입매에 다시 옅은 미소가 그려졌다.

"이쪽 분도 아까 전과 마찬가지로 예의가 없군요. 먼저 자기 소개는 하지 않은 주제에 다짜고짜 남의 신분을 묻는 댁은 누구신가요?"

"난 이곳 호아장의 적전 제자 감운수다. 네놈은 대체 누구냐?"

하지만 비류연은 다시 감운수의 질문을 묵살했다. 그리고는 아는 채를 했다.

"아, 당신이 바로 그 수학을 잘못해 분수를 모른다는 호아장의 둘째 제자로군요. 만나서 반가워요."

"분수? 분수라니, 그게 무슨 말이냐?"

"일신에 지닌 미약하고 형편없는 실력으로 사문의 추천을 이용해 특별 전형으로 천무학관에 들어가려고 안달한다는 그 둘째 제자 아닌가요? 그게 분수를 모르는 거죠. 아, 또 다른 재능으로는 자신의 주제를 전혀 파악할 줄 모르는 비상한 재주도 지니고 있다고 나한테 여길 가르쳐 준 사람이 그러더군요."

"다, 닥쳐라! 이 무례한 놈!"

감운수는 어의가 없었다. 그가 살아오면서 이렇게까지 처참하게 무시를 당한 적이 있었던가? 아무리 머리를 쥐어 짜내고, 뇌 속을 이리저리 헤집어 봐도 결단코 없었다. 창창 대로를 걸어온 일류 대문파의 적전 제자께서 언제 그런 푸대접을 받아 보았겠는가. 난생 처음으로 이런 치욕적인 모욕을 받은 그의 인격과 자존심은 구겨질 대로 구겨져 처참하게 버려졌다.

이제 그의 인내는 여기가 한계였다. 더 이상의 말은 필요 없었다. 순간 감운수는 절호검을 뽑아 들었고 단숨에 자신에게 최초의 모욕을 선사한 상대를 향해 스스로 대성했다고 사뭇 흐뭇해하던 사문의 비전검법을 극성으로 펼쳐 보였다. 매서운 검기가 엄중히 비류연을 덮쳐 갔다.

그를 비롯하여 호아장의 모든 제자들이 거의 대부분 사용하고 있는 절호검은 그 길이와 폭이 일반 검보다 훨씬 넓고 두꺼우며 또한 길다. 그래서 처음 절호검과 검을 맞대 본 이들은 첫째로 그 검권의 영향이 상상 외로 넓음에 당황하고, 둘째로 손아귀가 찢어 질 듯한 강력한 검압(劍壓)에 당황한다. 폭과 두께, 그리고 무게가 일반 장검보다 넓고 두껍기 때문에 이에 의해 발생하는 검력(劍力)은 장난이 아닌 것이다. 그래서 내력이 담기지 않은 일반 장검이라면 이 절호검 앞에서 두 동강나기 십상이다.

이 무시무시한 검력(劍力)과 검풍(劍風)이 맹호비격검법만의 독특한 특징이기도 했다. 상대의 검을 무너뜨리는 사나운 검력. 단숨에 적을 두 동강 낼 듯한 맹렬한 기세. 이런 엄청난 위력을 지녔다고 평가되고 있는 맹호비격검법 26식이 비류연을 향해 시전 되었다.

처음 검초를 펼칠 때까지만 해도 감운수는 자신만만했고 위풍당당했다. 하지만 스스로 대성했다고 여기던, 익히 적수가 없을 거라 여기던 비전검 맹호비격검법으로 막상 비류연을 공격해 들어 가 보니 그의 앞에서는 아무런 효력도 발휘하지 못하는 게 아닌가. 검기(劍氣)는 그의 옷자락 하나도 베어 내지 못했고 검풍(劍風)은 운동중인 그의 땀을 식혀 주는 초라한 역할 밖에는 수행하지 못했다. 한마디로 무용지물(無用之物), 완전 속수무책이었다.

비류연은 몸을 살짝 비트는 간단한 동작 하나 만으로도 이미 그의 검세(劍勢)에서 완전히 벗어나 있었고 몸을 살짝 비트는 것과 동시에 다시 내딛는 일보는 섬광과 같았다.

"픽!"

단 일 보로 창졸지간에 감운수의 품 안으로 파고든 후, 그와 동시에 내지른 주먹 일 격에 감운수의 숨통은 터질 듯이 막혀 왔다. 단 일 격에 전신의 기혈이 뒤엉켜 버린 것이다. 비류연의 오른 주먹이 그의 복부를 직격하자 진기의 흐름이 단번에 끊어져 버리고 말았다.

　"파바박! 퍽퍽! 투바바박! 파바바팍! 팍팍팍!"

　난폭한 우박이 얇은 철판 위에 쏟아지는 듯한 소리가 울려 퍼졌다. 모르는 사람이 들었다면 참으로 경쾌하고 신명난다고 느낄 그런 소리였다. 비류연의 난타 소리는 운율과 박자가 완벽히 조화되어 이제 예술의 경지까지 승화되려 하고 있었다. 비류연의 우권을 복부에 꽂은 채, 신음이나 비명 한 토막 내지르지 못 하고 있는 감운수의 면상과 전신에 확인 사살용 주먹 세례가 작열한 것이다. 비류연의 장기 중의 장기인 구타절명권, 삼복 구타 권법이 발동된 것이다. 작열하는 수십 발의 주먹 세례는 단숨에 그의 의식을 앗아가 버렸다.

　아! 그 다음 상황은 너무나 처참해 이만 생략하도록 하겠다. 알아봤자 정신 건강에 해로울 뿐이기 때문이다. 알면 다치니 모르는 게 약인 경우도 있는 법이다. 그리하여 호아장의 기대주 감운수는 대낮에 저승 문턱에 올라 별을 구경하는 기이하고도 신기한 이색 체험을 겪었다. 그리고는 이내 반짝이는 수많은 별들과 함께 의식을 잃었다. 제 딴에는 한시라도 빨리 현실에서 도피하고 싶었을 것이다. 비류연은 바닥에 엎어진 감운수를 한 번 쳐다보더니 얼라리요, 하는 묘한 표정을 지어 보였다.

　"어라, 이 자식 너무 허약하잖아요?"

　비류연은 어이가 없었다. 너무 싱거웠다. 일 파의 명예를 짊어진 녀석이 너무도 쉽게 나자빠져 버린 것이다. 한심하기 짝이 없었다. 감운수는 반격다운 반격은 고사하고 비류연의 한 수도 제대로 감당 못 한 채 처참히 나가 떨어져 버렸다. 완숙한 경지에 접어들지 못한 맹호검격세를 믿고 함부로 대들다가 생긴 결과였다. 그 자신은 비전 검법을 완전히 극성으로 익혔다고 자만했지만 실상은 그게 아니었던 것이다.

고수의 눈으로 보기에는 아직도 한참이나 멀고도 먼 공부(功夫). 그것이 현재 감운수의 진정한 실력이었다. 하지만 자신에게 반항한 상대가 아무리 허약하다 하더라도 용서할 생각이 없는 무심한 비류연의 한 수에 감운수는 변변한 저항의 시늉조차 하지 못하고 고스란히 얻어맞고 말았다. 만일 염도가 상대였더라도 그의 기세에 오금이 저려 제대로 서 있지도 못했을 것이다. 소변이나 지리지 않으면 다행이었다.

"쯧쯧, 이 정도 실력으로 그 대단하다는 곳을 들어가려고 했단 말야? 거기 사실 알고 보면 별거 아닌 곳 아냐? 한 발짝 나가 찍고 내뻗는 주먹 하나 못 막고도 사문의 내일을 이끌어 가는 인재라니. 썩은 기둥 같은 기대주한테 기대다 쓰러질 일 있나? 사문(師門) 말아먹을 일 있어? 너, 당분간 문 걸어 잠그고 실력 향상에나 힘써. 충고하는데 굴 속에라도 틀어박혀 조용히 검이나 갈고 닦는 게 신상에 이로울 거야. 밖에 돌아다닐 생각하지 말고. 이거야 원, 참나. 영 한심하고 형편없어 상대해 줄 맛도 안 나네. 이름이 아깝다, 이름이 아까워. 개망신 당할 뻔한 걸 구해 준거니깐 나한테 고마워 해야 돼. 고마워 하라고!"

하지만 비류연의 말은 이미 기절한 감운수의 귀에는 흘러 들어가지 못했다. 좀 한다 하는 문파의 제일 기재(第一奇才)라는 놈이 단 일보 일 수(一步一手)에 맥없이 무너지자 허탈해져 버린 비류연이었다. 아니 내 제자가 천관에 입관해 있으니 제이 기재(第二奇才)인가? 어쨌든 무슨 반응이 좀 있어야 흥이 생길 게 아닌가. 뇌전보(雷電步) 한 발자국에 구타절명권 한 수가 그렇게 막기 힘들단 말인가?

'어, 어라? 살살해 줬는데, 근데 왜 한 발짝만에 파고 들어갔더니 믿을 수 없다는 듯이 멍청해 하고, 한 주먹 내뻗으니 기절하는 거야? 단한 방에 곧 죽을 놈처럼 인상을 찌푸리더니 두 방 더 맞더니 기절을 해? 이래서야 어디 안심하고 사람 팰 수 있겠어?

이게 솔직한 비류연의 심정이었다. 그러나, 그의 말이 다 옳다고 할수 없었다. 비록 그가 거짓말을 하지는 않았지만 몇 가지 사실들을 빠트렸다. 때문에 이야기가 과대 포장된 사실을 부인할 수 없었다.

구타절명권(毆打絶命拳), 일명 삼복 구타 권법(三伏毆打拳法)이라 불리는 타구법의 총아는 그 한 수가 수십 발의 권격 연타를 지칭한다는 것을 간과한 것이다. 물론 일부러 이러한 사실들을 무시했을 가능성이 농후했다. 단지 심증만이 있을 뿐 물증이 없었기 때문이다. 아무리 초복지권(初伏之拳)에 난타 당했다고는 하나 그 정도면 어지간한 고수도 막아내기 힘든 한 수였다.

게다가 뇌전보(雷電步) 한 발짝이라면 잔영(殘影)조차 남기지 않는섬전(閃電)의 일 보(一步)가 아닌가. 뇌전보는 뇌전처럼 찰나의 흐름속에 상대의 품으로 파고드는 보법으로 단 한 발짝, 단 일 보(一步)밖에 없는 보법(步法)이었다. 단 한 발자국밖에 없는 보법을 가지고 이

보(二步)를 운운한다는 것은 우스운 짓이다. 그런 건 생각조차 하지 않는지, 아니면 일부러 무시한 건지는 잘 모르겠지만, 비류연은 여전히 변함없이 엉뚱한 녀석이었다.

감운수가 어이없을 정도로 간단히 무너지자 비류연은 왠지 천무학관에 대해 회의가 들기도 했다. 이미 심각할 정도로 강해져 버린 자신은 미처 인식하지 못하고 있는 듯했다. 뒤늦게 현장에 도착해 상황을 지켜보고 있던 감운수의 사제들과 문하 제자들은 이 예상치 못한 의외의 사태에 절규했다. 개중에는 열을 터트리는 이들도 있었다. 당장 혀를 콱 깨물고 죽고 싶을 정도의 수치심이 그들 전체를 지배했다. 냉큼 달려와 쓰러진 감운수를 부축한 셋째 제자 안후강이 증오에 가득 찬 눈으로 비류연을 쏘아보며 외쳤다. 그뿐만이 아니라 그를 둘러싼 사제들의 두 눈에도 똑같이 비류연을 향한 지독한 증오가 거세게 소용돌이 치고 있었다.

"사형을, 사형을 이 모양으로 만들어 놓다니. 네, 네놈 대, 대 사형만 계셨어도 네놈 따위한테 이리 호락호락 당하지는 않았을 것이다."

셋째 제자 안후강의 한 맺힌 목소리에는 독기가 가득히 서려 있었다. 그의 일갈(一喝)은 호아장 모든 무사들의 심정을 대변하는 일갈(一喝)이기도 했다. '대 공자만 있어서도 이렇게 무참히 패하지는 않았으리라!' 는 것이 문하 제자들의 공통된 심정이었다. 이번에 천무학관에 시험을 치르기로 되어 있던 제자는 호아장주 호아맹검(虎牙猛劍) 호천상의 둘째 제자인 감운수였는데, 시험을 한 달 앞둔 그는 오늘 부로 그 이름 그대로 운수 감퇴하고 말았다.

그러나 사실 진정한 호아장의 기대주는 감운수가 아니었다. 호아장주 호천상의 애제자이며, 호아장의 찬란히 빛나는 희망이기도 한 자는 이미 작년에 천무학관 시험에 당당히 합격하여 천관도(天館徒)가 되어 있어 지금 이 자리에는 없었다.

문하 제자들이 이 모양으로 된통 당하고 나서도 그를 굳게 믿고 있는 것을 보니 그에 대한 신뢰가 대단한 모양이었다. 이만한 신뢰를 짊어질 사내라면 보통 능력을 가진 평범한 사람은 분명 아닐 것이다. 하긴 대 사형이라 하면 문파를 짊어질 내일의 차기 장문인. 아무나 할 수 있고, 누구나 될 수 있는 자리는 결코 아니었다. 하지만 어쨌든 그는 지금 이 자리에 없었다.

"그래요? 그럼 나중에 불러와요. 언제든지 상대해 주지요. 단, 올 때는 죽을 각오를 하고 오라고 전해 주세요. 그리고 그때 댁들의 기대를 산산이 부서지게 만들어 버린 나를 너무 원망이나 하지 말라고 부탁하고 싶군요."

비류연은 여전히 하늘을 찌를 듯한 자신감에, 기고 만장 큰소리 탕탕 쳐 대는 안하무인격인 놈이었다. 그리고는 뻔뻔스러울 정도의 당당한 걸음으로 내원(內院)을 향해 걸어갔다. 이제 그를 제지할 만한 능력을 보유한 사람은 이곳 외원(外院)에는 아무도 없었다.

호아장을 들쑤셔 놓음에 있어서 아직까지는 아무런 문제나 장애도 없었지만, 조금 전부터 염도의 안색은 좋지가 않았다. 심기가 불편한 듯 이마와 미간에 세 겹 주름이 잡혀 있었고 안색 또한 밝은 편이 아니었다. 사실 호아장 내로 들어설 때부터 염도는 그의 신경을 자극하는 이상한 기분을 느끼고 있었다. 그 기운은 자신에게만 감지되는 기운인 것 같았다. 몹시 떨떠름한 그 기운은 자신을 유쾌하지 못하게 만드는 것뿐만 아니라 심기를 어지럽히며, 기분을 찜찜하게 만들어 행동을 어색하게 만들었다.

"우우웅! 우우웅!"

전부터 계속 자신의 애도(愛刀)인 홍염(紅焰)이 울고 있었다. 검날을 우웅우웅 떨며 자신의 존재를 알리고 있었다. 스스로 소리내어 우는 홍염을 조심스레 쓰다듬으며 염도는 자신의 애도를 조심스럽게 달랬다. 고래(古來)로부터 장인이 혼신을 기울여 만든 명검과 명도에는 혼이 깃들여 있어 주인이 위험에 처하게 될 때 스스로 소리를 내어 위험을 알린다고 했다. 또한 혼이 담긴 병기는 주인의 마음을 읽고, 주인의 마음을 대변하여 주인의 잠재된 의지(意志)를 반영하기도 한다고 한다. 혼(魂)이 깃든 도검(刀劍)은 스스로의 의지를 가지게 되어 이미 영물(靈物)로 취급되는 것이다.

이와 같은 관점에서 볼 때 염도의 애도(愛刀) 홍염(紅焰)은 영물이라 불리기에 손색이 없는 명도였다. 그런데 그 홍염이 지금 울고 있었다. 근데 지금 홍염이 내는 도명의 울림은 주인의 위험을 경고하는 소리가 아니었다. 염도의 기묘하고 찜찜한 기분과는 달리 그것은 애타는 사랑의 연가(戀歌)와도 같은 애절하고 슬픈 곡조의 울림이었다.

'공명인가? 겨우 이 정도의 무림 장원에서 나를 떨게 만들 정도의 기운을 내뿜는 자가 도대체 누군가? 홍염(紅焰)이 울고 있다. 최강의 암살 집단이라 불리던 흑사회의 백 명 정예에게 홀로 둘러 쌓였을 때도 울지 않던 홍염이……. 믿을 수가 없군.'

염도는 아무리 궁리해 봐도 이해할 수가 없었다. 호아장에 그만한 인물이 있다고는 결코 생각되지 않았다. 머리 속을 아무리 쥐어짜 봐도 결과는 마찬가지였다. 하지만 조금 전부터 자신의 육감을 계속해서 자극하는 이 불편한 느낌은 지우려고 해도 지울 수가 없었다.

좀처럼 마음이 진정되지 않았다. 가슴이 울렁이고 전신의 혈류가 맹렬히 돌아 심장이 쿵쾅거렸다. 불길한 예감이었다. 그의 본능이 시시각각 어떤 경고를 보내 오고 있었다. 이제껏 홍염이 이런 식으로 도명(刀鳴)을 울린 적은 없었다. 그래서 더욱 불안한 기분이 드는 염도였다. 사랑의 연가 같은 이번 울음은 왠지 경고의 울음보다 더한 불길함을 그에게 안겨 주고 있었다.

하지만 이런 염도의 기분에는 관심도 없다는 듯 비류연은 점점 더 내원 깊숙한 곳으로 들어갔다. 하지만 아무도 그의 행보를 막지는 못했다. 진입 저지에 모두들 실패한 것은 물론 저지의 대가로 극심하기 그지없는 통증과 대낮의 별 구경이라는 생소한 이색 체험뿐이었다.

주인 된 자가 차지해야 하는 것

자신의 처소인 묵호전에서 식후 수련에 열중하던 호아맹검 호천상.
항상 이 시간은 정기적인 그의 식후 수련 시간이므로
항상 조용히 하고 방해하지 말 것을 제자들에게
신신당부해 놓고 있었다.

그런데 오늘따라 유난히 밖이 소란스러운가 싶더니 총관 서문기가 가지고 온 전언으로 그의 수련은 산산 조각나고 말았다. 총관 서문기가 가지고 온 전언은 그의 정신을 뒤흔들어 놓을 정도로 엄청나게 충격적인 소식이었다.

지금 장(莊)의 외원(外院)이 두 명의 괴침입자에 의해 풍비 박살났고 그 두 침입자는 벌써 내원에 들어섰다는 것이다. 빈객들과 내원 무사들이 모두 나서 막아 보려 했지만 도무지 역부족이라는 믿을 수 없는 보고였다.

호아장은 크게 외원과 내원으로 나뉘는데, 내원 무사는 외원 무사보다 실력이 훨씬 뛰어난 고수들로 구성되어 있었다. 내원을 지키는 호법들도 이미 상당한 경지에 올랐다고 평가되는 고수들이었다. 게다가 무림 각처에서 초빙해 온 빈객들도 그 실력이 적어도 일류라고 평가받고 있는 무사들뿐이었다. 그런 그들이 단 두 명을 막지 못하고 지리멸렬하고 있다니, 호천상은 자신의 귀를 의심하지 않을 수 없었다. 심지어 총관이 다른 이들과 작당하고 지금 자기를 놀리고 있는 건 아닌가 하는 의심쩍은 생각마저도 들었다. 하지만 총관의 얼굴에 떠오른 화급함과 그의 온몸을 적시는 땀으로 볼 때 결코 장난은 아닌 것 같았다.

　호천상은 이 충격적인 소식을 듣자마자 부랴부랴 내원(內院) 마당으로 뛰쳐나왔다. 마음이 급하기는 급했는지 수련중이라 벗어 놓았던 상의도 걸치지 않은 맨몸이었다. 마당으로 헐레벌떡 뛰어나온 호천상은 두 불청객을 보자 눈을 부릅떴다. 그리고 두 명 중 한 명의 중년인에게 집중되었다. 바닥에 기절한 채 짐짝처럼 차곡차곡 쌓여 있는 내원 무사들도, 코피를 줄줄 흘리며 기절한 빈객들도, 샘솟는 공포심을 가까스로 억누르며 대치하고 있는 아직은 멀쩡한 내원 무사들과 호법들도 눈에 들어오지 않았다.

　오직 한 명의 중년인에게 그의 모든 시선은 집중되어 떨어질 줄 몰랐다. 방금 전 그는 자신의 두 귀를 의심했는데, 지금은 자신의 두 눈을 의심하고 있었다. 그 두 명 중 한 명이 바로 명성도 자자한 염도 곽영희라는 것을 한 눈에 알아본 때문이었다. 물론 염도의 특색 있는 형색을 보고도 그의 이름을 떠올리지 못하는 사람은 아마 호아장의 바보 제자 감운수 정도일 것이다. 제대로 보는 눈이 있었다면 감히 자기 분수도 모르고 무모하게 달려들었겠는가.

호천상은 조금 전까지만 해도 자신의 장원이 백주 대낮에 습격을 당해 외원이 뚫리고 침입자가 내원에 까지 이르렀다는 사실을 도무지 믿을 수가 없었었다.

'그 많은 제자들과 밥만 축내며 들어앉아 있는 빈객들은 도대체 무엇을 하고 있었단 말인가? 심심하게 손가락이나 빨고 있었단 말인가?'

이런 짙은 의구심도 든 게 사실이었다. 하지만 이제는 침입 사실을 믿을 수 있었다. 물론 비류연과 염도 쪽에서는 단순한 방문 정도로밖에 생각하고 있지 않지만 말이다. 호천상 자신이 허둥지둥 현장에 도착했을 때, 업무를 수행중이던 장 내의 장로와 호법들도 모든 업무를 내팽개치고 뛰쳐나와 침입자와 대치하고 있었다. 그러나 아무도 섣불리 먼저 몸을 움직이는 사람은 없었다. 침입자 중 한 사람이 누구인지 그들도 확실히 알고 있었기 때문이었다.

현재 내원에 쓰러져 있는 무사들은 상대의 신분을 확인하지 않고 무작정 달려들었다가 초상을 치른 경우가 되고 말았다. 침입자 중 한명이 염도란 걸 확인했을 때는 이미 수십 명의 무사들과 서너 명의 빈객들이 의식 불명의 상태에 빠진 후였다. 잘못하면 장의 기반이 완전히 거덜날지도 모르는 위기 상황이었다. 그래서 모두들 서로의 눈치만을 살피며 섣부른 행동을 하지 못하고 있었다. 장내의 분위기는 아연 팽팽해져 갔고 어쩔 수 없는 무거운 긴장감이 감돌았다.

비류연과 염도는 이런 소란함과 긴장감이 마음에 들지 않았다. 간단한 일이 괜히 복잡해지는 것 같았기 때문이다. 가벼운 마음으로 찾아왔는데 사람들이 자신들을 너무 귀찮게 하는 것 같았다. 하지만 일이 이미 꼬일 대로 꼬인 난마(亂麻)의 상황임을 두 사람은 깨닫지 못하고 있었다. 사실 신경도 쓰고 싶지 않았다. 아무리 상황이 뒤얽힌다 해도 단칼에 처리할 자신감에 가득 차 있었기 때문이다. 느긋한 건지, 신경이 둔한 건지 두 사람 모두 일반인의 상식을 훨씬 뛰어 넘는 족속들이라는 사실만은 틀림없었다.

이 대치 상황을 깨기 위해 호천상이 염도에게 정중히 포권지례를 하며 먼저 말을 건넸다. 호아장의 장주로서 그는 상황을 수습하고 타계해야 할 책임이 있었다.

"제가 바로 본장의 장주인 호천상이라 합니다. 과분하지만 동도들은 부족한 저를 호아맹검이라 추켜세워 주고 있습니다. 무림에 명성이 자자하신 천하 5대 도객의 일인이신 염도 곽 대협을 뵙다니 삼생의 영광입니다."

최대한의 예의를 지켜 가며 호천상이 말했다. 비록 초대받지 않은 불청객이지만 강호 무림에서의 염도의 위치를 생각할 때 절대로 함부로 대할 수 없는 일이었다.

"무슨 용무로 폐장을 방문하셨는지요, 곽 대협?"

"……."

염도는 아무런 대꾸도 하지 않았다. 단지 침묵으로 일관할 뿐이었다. 하고 싶지 않은 일에 억지로 끌려오다시피 했으니 그의 기분이 담담할 리가 없었다.

"곽 대협, 폐장을 방문한 용건을 일러주십시오."

호천상이 다시 한번 정중히 물었다. 그의 심기 또한 불편하기 그지없었다. 재차 정중히 물었는데도 아무 반응 없이 무뚝뚝하게 서 있기만 하는 염도의 옆구리를 비류연이 팔꿈치로 쿡쿡 찔렀다. 빨리 대답하라는 재촉의 의미였다.

이곳에 오기 전에 둘 사이의 관계를 비밀로 하기로 했기 때문에 비류연은 함부로 나설 수가 없었다. 자칫 잘못하다가는 둘 사이의 관계가 탄로 날지도 모를 일이기 때문이다. 그렇게 되면 비류연에게는 별로 심각한 일이 아니지만 염도에게는 매우 낭패가 될 수밖에 없었다. 염도도 그런 위험은 감수하고 싶지 않았다. 드디어 염도의 입이 열렸다. 낮지만 위엄 있는 목소리였다.

"한 가지 받을 물건이 있어서 왔네."

"물건? 무슨 물건을 말씀하시는 건지?"

아무리 생각해 봐도 호천상으로서는 의아해 할 수밖에 없었다.

"무슨 말씀인지 불초는 도저히 알 수가 없소이다."

고개를 갸우뚱거리며 의아해 하는 호천상의 궁금증을 염도가 해결해 주었다.

"자격이 없는 자가 주인 됨을 칭하고 있는 물건일세. 바로 승룡패(乘龍牌)지."

"승, 룡, 패(乘龍牌)!"

호천상은 물론이거니와 주위를 둘러싸고 대치중이던 장내의 모든 무사들의 입에서 똑같은 경악성이 터져 나왔다. 당연한 일이었다.

승룡패(昇龍牌)!

일류라 인정된 소수의 문파에게만 주어지는 특혜권. 엄선된 일류 문파의 제자 한 명이 일 년에 한 번 있는 승천무제를 거치지 않고 천무학관 특별 전형 시험에 응시할 수 있는 자격을 증명하는 패(牌), 승룡패(昇龍牌)!

　용문을 넘어 검을 타고 승천하는 용를 조각해 놓은 이 패는 미래를 꿈꾸는 젊은 무인들에게는 목숨과도 진배없는 소중한 것이었다. 그 것을 지금 염도는 아무렇지도 않게 달라고 하고 있는 것이다. 누가 들어보아도 상식 밖의 무리한 요구였다. 제정신이 박힌 상식적인 사 람의 입에서는 도저히 나올 수 없는 요구였다.

　"곽 대협! 그 말씀은 농담이시겠지요? 그 물건은 이미 주인이 따로 정해져 있습니다."

　"그래? 내가 알기로는 승룡패의 주인은 없다고 들었는데. 분명히 내 가 듣기로는 오직 실력만이 승룡패의 주인 될 자격을 논하는 척도라 들었는데 아니었던가? 아니라면 본인의 귀가 잘못된 것이겠지. 할 말이 있으면 해 보지?"

　염도의 말은 모두 사실이었다. 천무학관에서 세운 규칙에 따르면, 실력을 가진 자들이라면 누구나 정당한 비무를 통해서 승룡패의 소 유권을 넘겨받을 수 있었다. 단, 생(生)과 사(死)를 가르지 않는다는 조건 하에서였다. 만일 비무 도중 생사가 갈리는 일이 발생할 시에는 쌍방 모두 자격을 박탈당한다고 관규(館規)에 명시되어 있었다. 이런 규칙을 단서로 단 것은 그렇지 않으면 승룡패를 둘러싸고 수많은 인 명 피해가 발생할 우려가 있었기 때문이다.

　만약 이 정도의 단서라도 달려 있지 않다면 피를 부르며 유혈의 강 을 만들 수 있는 게 바로 승룡패가 가진 가치였다. 분하지만 염도가 한 말은 한 치의 오차도 없는 사실이었다.

　"그러나 그것은 이미 저희 둘째 놈인 운수의 것입니다. 지금 그 소유권의 향방을 가르자고 주장하는 것은 너무 부당하신 처사가 아닐는지요?"

"운수? 아, 아까 맥없이 쓰러진 풋내기 말인가? 형편없는 놈이었지. 검법의 껍데기인 검형(劍形)만을 익혀 놓고 검법을 다 익혔다고 좋아하고 있더군. 검의(劍意)가 담겨져 있지 않은 검법을 검법이라 할 수 있겠나? 그래서 훈계를 좀 내려 줬지. 좋은 교훈이 되었을 걸세. 우리에게 감사해야 할 걸. 망신살이 뻗칠 걸 구해 주었으니 말이야. 세간에선 이런 걸 구사일생이라고 한다지? 자네들은 이번에 억세게 운이 좋았네."

결코 염도 답지 않은 긴 비아냥거림을 들은 호천상의 눈이 부릅떠졌다. 그는 자신의 애도 노호도의 검병(劍柄 : 검의 손잡이)을 으스러지도록 꽉 움켜쥐었다. 당장이라도 검을 빼 들고 생사(生死)를 가를 듯한 패도적인 투지가 그의 전신에서 물씬 풍겨 왔다. 검병을 움켜진 그의 손이 부들부들 떨리고 있는 게 바로 그 증거였다.

"우리 운수에게 훈계를 내린 게 곽 대협이셨소?"

"아니, 훈계를 내린 건 내가 아니라 이쪽일세."

염도의 손이 옆에서 잠자코 서 있던 비류연을 가리켰다. 자연히 호천상의 시선이 비류연을 향했다. 호랑이 눈처럼 매섭게 번뜩이며 내리꽂히는 호천상의 시선을 정면으로 받고도, 비류연은 연신 태연하기만 했다. 아니, 오히려 한술 더 떠 웃음까지 지으며 호천상을 향해 반갑다는 듯 손까지 흔들어 주었다.

비류연으로서는 전혀 악의 없이 행한 순수한 행동이었지만, 호천상으로서는 속이 뒤집어지는 참을 수 없는 모욕이었다. 중인들이 보기에도 비류연의 어처구니없는 행동은 제 무덤 삽질하는 형상과 다를 바 없었다. 호천상의 부리부리한 호목(虎目)이 분노로 번들거렸다. 이가 부득부득 갈렸다. 새파란 애송이가 자신을 능멸했다고 생각했을 것이다.

그러나 지금 천하 5대 도객의 일인인 염도라는 초절정 고수가, 겉보기에 영락없는 풋내기 애송이인 비류연에게 패해 그의 제자로 전락한 사실을 꿈에도 알 리가 없었다. 그가 신이 아닌 이상 그런 강호의 숨겨진 비사를 어찌 알겠는가? 만일 알았더라면 비류연을 철저히 응징하겠다는 그런 섣부른 생각은 품지 않았을 것이다. 호천상은 속으로 이를 부득부득 갈았다. '내가 저놈을 징계하지 않는다면 사람이 아니다.' 라며 호천상은 결심을 굳혔다.

"그렇다면 그쪽에 불초가 책임을 물어야 되겠군요?"

그쪽에서 우리 애한테 징계를 내렸으니, 이쪽에서도 같은 값으로 징계를 내려 처벌하겠다는 뜻이었다. 그의 음성에는 진 빚은 이자까지 쳐서 갚겠다는 의지가 분명히 담겨 있었다. 그 소리를 들은 염도가 피식 웃었다. 다분히 네까짓 게라는 의미가 담긴 비웃음이었다. 아무리 방심했다지만 자신조차 당해 내지 못한 괴물을 무슨 수로 호천상이 감당한단 말인가.

호천상은 제 무덤 삽질하고 있는 장본인이 비류연이 아니라 바로 자기 자신이라는 사실을 꿈에도 모르고 있었다. 물론 염도는 그러한 사실들을 일일이 호천상에게 가르쳐 줄 만큼 자상한 마음씨의 소유자가 아니었다. 그런 추태가 알려져 봤자 자신에게 돌아올 것은 조롱과 멸시의 물벼락뿐임을 잘 알고 있었기 때문이다. 그런데 천만에 하나 비류연이 호천상에게 박살이 난다 해도 아쉬울 것 하나 없는, 아니 오히려 엄청난 이득을 보게 되는 것이다. 이 지겨운 놈을 손 하나 쓰지 않고 제거할 수 있으니 말이다. 그런데 염도가 갑자기 의외의 행동을 했다. 호천상의 행동을 저지하고 나선 것이다.

"호오? 할 수 있다면 해 보시게. 하지만 먼저 날 쓰러뜨려야 될 걸세."

호천상은 염도의 이 발언에 흠칫했다. 별 것 같지도 않은 풋내기 놈을 위해 염도 자신이 나서겠다고 하다니. 풍문에 들던 것과는 영 딴판인 염도를 대한 그의 놀람은 너무나 당연한 것이었다. 자신을 귀찮게 하는 무리들과 그런 행위들을 가장 싫어하는 염도가 스스로 자청하여 도를 휘두르는 수고스러움을 감당하겠다고 나선 것이다.

저 나이 또래에 염도를 움직일 수 있는 사람이 있었던가? 다시금 비류연을 훑어보아도 호천상은 도무지 짐작이 가지 않았다. 하지만 아연 심각해진 장내의 분위기에도 불구하고, 마치 이를 즐기기라도 하는 듯 비류연은 유유자적 여전히 장난기 가득한 미소를 머금고 있었다. 그것은 선택받은 사람들만이 가질 수 있는 삶의 여유였다. 비류연은 어린 나이에 벌써 그러한 무소 무위의 경지에 이른 것인가? 아니면 단지 그의 바보스러울 정도로 낙천적인 성격에서 기인된 것인가? 아직은 확인된 바가 없다.

"본인께서 직접 하시겠다고요?"

비류연이 염도의 귀에 대고 나지막하게 말했다. 그의 두 눈에는 별빛처럼 무수히 반짝이는 기대가 가득했다. 자신에게 수고 끼칠 것도 없이 본인 선(線)에서 직접 해결하겠다니. 드디어 마음으로부터도 승복했구나, 하고 얼토당토않은 지레짐작을 하며, 그는 떡 줄 사람은 생각 안 하고 혼자서 흐뭇한 기분에 빠져들었다.

"내가 하지……요!"

호천상의 결투에 염도 스스로가 직접 나서서 상대해 주겠다고 한다. 자신에게 번거로움 끼칠 것 없이 그 스스로. 비류연은 정말 흐뭇해졌다. 염도는 자신의 솥뚜껑 만한 커다란 손으로 비류연을 밀쳐 내고 한 발짝 앞으로 걸어나왔다. 비류연은 옆에 서서 열심히 박수를 쳤다. 힘을 내라는 응원인 모양이다. 하긴 별 효과도 없는 것 같지만 말이다.

그러나 염도가 이 비무를 맡은 것은 결코 비류연 좋으라고 한 짓이 아니었다. 마음으로부터의 승복? 지나가던 개가 웃을 일이다. 오히려 그 반대였다. 비류연의 제자로 전락하면서 은연중으로 알게 모르게 받아 왔던 셀 수 없이 많은 정신적 육체적 울화를 이번 기회를 통해 조금이라도 풀어 보자는 의도에서 염도는 이 싸움을 받고 나선 것이다. 즉 호천상이 알면 놀라 뒤로 까무러칠 사실이지만, 그는 염도의 마음 속에 그동안 층층이 쌓여 왔던 울화를 조금이라도 해소시키기 위한 단순한 화풀이 감에 불과했다. 더군다나 염도는 전부터 겨우 이 정도 수준으로 검(劍)의 명문을 자처하는 호아장이 맘에 들지 않던 참이었다. 당연히 어정쩡한 자세로 서 있는 호아장주 호천상이 상당히 눈에 거슬렸다.

거기에 더한 이유가 한 가지 따로 있었다. 이 호아장의 문턱을 넘는 순간부터 계속 그의 신경을 자극하는 찜찜한 느낌 때문에, 지금 그의 신경은 극도로 예민해져 호아장과 그곳의 주인인 호천상에 대한 인상을 더욱 더 나쁘게 만들고 있었다. 현재 염도의 기분은 완전 개차반인 상태였다. 그래서 울화 해소를 겸해서, 이번 기회에 단단히 버릇을 고쳐 주기로 작정했다. 그리하여 하늘 위에 하늘, 천외천(天外天)이 있음을 알게 해 주리라 결심한 것이다.

물론 염도에 의해 하찮고 시시하게 비하(卑下)되었지만, 호천상도 엄연한 일문의 주인(主人). 결코 얕잡아 볼 수 있는 상대는 아니었다. 둘 다 검과 도를 잡는 품세와 기도가 범상치 않음이 무공의 깊은 곳을 경험해 본 절세 무인다웠다. 쌍방이 부딪친다면 절대 시시한 싸움으로 간단히 끝나지 않을 것이다.

하지만 아직은 호천상 쪽이 부족한 감이 많았다. 기세로 보나 경륜으로 보나 염도의 상대가 되기에는 아직 역부족이란 느낌을 지울 수가 없었다. 염도 또한 호천상을 단순한 화풀이 대상 정도로 밖에 여기지 않고 있었다. 약간 반응이 있을 법한 화풀이 감. 물론 호천상도 뒤늦게나마 그런 낌새를 느꼈고, 그것이 그의 분노를 더욱 부채질하게 만들었다. 하지만 그의 강렬한 분노와 피끓는 투지와는 달리 그의 애검(愛劍), 성난 호랑이 이빨(노호아 : 怒虎牙)을 움켜진 그의 우수는 잘게 떨리고 있었다. 검병(劍柄 : 검의 손잡이)을 움켜진지 벌써 상당한 시간이 넘어가고 있었지만 여태 미세한 잔 떨림이 가시지 않았고, 두 손에는 진땀이 베여 있었다. 내재된 본능의 어쩔 수 없는 의사 표현이었다. 그러나 현재 그의 형세는 철저한 배수진(背水陣), 더 이상 물러설 곳은 없었다.

"기꺼이 가르침을 받겠습니다."

호천상이 법도대로 예의를 갖춰 말했다. 하지만 씹어 뱉듯이 말하는 게 절대 눈곱만치도 배우고 싶은 의사(意思)는 없는 모양이었다. 오히려 한 수 가르쳐 보이겠다는 기세(氣勢). 그 패기(覇氣)만은 높이 평가해 줄 만했다. 염도는 고개를 까딱거렸다. 올 테면 언제든지 와 보라는 의미(意味)였다.

누가 먼저랄 것도 없이 두 사람은 동시에 검과 도를 뽑아 들었다. 선수 양보(先手讓步), 염도는 자리에 뿌리를 내린 듯 움직이지 않았다. 자연 호천상이 먼저 도약해 와 염도를 향해 무서운 힘으로 검을 내리쳤다. 힘과 파괴를 중시하는 패도(覇道)의 강검(强劍)! 과연 무시무시한 기세였다. 순간 검(劍)과 도(刀)가 맞부딪쳤다.

"쾅!"

귀청을 찢는 굉음과 함께 폭발이 일어났다. 검과 도가 부딪쳤는데 쇳소리는 나지 않고 폭발음이 울린 것이다. 검과 도가 격돌한 곳에서부터 발생한 강력한 기(氣)의 폭발의 여파로 먼지와 자갈이 분분히 날리고, 성난 바람이 주위를 둘러싸고 구경하던 중인들의 머리카락을 나부끼게 하고, 그들의 장포를 세차게 펄럭이게 만들었다. 중인들의 전신을 타고 찌릿찌릿한 전율이 흘렀다. 모두들 기(氣)의 격돌과 그 여파를 몸으로 직접 체감할 수 있었다. 첫 격돌이었다.

격돌로 인해 발생한 분진(粉塵)이 두 사람의 시야를 가렸지만, 염도가 손을 한 번 스윽 휘두르자 신기하게도 일진 광풍이 불어와 자욱한 먼지를 걷히게 했고, 이윽고 두 사람의 모습이 사람들의 눈 앞에 드러났다.

'아차! 이런!'

호천상은 내심 경악했다. 상대인 염도는 그 자리에 붙박은 듯이 한 자국도 움직이지 않고 서 있는데 반해 본인은 어떤가? 바닥에 깊고 선명한 족적을 남겨 놓은 채, 먼지를 풀풀 날리며 뒤로 여덟 발자국이나 후퇴를 한 것이 아닌가. 깊고 선명한 족적이 그가 당한 낭패를 여실히 들어내 주고 있었다. 바닥에 찍힌 선명한 발 도장은 그가 한 수의 겨룸으로 인해 받은 낭패의 정도만큼, 그 자신의 몸이 힘을 분산시키기 위해 열심히 움직인 명백한 증거였기 때문이다.

단 한 번의 공수(攻守)였지만, 이 한 수의 겨룸으로 인한 무공의 우열은 확연했다. 호천상 쪽에만 찍혀 있는 족적은 물론이거니와, 그의 시커멓게 그을려진 면상과 화기(火氣)에 상해 버린 꼬불꼬불한 머리카락, 그리고 시커멓게 그을려지고 흐트러진 의복(衣服)은 두 사람의 실력 차를 여과 없이 극명하게 설명해 주고 있었다.

호천상은 염도와 검을 섞을 때 받은, 마치 화약이 폭발하는 듯한 거센 충격에 하마터면 손아귀가 찢어질 뻔했다. 폭발과 함께 화기(火氣)가 충천하고 폭염의 폭풍이 회오리처럼 그의 전신을 거칠게 휘감았다. 몸을 빼기에도 급급했다. 자신의 몸 하나 추스르기 힘든 지경에 반격 따위는 엄두도 내지 못할 일이었다.

과연 방금 전의 것이 바로 염도의 주특기라는, 소문의 '검격 폭염기(劍擊 暴炎氣)'. 줄여서 검염기(劍焰氣)라 불리는 희대의 절기였다. 풍문으로 들었을 땐 과장된 소문이겠거니 생각했었는데, 직접 마주치고 보니 이건 소문 이상이었다. 다시 검을 섞을 생각을 하니 덜컥 겁부터 났다. 자신의 실력이 겨우 이 정도밖에 되지 않았던가 하는, 그동안 자신만만해 했던 자신의 무공에 대한 회의(懷疑)도 들었다.

완벽한 패배였다.

호천상은 알고 있었다. 염도가 일부러 검과 도가 격돌하는 순간에 손속을 늦추었다는 사실을. 봐 주고도 이만큼의 낭패를 자신에게 안겨 준 것이다. 검을 뽑아 들기는 호천상이 먼저였다. 발검과 동시에 스친 일 검. 그런데 얕보는 건지 선수 양보한답시고 미동도 하지 않고 서 있던 염도. 그런 염도가 호천상의 공세를 똑똑히 보고 확인한 다음 자신의 도를 뽑아 들어 방어했다. 완벽한 후발제인(後發制刃). 그리고 완벽한 실력 차였다. 속도, 힘, 내공, 모든 면에서 그는 염도의 상대가 되지 않았다.

단 일 검의 교환, 단 한 수의 공수 전환으로 호천상은 밑천이 모두 거덜나 버렸다. 쥐구멍에라도 숨고 싶을 정도로 부끄러웠다. 하지만 죽을 땐 죽더라도 체면상 이대로 물러설 수는 없었다. 이대로 물러서기엔 너무나 비참하고 초라했다. 호천상은 필살의 각오를 다졌다. 최후의 몸부림이라고 평해도 좋았다. 남자의 자존심이었다.

이때, 그런 그를 구원해 준 구원의 목소리가 있었다. 하늘에서 찾아온 광명이었다.

"멈추게!"

외나무다리에서 만난 호적수, 아니 원수

막 호천상이 염도를 향해
불에 뛰어드는 불나방처럼 달려들려는 찰나,
전각 안에서 외마디 목소리가 들려 왔다.
결코 크지는 않지만,
이 소란스러운 장내에서 한 점 흐트러짐 없이
중인의 귀에 똑똑히 전달되는 위엄 있는 목소리였다.

정중하고 웅혼한 내가 진기가 실려 있는 것으로 보아, 상대는 대단한 절정 고수임이 분명했다. 그런 자의 목소리만이 이처럼 중인들의 집단 의식을 파고들어 분위기를 쇄신시키고 주위를 환기시킬 수 있는 것이다. 상당히 고도의 내가 상승 수법을 사용했다는 것은 쉬이 짐작할 수 있었다.

그 목소리를 듣는 순간, 염도는 호천상을 뭉개려고 준비중이던 손속을 멈췄다. 마치 정지된 시간 속에 팽개쳐진 사람처럼 그는 자신의 모든 행동과 행위를 멈추었다. 염도는 자신의 귀를 의심했다. 절대로 잊을 수 없는, 그의 뇌리에서 결코 잊혀지지 않는 목소리, 무덤까지 끌고 들고 갈 목소리, 아니 저승길까지 따라올 목소리였다. 그의 마음에 치명적인 상처의 각인을 남긴 자의 목소리였다. 어찌 가슴 속 깊숙한 곳에 각인된 그 목소리를 잊을 수 있겠는가.

염도의 마음 속 한구석에서 의혹이 뭉게뭉게 피어올랐다. 설마, 하는 생각이 들었다. 절대로 떨리지 않을 것 같던 그의 주먹이 잘게 떨렸다. 만일 그 놈이라면 어떻게 해야 하나? 그의 시선이 목소리의 출처인 전각에 천천히 못 박혔다. 이윽고 전각 문이 열리며 한 명의 단아하고 귀품 있는 중년인이 모습을 드러냈다.

엷은 청색 은발에 청염(青髯), 청미(青眉). 염도와는 정반대로 온통 파란색 일색인 중년인이었다. 바다처럼 짙은 청색이 아니라, 얼음의 차가움을 연상케 하는 투명한 느낌을 주는 엷은 은청색(銀青色)이었다. 그를 본 염도의 눈은 놀란 토끼눈처럼 변했다. 도저히 믿을 수 없는 불가사의를 목격한 사람처럼 그의 두 눈은 찢어질 듯 떠졌다. 부릅떠진 눈에 붉고 가는 가지의 그물처럼 핏대가 서 올랐다. 그의 폐부 깊은 곳으로부터 쩌렁쩌렁한 사자후가 터져 나왔다.

"철ㅡ수!"

산천초목이 모두 사시나무 떨 듯 떨 것 같은 위용(威容)의 무시무시한 사자후(獅子吼)였다. 대기를 진동시키는 대갈성(大喝聲)에 모두들 화들짝 놀랐다. 하지만 정작 대갈성을 들은 상대, 빙검 관철수 본인은 별로 놀라워하는 것 같지 않았다. 일부러 내색을 하지 않는 것인지, 아니면 별다른 감흥을 느끼지 못하는 것인지, 그의 얼굴에선 어떤 마음의 동요도 읽어 낼 수 없었다. 그는 마음의 동요를 일절 내색하지 않은 채 호수처럼 고요한 평정을 잃지 않았다. 그는 한마디로 북해 한설처럼 시리고 차가운 남자였다. 빙하처럼 얼어붙어 있던 그의 입이 갈라지며, 눈보라보다 차가운 음성이 새어나왔다.

"다시 만나게 되었군, 희(姬)!"

희(姬)란 공주란 뜻의 한자다. 물론 염도의 이름 자는 공주 희(姬)가 아니라 즐거울 희(嬉)였지만, 과거 빙검은 염도를 비웃기라도 하듯 그를 희(姬)라고 불렀다.

"놈! 날 그렇게 부르지마!"

다시 한 번 염도가 대갈성을 터트렸다. 그는 격심한 분노로 인해 온몸을 부들부들 떨고 있었다. 그의 몸은 전율하고 있었다. 왜 진작 눈치채지 못했을까? 천 리 밖에 떨어져 있어도 저놈의 낌새는 눈치챌 수 있을 거라고 생각했었는데……. 자신의 분신이나 다름없는 애도 홍염이 이리도 애절하게 우는 게 당연했다. 놈이 가지고 있는 애검(愛劍) 빙루(氷淚). 싸늘할 정도로 시린 한광을 머금은 투명한 푸른 검신은, 월광마저 얼어붙게 만든다는 극음(極陰)의 한기(寒氣)를 품은 투명한 빙청색의 검(劍)이었다.

자신의 애도 홍염과 한 치의 길이도 어긋남이 없는 동일한 길이에, 한 푼 한 량의 오차도 없는 동일한 무게를 지닌 검(劍) 빙루(氷淚). 태초에 태어날 때부터 태극(太極)에서 분리되어 음양(陰陽) 한 쌍으로 태어난 홍염의 쌍둥이 검이었다. 쌍둥이 검은 서로를 부르며 상대를 끌어당기기 마련이다. 그런 둘이 서로 점점 근접하게 되니 그리도 애절하게 공명(共鳴)하는 게 당연했다.

"과연 너였나? 네놈이었나! 빙검 관, 철, 수!"

염도의 대갈 일후성은 장내를 들썩일 정도로 쩌렁쩌렁했다. 그 목소리는 거대한 분노가 폭발하는 목소리였다. 마치 철천지원수를 만난 사람처럼 염도는 행동했다. 무슨 일이 있었기에 염도는 그를 그렇게 대하는가? 알 수 없는 일이다. 그 둘만이 아는 일일 게다. 그들은 정말 대조적이었다. 기세, 기운, 성격, 생김새, 색깔, 기타 등등 그들은 모든 게 대조적이었다. 절대 양립할 수 없는 극성. 극과 극의 대립처럼 보였다. 절대로 섞일 수 없는 극(極)과 극(極). 조화(造化)를 이룰 수 없는 엇갈림. 이런 말들로 밖에는 달리 그들을 설명할 방도가 없었다.

빙검(氷劍) 관철수!

천하 5대 도객과 나란히 칭송 받는 무림의 명망 높은 천하 5검수의 일인이자 현 천무학관 진무전주. 진무전은 천무학관 내의 무사부를 통괄하고 관리하는 막중한 곳이었다. 즉, 빙검은 현재 천관 내에서 무사부를 책임 관리하는 위치에 있는 사람이란 이야기였다. 한마디로 대단한 지위를 지닌 사람이었다. 또한 빙검은 강호인들의 존경을 한 몸에 받으며, 인격, 성품, 무공, 어디 하나 나무랄 데 없는 완벽한 무인이기도 했다. 그리고 무림에서 가장 검을 잘 쓴다는 심검(心劍)에 가장 가까이 다다른 검객이라고 일컬어지는 무인이었다.

일부에서는 이미 그가 심검을 터득했다고 주장하는 사람들까지도 있었다. 그만큼 빙검의 경지는 자타의 확고한 공인을 받은 놀라운 경지였다. 천하 5검수의 실질적인 수좌는 빙검 관철수라는 이야기까지 나돌 정도였다. 그런 그도 염도 곽영희와는 물과 불, 아니 얼음과 불의 관계라고 해야 하나? 그의 고귀한 인품도 염도 앞에서는 발휘되지 않는 모양이다. 물과 불, 물과 기름, 고양이와 쥐, 그리고 개와 원숭이 사이로 표현될 수 있는 원수지간이었다. 두 사람의 과거에 무슨 일이 있었는지는 아무도 모른다. 오직 그 둘만이 알 뿐……

하나에서 열까지 모두 대립하고 있는 두 사람이었다. 그리고, 서로가 될 수 있으면 절대로 마주치지 않고 싶은 첫 번째 사람이기도 했다.

"십 년 만인가?"

차갑게 얼어붙어 있던 빙검의 입이 열렸다. 그의 목소리는 북해의 빙하처럼 시리도록 차가웠다. 감정의 잔재라고는 찾아볼 수 없는 냉랭하면서도 차가운 음성. 한 점의 흐트러짐이 없는 꼿꼿한 태도에, 푸른색이 도는 청빛 은발, 같은 색을 띤 단아하게 기른 수염. 염도가 온통 붉은색 일색이라면 그는 온통 푸른색 일색이었다. 특히 모발은 짙은 청색이 아니라 투명한 은발에 가까운 청색이었다.

청은(靑銀)의 미간, 수염, 머리칼, 거기에 푸른빛이 감도는 은청색 비단으로 만든 무복, 그리고 마지막으로 그의 허리춤에 걸려 있는 시리도록 차가운 한기를 내뿜는 푸른 신검(神劍)! 그의 일부라고 할 수 있는 애검 빙루(氷淚)였다.

"큭큭큭. 과연 네놈이었나? 겨우 호아장 따위의 장원이 버젓이 천관(天館)의 앞마당인 남창 한가운데 자리잡을 수 있도록 해 준 장본인이? 그렇지, 네놈이라면 그게 가능하지."

염도가 괴소를 흘리며 말했다.

"그와는 옛날부터 안면이 있어 약간의 도움을 준 것뿐일세. 나머진 다 저 사람의 노력이지. 난 단지 한 명의 조언자일 뿐, 그 이상도 그 이하도 아닐세."

"홍, 언제나 네놈은 그랬지. 혼자서 고고한 척 온갖 잘난 척은 다하고……."

염도는 그의 일거수일투족 모두가 하나같이 마음에 들지 않는 모양이었다. 그의 언행에는 빙검을 향한 불만과 적의가 가득 배여 있었다.

빙검을 향한 불만과 적의를 여과 없이 토해 내던 염도가 그답지 않게 잠시 뜸을 들이더니 무엇인가를 힘겹게 입 밖으로 내뱉었다. 빙검을 비아냥거릴 때와는 사뭇 다른 작고 진지한 어조였다.

"그… 그녀는 어떤가?"

마침내 염도는 그것을 묻고야 말았다. 둘 사이의 화약고를 건드린 것이다. 살짝 스치기만 해도 폭발해 주위를 상처 입힐 위험물이라는 것을 뻔히 알면서도 건드리고야만 것이다. 즉시 빙검의 눈에서 기광이 흘렀다. 그는 염도가 끝내는 이 이야기를 꺼낼 것을 알고 있었다. 하지만 그것만은 절대로 건드리고 싶지 않았다.

"잘 있네!"

여전히 감정이라곤 찾아볼 수 없는 냉한 어조였다. 염도의 눈썹이 꿈틀거렸다. 마음의 동요가 나타났음인가. 그의 그런 표정을 읽었는지 빙검도 잠시 말에 뜸을 들였다.

"십팔 년 전, 서로의 길을 갈라섰던 그때도 자넨 그녀의 안부만을 물었지. 그때 그녀는 임신중이었고……."

"삼 개월 째였지. 죽일 놈!"

염도의 얼굴에 언뜻 고통이 스쳐 지나갔다. 잊으려고 노력했던 마음의 옛 상처가 다시금 욱신욱신 아파 왔다.

"십 년 전 우연치 않게 만났을 때도 자넨 그녀의 안부밖에 묻지 않았어."

"흥, 삼 일 밤낮을 쉬지 않고 겨루었던 그때 말인가? 그때 살려 두지 말았어야 했는데, 끝장을 냈어야 했다고. 그땐 그녀 뱃속의 아이 덕분에 천우신조로 목숨을 건진 줄 알라구."

"누가 할 소리. 그녀가 그때 나타나지만 않았던들 자넨 이곳에 멀쩡히 서 있지도 못했을 걸세. 자네야말로 구사일생이었지. 십팔 년 전에도, 십 년 전에도. 그리고 오늘 이 순간에도 내가 해 줄 수 있는 말은 하나뿐이네. 그녀는 잘 있네!"

"그놈의 말은 십팔 년이 지나도 변하지 않는 구만. 신빙성이 떨어지는 건 여전하고. 다른 할 말은 없나?"

"아, 딸아이가 아주 예뻐졌지. 엄마를 닮아 미인이 되었어. 그녀의 소싯적보다 더 예쁘다네."

감정이란 물건 따위는 갖고 있지 않은 사람입니다란 얼굴과 어조로 잘도 말을 내뱉는구나 씹어 죽일 놈이라고 염도는 생각했다. 빙검의 그 한마디는 염도의 염장을 지르는 말이었다. 염장이란 고기를 골고루 상처 내어 그곳에 소금을 뿌려 절이는 일련의 장기 보관 과정을 말한다. 그런데 산 채로 염장 지짐을 당하면 그 고통이 어떻겠는가? 언어로는 표현될 수 없는 그런 고통일 것이다. 염장 지짐을 당하고도 염도는 그의 인내심의 끝을 짜내어 태연한 척 말했다.

"그래? 좋겠군. 그럼 이제 사양하지 않지."

"스르릉."

애도 홍염이 저절로 뽑혀 나와 염도의 손에 걸렸다. 주인의 마음을 읽은 것이리라. 빙검의 애검 빙루 역시 스르릉 맑은 검명을 울리며 검집에서 빠져나와 빙검의 손에 잡혔다. 두 사람은 절대로 양립이 불가능한 사이였다. 둘 사이에 양보란 있을 수 없었다. 같은 하늘을 이고 같은 공기를 마시는 것만으로도 혐오스러운 두 사람이었다.

각자 움켜잡은 자신의 애검과 애도를 휘두른 것은 일 각 일 초도 틀리지 않은 동시였다. 한 치의 양보도 없는 일 초. 염도가 지닌 홍염에서는 무서운 화기를 띤 적색 무지개가 빛살처럼 뻗어 나갔다. 이에 지지 않으려는 듯 빙검의 애검 빙루로부터도 달빛마저도 얼릴 듯한 차가운 한기를 머금은 청백색 무지개가 허공을 갈랐다.

불꽃의 잔영을 쾌적 속에 남기며 뻗어 가는 홍광(紅光)의 도기(刀氣)는 멀리 떨어져서 이 사태를 흥미진진하게 구경하고 있는 비류연과 호아장 무사들에게도 확연히 느껴질 정도의 강력한 화기를 띠고 있었다. 곁에서 지켜보던 비류연도 염도의 이 한 수에 감탄을 금치 못했다. 폭발하는 화산 같은 맹렬한 기세가 들끓는 무시무시한 일 도(一刀)였다. 그 기세가 너무나 무시무시하여 절대 막을 수 없을 거라고 중인들은 모두 생각했다. 아무튼 염도의 도에서 뿜어져 나온 도기가 이글거리는 폭염 같다면, 빙검의 검에서 뿜어져 나오는 검기는 차갑게 휘몰아치는 매몰찬 북풍 한설을 연상케 했다. 달빛도 빙루의 검기에 닿으며 당장에 얼어붙어 산산조각 날 것 같았다.

"꽈쾅!"

상극의 기(氣)가 허공 중에서 정면으로 부딪쳤다. 폭염과 북풍 한설의 격돌! 진기가 검기의 형태로 날아가 허공 중에 얽히게 되면, 시전자의 공력으로 승패의 향방이 판가름나게 된다. 둘은 하나의 스승으로부터 하나의 수업은 받은 동문 사이. 그 실력의 고하를 가리기란 언제나 요원한 일이었다. 두 사람 모두 이 일격에 혼신의 진기를 모두 집중시켰다. 그러나 승패는 끝내 가려지지 않았다. 맞부딪친 두 개의 기는 허공 중에서 상쇄 소멸해 버린 것이다. 두 사람 모두 그동안 쌓아 놓은 내공 수위도 막상막하였던 것이다. 완벽한 상쇄(相殺)였다.

"슈우우우!"

힘의 충돌로 인해 발생한 분진이 사방 천지를 휘감아 중인들의 시야를 가렸다. 엄청난 돌풍을 동반한 분진 속에 중인들은 제대로 눈을 뜰 수 없었던 것이다. 모두들 소매로 얼굴을 가리며 상황을 알아보려 했으나 모두 헛수고였다.

잠시 후, 먼지가 걷히면서 시야가 확보되었고 둘의 대치 상황이 일목요연하게 나타났다. 하지만 빙검은 중인들의 기대를 싹 무시해 버렸다. 빙검의 전신 어디에도 피해를 입은 흔적은 없었다. 그의 검에서 뿜어져 나온 청백색 무지개 같은 극음의 검기(劍氣)가 무시무시하기 그지없던 도의 공격을 너무도 쉽게 막아낸 것이다.

"흥, 과연 썩을 놈이 아직 솜씨는 녹슬지 않았구나!"

염도가 씹어 뱉듯이 말했다. 불쾌하기 그지없는 모양이었다. 물론 염도의 전신에서도 상처는 발견되지 않았다. 때문에 오직 상대를 능가하기 위해 무공에 전념해 온 두 사람의 입맛은 몹시 씁쓸할 수밖에 없었다. 아무리 전력을 다하지 않았다고는 하지만 두 사람은 서로의 힘이 기울지 않다는 사실을 분명히 알 수 있었다. 인정하고 싶지는 않지만……

"자네도 마찬가지!"

빙검은 여전히 안면 근육 하나 움직이지 않은 냉한 얼굴이었다.

호아장 최대의 치욕 사건

이번 것은 단순한 인사 치례였을 뿐이다.
오랜만에 만난 호적수끼리의 대한 단순한 인사 치례!
그냥, 안녕하세요와 다름없는 인사였다.

염도와 빙검은 일 검(一劍)을 교환함으로써 서로의 현재 실력을 가늠해 본 것에 불과했다. 즉 이번 일 검은 단순한 시금석에 불과할 뿐, 계속 이어나갈 생각은 둘 모두에게 없는 듯했다. 천하 5대 도객의 일인과 천하 5검수의 일 인이 맞부딪친다면, 아마 무림사에 길이 남을 공전 절후한 승부가 될게 뻔한 일이었다. 그냥 하루 이틀에 끝날 싸움이 아닌 것이다.

두 사람은 이미 상대의 수를 훤히 아는 동문 사이. 그렇기에 십 년 전의 싸움에서도 삼 일 밤낮을 끌고도 승패를 가리지 못하지 않았던가. 어떻게 서로 다른 상극의 검기를 구사하는 두 사람이 동문이 될 수 있는지, 그 사실에 의구심이 들기는 하지만 철수와 영희, 이 두 사람이 동문 사형지간이라는 사실에는 애석하게도 변함이 없었다.

어차피 승부는 갑작스레 부딪쳐 결판날 성질의 것이 아니었기에 두 사람 모두 섣불리 맞붙질 못하고 있었다. 이 공허한 대치 관계가 얼마나 지속되었을까? 문득 빙검 관철수의 시선이 염도 옆에 서 있는 비류연을 향했다.

"옆에 있는 아이는 누구인가? 제자인가?"

"꿈틀!"

아이라는 말에 비류연의 명검(名劍)처럼 바르고 곧게 뻗친 눈썹 한쪽이 분노로 꿈틀거렸다. 그러나 이런 움직임은 길게 자른 그의 앞머리에 가려 빙검에게는 잘 보이지는 않았다. 아이라니, 그의 존재를 완전히 무시하는 기분 나쁜 발언이 아닌가. 비류연의 자존심을 열(熱)나게 건드리는 용서가 안 되는 발언이었다. 세간에서는 이런 걸 두고 망언이라고 부른다지. 하지만 빙검 관철수는 비류연의 그러한 낌새를 전혀 알아채지 못했다.

혼돈의 연못 같은 복잡 다사 난측(複雜多事難測)한 그의 내심(內心)을 짐작하기란 보통의 상식적인 입장에서는 거의 불가능에 가까운 일이었기 때문이다. 차라리 밤하늘에 걸린 별을 따는 쪽이 더 쉬울 수도 있었다. 그런데 어쩐 일인지 이번에는 비류연이 계속 침묵을 지킨 채 나서지 않았다. 제멋대로, 마음내키는 대로 나서길 좋아하는 비류연으로서는 이례적인 일이 아닐 수 없었다.

"흥, 알 것 없네. 제자는 아니야."

비류연의 짐작하기 어려운 성격을 잘 아는—많이 당해 봤다—염도는 잠시 비류연의 눈치를 살핀 다음 대답했다. 비류연이 의외로 조용히 있자 내심 안심이 되는 순간이었다.

"그래? 역시 그렇군. 혼자이길 좋아하는 자네가 무슨 바람이 불어 제자를 거두었나 싶어 이상히 여기던 참이었지. 난 또 상제(옥황상제)께서 실수하여 마이동풍(馬耳東風)이 서쪽으로 잘못 분 줄 알았네."

"쳇, 누가 별호가 빙검(氷劍)이 아니랄까 봐 정말 썰렁하기가 북해 빙산 뺨칠 정도군. 바람은 무슨 얼어 뒤질 놈의 바람. 신경 꺼. 동쪽으로 불든 서쪽으로 불든 무슨 상관이야?"

그동안 쌓인 악감정이 넘쳐 나는지 계속해서 시비조인 염도였다 이렇게 건달 같은 염도에 비한다면 빙검 쪽은 그래도 군자라 할 수 있었다. 건달과 군자, 퍽 좋은 대비였다. 하지만 악의에 찬 말장난은 평소 그의 인격과 품격으로 미루어 볼 때 결코 어울리는 일이 아니었다. 얼음보다 차갑다고 공인 받고 있는 그의 냉철함으로 볼 때 매우 이례적인 일이 아닐 수 없었다. 누군가 강호에 나가 빙검 관철수가 말장난을 쳤다고 주장한다면 그 사람은 당장에 미친놈으로 낙인 찍혀 버릴 것이다.

"그건 그렇고, 자네 이곳엔 웬 일인가?"

빙검이 물었다. 뜬금 없이 계속되던 둘의 대화 중 가장 중요한 질문이었다.

"홍, 그건 이쪽 대사야. 가로채지마. 왜 네놈이 여기 있는 거냐?"

절대로 있지 않을 거라고 생각했던 인간이 느닷없이 호아장에 나타났으니, 염도의 궁금증은 이만저만 큰 게 아니었다. 빙검이 여기 호아장에 있기에는 아무런 인과 관계나 은원 관계가 없었던 탓이다.

"아까 자네에게 이야기를 하지 않았나. 이곳은 내가 후견인으로 있는 장원일세. 그러니 내가 있는 게 당연하지 않은가!"

담담하게 말하는 그의 신색에는 변화가 없었다. 빙검은 전혀 동요하는 빛을 띄지 않은 채 침착하게 염도를 상대하고 있었다. 십팔 년만에 다시 재회한 생애 최강의 호적수를 앞에 두고도 이 정도의 침착함과 냉정함을 유지할 수 있는 것으로 보아 그는 매우 냉정하고 심기가 깊은 사람임이 분명했다.

"홍, 못 보던 사이에 암흑가의 대부로 업종 전환을 한 모양이지? 몰라봐서 미안했네 그려. 홍, 그래서 호아장이라는 일개 무림 장원이 천관의 앞마당에서 보란 듯 재롱을 부리면서 장사할 수 있었던 게 다 네놈 때문이었다니, 세인들이 알면 놀라 자빠질 일이로군."

염도는 열과 성을 다해 빙검을 비꼬고 싶은 모양이었다. 대놓고 최선을 다해 빙검을 조롱하고 있는 것이다. 과거에 둘 사이에 무슨 일이 있었는지는 모르겠지만 둘은 마치 동문 사이라는 사실이 의심이 갈 만큼 철천지 원수 같아 보였다. 하지만 그렇다고 철천지 원수지간으로 보기에는 둘 사이에 오가는 대화들은 또 너무 유치했다.

티격태격 유치한 신경전을 겸한 말싸움을 하는 두 사람의 검과 도는 어느새 제자리를 찾아 들어가 있었다. 하지만 아무도 이를 눈치챈 사람이 없었다. 그러나 쥐도 새도, 두 눈 부릅뜨고 구경하던 사람들도 다 몰랐지만 오직 비류연만은 그 사실을 알고 있었다.

"길게 이야기하고 싶지 않네. 용건만 이야기하게. 더 이상 길게 끌어 봤자 쌍방에 남는 건 아무 것도 없을 것이네. 시간 낭비일 뿐이지."

더 이상 염도와 얼굴 마주하고 싶지 않은 듯, 빙검은 일을 서둘러 끝내고자 했다. 더 이상 염도와 얼굴을 맞대고 있다가는 그의 냉철하다 자부하던 이성이 다 녹아 버려 국물도 남지 않을 것 같았다. 이성이 녹아 내린다면 남는 건 곧이어 닥칠 엄청난 재난과 둘 중 하나의 시체뿐이었다. 왜냐하면 염도의 이성은 이미 모두 타 버리고 남아 있질 않았기 때문이다.

"우리 용건은 하나뿐이야. 아주 간단하지. 바로 승룡패의 인계일세. 호아장이 가진 승룡패를 우리에게 넘기기만 하면 돼. 어차피 이곳에서는 쓸 일이 없을 듯하니깐."

"그건 안 될 말입니다. 그럼 우리 사형은 어쩌란 말입니까? 그 승룡패는 사형을 위해 준비된 물건입니다."

그동안 옆에서 구경만 하던 셋째 제자 안후강 녀석이 겁도 없이 염도를 향해 버럭 소리를 지르며 항의했다. 제법 배짱이 두둑한 놈인 것 같았다. 성질 사납기로 유명한 염도 앞에서 자신의 주장을 당당히 피력한 것만으로도 그의 용기와 배짱은 찬탄의 대상이 될 만했다. 비류연도 감탄했다. 비류연으로서는 부실하기 그지없는, 싹수 노란 둘째 제자 감운수라는 놈보다 이 세 번째 놈을 추천해 주고 싶은 마음이었다. 언뜻 보기에도 감운수보다 훨씬 큰그릇인 것 같았다. 염도 앞에서 말대꾸를 하고, 그의 심기를 건드린다는 것은 보통 담으로는 불가능한 일이었기 때문이다.

"사형? 아아, 아까 그 얼간이! 검형만 익혔지, 검의(劍意) 하나 제대로 깨치지 못한 놈. 검신 일체가 겨우 한계인 놈이었어. 내 눈은 정확하지. 검에 뜻을 불어넣는 경지에조차 이르지 못했더군. 한마디로 형편없는 실력이란 이야기지. 설마 그런 놈을 버젓이 치장해서 천관에 보낼 생각은 아니었겠지? 그랬다가는 바로 당장에 개망신일걸! 철수 자네의 안목이 그동안 썩은 동태눈과 동류로 취급될 정도로 가치 타락했을 줄은 내 미처 몰랐네. 부디 용서하게. 그런 놈을 보낸다면 호야장은 물론이고, 자네의 얼굴에도 스스로 자진해서 똥칠하는 형국이 될걸. 모두들 부끄러워 천하 5검수의 이름에서 자네의 이름을 빼버릴 지도 모르지. 물론 나로서는 대 환영할 일이지만 자넨 아닐걸? 자네의 결벽증이 그런 치욕을 용납할 리가 없지. 겨우겨우 힘겹게 유지하던 시답잖은 명성도 뚝하고 땅에 곤두박질 쳐질걸? 물론 떨어질 명성이 있을 때의 이야기지만 말이야. 아무튼 볼만하겠어."

염도는 그답지 않게 상대를 사정없이 매도하는 지독한 독설을 서슴지 않고 내뱉었다. 원래 말보다는 행동이 빠른 탓에 내뱉는 말이 세 마디를 넘기기가 어렵다는 염도였는데, 한동안 비류연과 어울려 다니더니 그에게 오염된 탓에 성격이 많이 변한 모양이었다. 게다가 빙검 관철수를 만난 이후로는 흥분한 탓인지, 왠지 평소보다 더 말이 많아졌다. 염도 곽영희란 사람은 주먹이 앞서면 앞섰지 말이 앞서는 사람은 아니었는데……. 그를 이 정도로까지 오염시킨 비류연의 능력은 정녕 소름끼칠 정도로 무시무시한 것이 아닐 수 없었다. 하지만 비록 염도의 말이 많아졌다 해도 그가 한 말은 모두가 빈말이 아닌 사실들이었다.

말은 바른말이지 그가 한 말에 거짓은 없었다. 어줍잖은 실력으로 추천 받았다가 특별 전형 시험에서 떨어지면 그것만큼 치욕적이고 부끄러운 일도 없었다. 추천 문파의 안목과 능력이 무시당하는 일이었기 때문이다.

"뭣이라!"

제자들은 분노했다. 쪽수를 믿고 당장이라도 염도와 비류연에게 달려들어 요절이라도 낼 기세였다. 물론 모양만 그렇게 잡았지 감히 염도에게 대들 용기는 아예 없었다. 마침 말만 앞서는 전형적인 인물들인 그런 그들을 빙검이 손을 들어 제지했다. 장의 제자들이 무턱대고 달려들다간 엄청난 인명 피해를 야기할 수도 있기에 그런 비극을 미리 방지하기 위해서였다.

"참아라, 애석하지만 그의 말이 맞다. 운수의 검은… 아직 멀었다!"

"대 노사!"

모두들 놀라 이구동성으로 외쳤다. 호아장에서는 그를 큰스승으로 받들어 섬기고 있었다. 장내에서 그의 영향력은 절대적이었다. 그런 그가 상대의 억지 요구에 순순히 응낙한다는 것이 도저히 납득이 가지 않는 일이었다.

"그 따위 추천장, 그냥 줘 버려라!"

"안 됩니다!"

장내의 모든 이가 길길이 날뛰며 반대했다. 하지만 빙검의 결심은 이미 금강석처럼 단단히 굳어져 흠집 하나 낼 수 없게 된 후였다.

"어차피 운수에겐 소용없는 물건이다. 사실 그 정도의 실력으로는 아직 천관의 벽을 넘기 힘들다. 검의를 얻지 못한 상태의 검으로, 의지가 빠진 의미 없는 검법을 펼쳐 봤자 사람들의 웃음거리만 될 뿐. 오늘 일은 운수에게 따끔한 충고가 되었을 터! 내년을 기약하고 그 추천장은 저들에게 줘 버리도록 해라. 운수를 제대로 봐 주지 못한 나의 허물이다."

오늘은 감운수에게 이름 그대로 운수 감소하는, 재수 똥간에 떨어진 날이 되고 말았다. 빙검은 허탈한 한숨을 내쉬더니 고개를 들어 하염없이 하늘을 바라봤다. 더 이상 이 일에 관여하기 싫다는 무언의 입장 표명이었다. 그가 이렇게 단호하게 나오자 호아장 문하 제자들도 더 이상 그의 말을 거부할 엄두가 나지 않았다. 이를 악물고, 눈물을 뿌리며, 부들부들 떨리는 손으로 호아장주 호천상은 천관 특별 추천장 승룡패을 건네주었다. 그것은 한 장의 종이 쪼가리가 아닌 한 개의 녹옥으로 만든 옥패였다. 그 사각의 녹빛 옥면 안에는 검을 타고 승천하는 용의 모습이 양각되어져 있고, 패의 윗부분에는 천무학관(天武學館)의 네 글자가 살아 움직일 듯한, 웅혼한 필체로 새겨져 있었다. 범상치 않은 기운이 흐르는 물건이었다. 아마도 그 기운은 천무학관을 꿈꾸는 수많은 이들의 의지가 하나로 결집되어 생긴 기운일 것이다. 비류연은 그렇게 생각했다. 물론 팔면 꽤 높은 값을 받을 수 있지 않을까, 하는 생각도 잊지 않고 했다.

목적했던 바를 이룬 비류연은 아무런 미련도 없이 등을 돌려 호아장을 떠났다. 물론 염도(焰刀)도 함께였다. 두 사람 모두 눈길 한 번 다시 주지 않았다. 그렇게 떠나 버린 현장에는 무수히 얻어맞아 기절해 버린 장내 무사들과 빈객들, 그리고, 엄청난 액수의 재산 손실과 그들의 자존심과 명예에 새겨진 참담한 상처만이 남겨졌다. 지워지지 않을 치욕의 상처. 이날은 호아장의 치욕 일로 길이길이 문하 제자들의 가슴 속에 기억 될 것이다. 두 남자의 어두운 그림자와 함께……

"대 노사(大老師)."

두 사람이 뒤도 보지 않고 떠나가 버린 내원에서 호천상이 조용히 빙검을 불렀다. 심상치 않던 분위기 때문에 여태껏 묵묵히 잠자코 있던 호천상이 목구멍에 차 올라 있던 말을 가까스로 끄집어낸 것이다. 그의 목소리는 매우 가늘고 약해져, 이미 자신감이 결여돼 있었다. 그러나 빙검은 그의 부름에 응답조차 하지 않은 채 매정하게 등을 돌렸다.

"쉬고 싶네."

이 한마디만을 남기고 빙검은 전각 안으로 신형을 감추었다. 막 뒤돌아서는 빙검을 잡으려던 호천상의 발이 잘못하여 주위에 이리저리 나 있던 화초 중 하나를 건드렸다. 난초처럼 뻗은 잎사귀를 가진 이름 모를 꽃이었는데 호천상의 발길이 닿자마자 마치 유리 조각처럼 산산이 부서져 내렸다. 유리 조각처럼 부서져 내린 꽃과 그가 서 있던 자리를 보고 호천상은 경악했다. 반경 일 장 안의 나무와 화초들이 모두 하얗게 얼어붙어 있었던 것이다. 그리고 살짝 손을 대자 모두 얼음 가루가 되어 산산조각으로 부서져 내렸다.

호천상은 경악에 경악을 거듭했다. 빙검 자신도 의식 못하는 사이에 한빙 진기가 발출 되어 주변을 모두 순백으로 얼려 버린 것이다. 이것은 내정하고 침착하기로 유명한 그가 진기의 조절이 용이하지 못할 만큼 심력(心力)을 쏟아 부었다는 이야기이기도 했다. 그러면서도 염도 앞에서는 애써 담담한 척했던 것이다. 물론 이런 사정은 염도 쪽도 만만치 않았다. 염도가 서 있던 주위 자리에 존재하던 나무와 화초들은 모두 누렇게 말라죽어 있었고, 그가 디디고 서 있던 일장 반경 안의 돌들은 모두 벌겋게 달구어져 있어 진기를 끌어올리지 않은 상태에서 손을 대면 당장이라도 화상을 입을 정도였다.

　말라비틀어진 화초들은 사람의 손길이 가자마자 곧 가루가 되어 허공에 뿌려졌다. 범인의 상식을 뛰어넘는 경지에 다다른 두 사람이었다. 이를 본 호천상과 그의 일당(?)들은 말문이 막혀 더 이상 말을 잇지 못했다. 이런 실력을 지닌 둘이 자신의 장원 내에서 맞붙으려 했다니 상상만으로도 소름이 끼칠 끔찍한 일이었다. 만일 진정으로 두 사람이 이곳에서 맞붙었다면 그 날로 호아장은 기둥뿌리까지 뽑힌 채 폐허만 남을 뻔했다. 상상만 해도 끔찍한 일이 아닐 수 없었다.

　비류연과 염도는 목적한 바를 이루고 유유히 돌아갔고−유유히 돌아간 건 비류연뿐이었다−그 날 이후 빙검 관철수는 십 일 동안 두문불출, 전각 밖을 나오지 않았다. 장주(莊主) 이하 호아장 식솔 모두가 허탈한 마음에 올려다 본 하늘은 얄밉게도 여전히 한없이 높고 푸르기만 했다. 사람을 약올리기라도 하는 듯이 오후의 햇살만이 자신은 아무런 관계도 없다는 듯, 기절한 자들과 부서진 잔해들로 어지럽혀진 장내를 조용히 내리쬐고 있었다. 정오부터 불과 한 시진 사이에 일이 난 일이었다.

두 개를 하나로 만들 태극의 인재

호아장 방문이 있은 지 일주일 후! 순풍산부이 나중해는 약속을 지켰다.
나중해를 만나고 삼일 후,
그러니깐 호아장을 평화적(?)이고, 우호적(?)으로 방문한 지 이틀 후.
천무학관으로부터 사자(使者)가 왔다.

염도가 제시하는 조건은 어떠한 조건이라도 가능한 모두 들어주겠
다는 응답이었다. 물론 기다렸던 일이었으므로 천관의 제의를 흔쾌
히 받아들였다. 그리하여 일은 일사천리로 진정되어 금년 천무학관
입관식 날 염도도 천무학관에서 무사부(武師父)의 자격으로 입관하
는 데 의견 절충을 보았다. 최고의 숙소와 최상의 대우가 제공될 예
정이었다. 적어도 모든 것이 순조로웠다. 염도의 심기가 요즘 계속
불편하기는 했지만, 그것이 협상에 영향을 끼치지는 않았다. 사자들
은 올 때 그랬듯이 갈 때도 최상의 예의를 표하고 물러갔다.

천무관의 사자가 돌아간 후, 비류연은 조용히 방 안에 앉아 창 밖
을 통해 보이는 석양을 배경으로 어떤 물건을 꺼내 이리저리 돌려보

았다. 황금 수실이 달린 사각의 녹옥 테두리 안에 한 자루의 검을 타고 승천하는 용이 양각되어 있는 이 옥패는 바로 그 유명한 승룡패였다. 한 문파를 처참하게 뒤엎어 가면서 손에 넣은 천관 입관 추천패 승룡패!

비류연이 이것을 얻기까지 얼마나 많은 사람들이 피눈물을 뿌렸던가. 하지만 심각함이라고는 모조리 개가 물어 갔는지 태평 작작한 비류연. 그의 기억 속에서 호아장 식솔들의 피눈물은 이미 까마득한 과거의 잔흔이 되어 버린 지 오래였다. 늘 그렇게 그는 심각함이란 것을 몰랐다.

'이게 그렇게나 대단한 물건인가?'

비류연은 그렇게 굉장한 소란을 일으키며 손에 넣은 승룡패를 무슨 장난감 다루듯 이리저리 휘휘 돌리며 장난을 쳤다. 특별한 생각이라도 있어 그런 게 아니라 그냥 심심해서 해 본 짓거리였다. 아무 생각이 없는 건 늘 여전했다.

호아장 방문 다음날부터 시작된 승천무제는 일 주일간 계속되었다. 길다면 길고, 짧다면 짧은 시간 동안 수많은 관문이 설치되고 파괴되기를 반복하며 본선 진출자를 가려냈다. 그런 다음 검장도편(劍掌刀鞭)이 무학(武學)의 이치와 흐름에 따라 난무(亂舞)하는 수많은 비무를 통해 본선 진출자라 이름 붙여진 옥석이 가려졌다.

마침내 뜨거운 열기와 관심 속에 진행된 무림 최고 최대의 행사 중 하나인 승천무제가 끝나고 일 주일 후. 그토록 목메어 기다리고 기다리던 입격자 발표 일이 돌아왔다. 구주강호(九州江湖)에 몸을 담고 있는 전 무림인들의 이목이 집중되는 순간이었다.

　이날, 입격 공고장의 모습은 예년의 풍경과 마찬가지로 극도로 혼잡스러웠다. 새까맣게 펼쳐진 검은 모발의 바다. 빈틈이 보이지 않을 정도로 빼곡이 들어찬 군중들. 정신이 혼미해질 정도로 시끄러운 웅성거림. 사람을 흥분시키게 만드는 후끈후끈한 열기가 발표장 전체를 지배하고 있었다. 지금 이곳에 있는 자라면 그 누구라도 짜릿한 흥분과 열기를 느끼지 않을 수 없을 것이다. 그러나 사람을 돌아 버리게 만들던 왁자지껄한 웅성거림도 입격자 발표가 시작됨에 따라 점점 잦아들더니, 종내는 장내가 바늘 떨어지는 소리 하나까지도 감지할 수 있을 정도로 고요한 침묵에 휩싸였다.

　입격자 발표는 무당파의 명숙인 옥호진인이 맡아 진행했다. 그는 9대 문파의 쌍두 마차 중 하나인 무당파의 명숙답게 군중들이 운집한 장소에서도 그들이 정확하게 들을 수 있도록 내공이 실린 또박또박한 어조로 천무학관 입관자의 출신 사문과 성명을 발표했다.

　한 명, 한 명 입격자가 발표됨에 따라 웃는 사람, 우는 사람, 기뻐서 웃는 사람, 허탈해서 웃는 사람, 감격해서 우는 사람, 억울하다는 듯이 우는 사람, 허공 중에 던져지는 사람을 비롯하여 무인의 생명이라는 검을 내던지는 사람들까지, 별의 별 사람들이 계속해서 생겨났다. 정말 각양각색의 인간 군상들을 모두 종합적으로 관찰하고 목격 비교 분석 연구할 수 있는 자리가 아닌가 싶었다.

　발표장은 이런 여러 사람의 무척이나 다양한 모습들을 여과 없이 보여 주고 있었다. 또한 매년 이날만 되면 으레 생기는 사람들이 있는데, 그들은 바로 낙방한 억울함을 하소연하고자 하는 사람들과 낙방의 분함을 못 이겨 천무학관으로 항의하러 가는 사람들이었다. 개중에는 하소연과 항의의 수단으로 검을 뽑아 들거나 주먹을 말아 쥐는 경우도 빈번하게 발생했다. 하지만 천무학관이 어떤 곳인가. 그런 놈들은 관내에 엄지발가락의 발톱 끄트머리도 들이밀지 못한 채 문전(門前)에서 흠씬 두들겨 맞고 내침을 당하기 일수였다.

잘못된 판정이라는 둥, 억울하다는 둥 하며 의미 없는 칼부림을 부려 보지만 실력이 부족해 떨어졌는데 항의할 실력이나 변변하게 되겠는가. 그것은 한 순간의 객기(客氣)요 물거품처럼 허무하게 꺼져 버릴 몸짓일 뿐이었다. 그들은 죽지 않고 목숨 부지하는 것만으로도 감지덕지해야 했다. 좋은 날 피 보기는 싫어 손속에 자제를 둔 천무학관 관계자께 백 배 감사 드려야 마땅했다.

이처럼 매년 지겹게 발생하는 무력 항의자들에 대한 엄중한 징계에도 불구하고, 이성적 사고 능력과 학습 능력이 치명적으로 결핍되었는지, 다시금 해가 넘어가면 또다시 대량으로 발생하는 난동자를 진압하기 위해 항상 발표 날에는 정문 앞에 난동 군중 전담 진압대가 배치되게 된다. 그리고 안 되는 줄 뻔히 알면서도, 해 봤자 안 되는 줄 뻔히 알면서도 최면에 빠진 사람처럼 찾아와 당랑거철(螳螂拒轍 : 달려오는 수레 앞을 막아서는 사마귀 같은 무모함을 나타내는 말) 식으로 칼을 뽑아 드는 한심한 녀석들을 처리하고 있다. 이때 가장 골치 아픈 족속이 친구나 소속 문파의 사제, 또는 가문의 고용 무사들까지 이끌고 떼지어 몰려와 난동을 부리는 족속들이다. 이런 때가 가장 골치 아픈데, 이런 무리들이 발생할 시에는 천무학관 측도 인정 사정 봐주지 않는다. 이런 무리들은 본보기를 보이기 위해서도 일벌백계 하지 않으면, 혹시나 하는 무리들에게 역시나 하는 매정한 현실을 깨우쳐 줄 수 없기 때문이다.

　한 번 본보기로 이런 어리석은 무리들 중 일부가 엄중 징계를 당하게 되고, 그들이 사지 중 하나가 보기 좋게 부러지거나, 혹은 동료들에게 질질 끌려서 의원으로 실려 가는 끔찍한 장면을 목도하게 되면 사람들은 막혔던 머리가 좀 시원해지면서 현실을 직시하게 된다. 그런 후면, 소동도 상당히 가라앉는다. 진압대의 구성원은 모두가 천무학관 상급 관도들로서 하수(下手)는 물론 중수(中手)같은 평범한 무인은 아무리 안구 세척을 하고 찾아봐도 찾을 수 없는 절정 고수(高手)들로 구성되어 있다. 그리고 이들의 지휘 책임자는 무사부 한 사람이 직접 나서서 한다. 그러니 그런 고수들을 상대로 난동과 행패가 어디 통하겠는가. 어불성설일 따름이다.

　천무학관이 설립된 이래로 아직까지 무력으로 천무학관의 정문을 돌파한 예는 한 번도 없었다. 그런데도 술까지 쳐 먹고 달려드는 걸 보면 인간이란 참으로 한심하기 짝이 없는 동물이 아닐까 하는 회의가 들기도 한다. 이런, 머리와 돌을 나란히 놓아도 구분하기 힘든 놈들은 떨어지는 게 당연했다. 자기 자신 하나 다스리지 못하는 놈이 무슨 놈의 무공인들 제대로 익히겠는가. 밑 빠진 독에 물 붓기나 다름없는 것을……

　천무학관의 입관 합격자 발표가 있는 이날은 남창성 내가 가장 소란스러운 날인 동시에, 남창성 유흥가 전체가 가장 두둑하게 장사를 하는 날이기도 했다. 한 달 동안 벌어야 하는 돈을 하루에 다 벌어 버리는 날이 바로 이날이었다. 게다가 이 불야성은 적어도 일 주일간은 계속 된다. 합격이든 불합격이든 술은 퍼마시게 되어 있기 때문이다. 합격하면 축하 술이라며 퍼마시고, 불합격이면 밤새 화풀이로 모든 것을 잊기 위해 마시고 또 마시는 것이다. 시험에 떨어진 이들은 자신의 비참한 처지를 잊기 위해 술기운에 뇌가 마비될 때까지 계속해서 퍼마신다. 일종의 보상 심리라고나 할까?

거기다 술로서 부족하면 계집을 찾아 옆에 끼든, 아래에 끼든 제 마음대로 몸부림치는 것이다. 그러니 어찌 유흥가의 매상이 안 오를 수 있겠는가. 일 년 중 가장 대박인 날을 꼽으라면 남창 내 유흥가 연합회에 소속된 모든 주루와 기루들의 주인들은 이날을 서슴없이 첫 손으로 꼽을 것이다. 남창의 밤이 음주 가무로 술렁이는 이날을……

그러나 이러한 난리 법석을 자신과는 전혀 무관한 일이란 듯 한쪽에서 묵묵히 지켜보고 있는 자가 있었다. 바로 비류연이었다. 지금 비류연의 심기는 승룡패를 손에 넣었음에도 불구하고 매우 불편해 있는 상태였다,

호아장을 방문한 날로부터 열흘. 아직도 염도는 빙검 관철수를 만난 충격에서 헤어나지 못하고 있었다. 계속 입을 꾹 다문 채 묵비권이란 이름의 돛배에 몸을 의지해 침묵이란 이름의 강을 하염없이 떠내려가고 있었다. 입과 혀를 전면 봉쇄한 상태에서 시위하듯 고민에 빠져 있는 중이었다. 이런 염도의 음침한 모습이 옆에서 지켜보고 있는 비류연을 답답하게 만들었다. 자신의 마음이 답답해지기 전에 이미 그 답답함의 제공 원인을 제거해 버리는 성격의 염도에게 있어, 이러한 행동은 극히 유래가 없는 일이었다.

비류연은 그런 모습을 지켜보기가 답답하고 싫었다. 평소에 생각

없이 기분 내키는 대로 과격하게 행동하던 놈이 어울리지 않는 침묵을 동반한 사색 활동을 소름끼치도록 하고 있으니 보는 이의 마음이 오죽이나 답답하겠는가. 그냥 패 죽이고 싶은 것을 꾹 참고 있는 비류연이었지만 그의 인내력도 이제는 한계에 달해 있었다. 결단을 내기 위한 날잡을 일도 얼마 남지 않은 듯했다.

염도가 항상 생각 속에 깊이 잠겨 있는 것은 물론, 자신의 마음에 지워지지 않는 상처를 남긴 것은 빙검 때문이었다. 최강의 힘과, 최강의 기술, 그리고, 최강의 정신을 지닌 자만이 들어갈 수 있다는 천무학관, 그 천무학관에서 자신의 원수 같은 동문이 제자들을 가르치고 있다. 그리고 지금 자기 자신이 그곳에 들어가려고 한다. 그와 같은 입장과 같은 위치를 지닌 무사부로서! 아니, 그는 대노사의 직위이니 자신이 그보다 아래인가……? 이건 정말 생각하기도 싫은 일이로군.

'사부!'

갑자기 죽은 사부가 떠올랐다. 자신과 빙검 둘이서 한꺼번에 덤벼들어도 감히 상대가 될지 아직도 의문스러운 사부. 천하 제일이란 이름이 가장 잘 어울리는 무인이었다. 그 공부와 절기가 너무나 뛰어나 자신과 철수 역시 사부의 모든 것을 물려받지 못한 채 반쪽으로 나뉘어진 무공을 전수 받아야만 했다. 그때 사부가 얼마나 탄식했던가. 아직도 그때 사부의 참담한 실망은 가슴 속 깊은 곳에 선명하게 아로새겨져 잊혀지지 않는다. 그 반쪽이나마 다듬고 발전시킨 것만으로도 각기 천하 5대 도객과 천하 5검수의 한자리를 차지할 수 있었다.

천하 제일인의 이름이 부끄럽지 않았던 사부. 그런 사부에게 죽음이 찾아오리라 누가 예상했었던가. 나보다도 더 오래 사실 분이라 생각했었는데……. 비록 누군가에게 상처를 입긴 했지만—아직도 그 사부가 다른 사람의 손에 음해 당했다는 사실이 믿어지지 않는다— 사실 사부의 죽음은 죽음이라 할 수 없었다. 전신의 상처에서 피가 배어 나왔으면서도 사부의 얼굴은 기이하게도 평온하기만 했다. 그리고는 여느 날과 같이 단정히 정좌하신 다음 한 잔의 용정차를 음미하신 후 조용히 우화등선하셨다. 스스로의 의지로 속세를 떠나신 것이다. 두 개를 하나로 만들 태극의 인재를 꼭 찾으라는 게 사부의 마지막 유언이었는데 끝내는 지켜 드리지 못하고 말았다. 더군다나 앞으로 지켜질 가능성은 더욱 전무(全無)했다. 아마 앞으로도 영원히 불가능할 것이다.

오랜만에 조용히 자리에 앉아 생각에 잠겨 있으니 문득 사부의 생각이 떠올랐다. 근래에 들어 떠올린 적이 없었는데……. 결국엔 그녀도 함께 떠올랐다. 정말 그녀만은 생각하고 싶지 않았다. 기억의 저편에서 묻어 두고 싶었는데 불현 듯 떠올려진 것이다. 갑자기 가슴이 옥죄이는 듯 아파 오고, 지독한 상실감과 고독이 그를 방문했다.

잊자, 잊자, 수천 번은 이렇게 더 되뇌고서야 비로소 그녀의 영상을 뿌리칠 수 있었다. 사부의 죽음은 무인으로서 가장 이상적인 죽음이었지만 그래도 그녀는 슬픔을 참지 못했었다. 그 옥 같은 얼굴에 수정처럼 맑은 눈물을 흘려 보내며 슬픔에 잠겨 있었다. 그런데… 그런데……. 또다시 가슴이 뜨끔뜨끔 아파 왔다. 제기랄, 더 이상 생각했다가는 더 큰 상처를 입는다는 경고음이었다. 잔혹한 마음의 상처. 마음에 받은 상처는 생을 넘겨도 지워지지 않는다 하였다. 내세에까지 깊어지고 간다는 지독한 상흔(傷痕)을 남긴 그녀. 치유될 수 없는 아픔에 얼마나 고통스러워했던가. 지금의 불같은 성격도 이에 기인한 점이 많았다.

가슴 속 가장 깊은 곳에 숨어 있던 가장 소중한 것이 상처를 받았다. 그의 마음에 화인 같은 지워지지 않는 고통의 흔적을 남긴 채 떠난 그녀. 이제 더 이상은 그녀의 잔영으로 인해 고통받고 싶지 않았다. 절대 사양이었다.

빙검(氷劍), 그놈에게서도 해방되고 싶었다.

'난 천하 5대 도객의 일 인(一人), 화령염천탈혼도(火靈焰天奪魂刀) 곽영희다. 한월빙청낙백검(寒月氷淸落魄劍) 관철수! 그 놈과는 조만간 결판을 낸다. 더 이상 녀석의 잔상이 나의 발목을 붙잡고 나의 마음에 쉬지 않고 상처를 내며 괴롭히는 것을 방관하진 않을 것이다.'

마침내 염도는 단호한 행동 지침을 결정했다. 그 결정은 금강석처럼 단단하고 굳은 결심이었다. 그리고 그동안 애써 고민해 왔던 여러 생각의 꾸러미들을 모두 털어 버렸다. 이제 다시는, 두 번 다시는 그의 면전 앞에서 주저하거나 꺼리는 일은 없을 것이다.

곧 폭풍이 불 거야

여러 사람을 재기불능의 상태로 몰고 간 승천무제의 입격자 발표 후!
지금 남창의 밤은 너무나 휘황찬란하고, 뜨겁고, 화려하고 황홀했다.
밤낮을 가리지 않고 거리에는 풍악이 넘쳐흘렀고,
골목골목마다 달콤한 주향이 진동을 했다.

거리에 퍼져 있는 주루들과 기루들은 일월(日月)이 바뀌어도 안팎에 걸린 등에 불을 꺼트리는 일이 없었다. 계속 열두 시진(24시간) 주야(晝夜) 영업중인 것이다. 해가 지고 달이 뜨고, 다시 그 달이 기울어도 성 내의 들뜬 열기는 잠잠해 질 줄을 몰랐다. 일월(日月)의 순환적인 교체 법칙도 그들을 제지하기에는 턱없이 역부족이었다.

일월의 변화를 깡그리 무시하는 며칠 동안의 축제 같은 날들이 열풍처럼 남창 전체를 휩쓸고 지나갔다. 그리고 마침내 그 날이 왔다. 소수의 선택받은 자에게만 기회가 주어지는 천무학관 특별 전형 시험 날이 밝은 것이다.

천무학관이 지정한 관내 시험 장소로 내노라 하는 일류 문파들의 기대주들과, 촉망받는 후기 지수들이 삼삼오오 짝을 지어 몰려들었다. 승룡패(乘龍牌)를 지니지 못한 이는 규정상 시험 장소에 입장이 금지되어 있으므로, 이곳에 모인 모든 이들은 모두 품 안에 승룡패를 지닌 비류연의 경쟁자들이었다. 물론 비류연은 그런 따위에 별로 신경을 쓰지 않았지만 말이다. 사실 비류연은 이곳저곳 관내를 구경하러 다니는 데 더욱 열을 올리고 있었다.

마침내 시험이 시작되었다. 승천무제와 비교했을 때, 이 특별 전형 시험은 한 단계 더 어려운 방식으로 진행될 것이라는 일반적인 예상을 여지없이 깨부수고, 천무학관의 특별 전형 시험은 생각 외로 간단한 방식으로 진행되었다.

여러 가지 관문과 기구, 규칙이 까다롭게 지정되어 있어 그것에 따라야 했던 승천무제와는 달리, 비교도 할 수 없을 정도로 간결하고 간단하게 진행되었다. 사실 비교할 기준도 없었으니 비교한다는 것 자체가 무리였다. 특별 전형 시험의 진행 방식과 규칙, 그리고 합격 판단 기준은 외우기도 쉽고 따라 하기도 쉽게 단 하나였다.

자기 자신이 남보다 뛰어난 존재임을 입증하면 되는 것이다. 자신의 우수성을 만인들 앞에서 증명하는 것이다. 그 수단과 방법이 어찌되었든지 간에……. 하지만 무림에 몸을 담고 무도(武道)의 길을 걷는 사람이 할 수 있는 방식이란 어차피 한정적 일 수밖에 없었다. 그것은 바로 서로가 몸으로 직접 부딪혀 상대를 체험하고, 병장기를 들어 손속을 겨루는 것뿐이었다. 말보다는 실력 지상주의인 것이다. 간단히 말해 서로 겨루어 자신이 가진 무공과 그 성취 정도의 우수성을 입증하라는 이야기였다.

승천무제에 주어졌던 많은 과제와 험난한 관문은 수많은 인파 중에서 사람을 골라내기 위한, 자갈밭에서 옥석을 가리기 위한 시험이었다. 그러니, 승천무제에서의 비무는 상대방과의 싸움에서 상대를 제압하고 이겨야 했다.

　하지만 오늘 이 특별 시험장에서의 비무는 반대로 자기 자신과의 싸움에서 이겨야 하는 시험이었다. 비무 상대는 그저 단순히 자기 자신을 비추는 거울에 불과할 뿐이었다. 그러므로 승패와 관계없이 시험관은 지원자의 합격 여부를 결정한다.

　고수는 상대의 동작 하나, 초식 반 초를 보고도 상대의 실력을 짐작할 수 있는 법이다. 그리고 좀더 높은 경지에 다다른 절정 고수라면 그 사람의 가능성까지도 한 눈에 파악할 수 있다. 그 사람의 근골과 성품이나 싸움의 성향을 보고 어느 정도의 자질과 성취 여부를 판단할 수 있는 것이다. 고수는 아무나 되는 게 아니었다.

　여기는 고수(高手)가 많기로 둘째가라면 서러워 할 천무학관(天武學館)! 이곳과 맞먹는 수의 고수가 포진하고 있는 곳은 이 백도 강호 전체를 통틀어 봐도 오직 한 곳 무림맹뿐이었다. 때문에 시험 판정관들 역시 모두 하나같이 절정 고수라서 지원자들의 비무를 척 한 번 지켜보는 것만으로도 충분한 심사가 가능했다. 무공이 이제는 깨달음을 통해 새로운 무의 지평을 열려는 도(道)의 경지에 올랐다고 칭해지는 인물들이 평가를 하는 것이다. 그러니 어찌 충분하지 않겠는가.

　하지만 이런 시험일수록 그 기준이 다소 애매하고 아리송하며 작위적이기 때문에 오히려 더 어려울 수도 있었다. 고수의 눈은 범인의 눈과는 달리 일반인이 보지 못한 것을 보고 생각지 못한 부분을 생각하기 때문에 범인과는 관점(觀點)이 달라도 너무 달랐기 때문이다. 절정 고수들은 그들만의 기준으로 사람들을 판정한다. 그래서 종종 하수들은 그들의 판정에 불복하며 승복하지 못하는 경우가 종종 있었다.

하지만 그런 그들도 비류연의 실력과 잠재력을 제대로 파악해 낸 사람은 없었다. 그의 진신 전력과 무공 수위는 구름 속 신룡처럼, 탁류 속을 헤엄치는 미꾸라지처럼, 거세게 소용돌이치는 혼돈의 소용돌이처럼 혼란하고 혼잡스럽기 그지없어서 그 실체를 파악하기가 불가능했다.

오리무중(五里霧中)!

희뿌연 짙은 안개가 깔린 늪지에서 난 좁은 길 찾기처럼 묘연해 그 끝을 본 사람은 아무도 없었다. 그것이 판정관들의 결정을 어렵게 했다. 그를 합격시킨다는 것은 일종의 도박처럼 느껴졌기 때문이다. 그것도 최하의 패가 될지 모를 패를 쥐고서 재산 말아먹을 가능성이 다분한 도박(賭博)을 하는 것! 바로 그것이었다.

또한 특별 전형에 참가한 사람들은 근본부터가 여타의 일반 무림인 들과는 확연히 달랐다. 각각의 문파들, 그것도 일류급 이상이라고 평가되는 문파들에서 십수 년 동안 심혈을 쏟아 부어 길러 낸 수제자들을 내보내는 것이다. 각 문파의 보증 은표나 다름없는 이미 일 차 검증을 거친 이들이었다. 천무학관 측도 이를 인정한다.

그래서 거의 모두가 합격은 따 놓은 당상이고 탈락은 특별한 경우를 제외하고는 전무했다. 간단한 상호간의 비무 후 지원자의 합격 여부가 판단되는 데 그것은 모두 시험관 하기 나름이다. 특별히 입관 인원이 명백히 정해져 있는 것은 아니기 때문에 모든 것이 시험관의 재량에 달렸다. 그러니 이 특별 시험이란 무늬만 시험이고 실제로는 간단한 실력 분류 평가일 뿐인 것이다. 그 실력 평가 분류단이 절정 고수라는 점을 뺀다면 말이다. 하지만 역시 절정 고수들 중에는 특이 하고 기이하며 변덕스러운 이들이 많아 의외의 판정이 나오기도 한 다.

그래도 이 시험 역사상 추천자의 대부분이 시험관의 눈을 실망시 킨 적은 없었다. 부도난 불량 은표는 그 수가 매우 희박했던 것이다. 작년에도 그리고 제작년에도 이 특별 전형에서 탈락한 자는 없었다. 일류 문파라 엄선된 곳에서 매년 최고라고 불리는 인재를 추천했기 때문이다.

기껏 최고의 기재라고 추천한 제자가 비무에서 진 것도 아니고, 재 능과 가능성이 불투명해서 탈락을 당했다면, 그 문파는 수치심으로 인해 십 년 봉문 감이었다.

그러나 오늘은 예외였다. 아마도 천무학관 특별 전형 역사상 가장 많은 탈락자가 나온 시험으로 기록될 것이다. 당분간은 이 기록이 깨 지기 힘들 것이다. 그것도 자발적인 탈락이 아닌 타발적인(?) 탈락으 로 사상 초유의 기록이 아닌가 싶다.

탈락한 자들도 탈락하고 싶어서 탈락한 게 아니었다. 누가 사문의 명예를 있는 대로 몽땅 걸고 임하는 이 중요한 시험에서 탈락하고 싶 어하겠는가. 마음은 날아갈 듯 급하지만 기어가기도 힘든 몸이 따라 주지 않으니 어쩔 수 없이 기권을 선언한 것이다. 몸이 온전해야 입관을 해서 열심히 무공을 연마할 수 있지 않겠는가. 어떻게 사지(四肢)가 완전히 부러진 상태로 입관(入館)할 수가 있겠는가.

이런 사태를 유발시킨 인물은, 주위를 둘러보고 자시고 할 것 없이 바로 문제아 비류연이었다. 신성한 시험을 앞두고 끊임없이 문제를 야기시켜 주는 주특기를 유감 없이 발휘하는 비류연이었다.

처음에는 비류연도 이 정도 심하게 할 생각은 없었다. 살살하고 끝내려고 엄숙하게 생각하고 있었다. 하지만 몇몇 참가자들이 자신들이 명문 정파의 출신이랍시고 품위와 예의도 모르고 깝죽대기 시작했고, 그게 결정적으로 비류연의 섬세한(?) 신경을 건드리고 말았다. 비류연은 도무지 눈꼴시어서 봐줄 수가 없었다. 그래서 손을 좀 과하게 썼다.

첫 번째 상대는 자기가 무슨 오악의 하나인 화, 무슨 산의 떨어지는 꽃 봉우리 출신인 놈이었는데 자기네 검(劍)은 오악 제일이자, 나아가 무림 제일이라고 시건방 떨며 입을 나불거리던 놈이었다. 얼굴도 희멀건 하고 입고 있는 옷도 때깔 번지르한 비단 옷이었는데 그 옷의 왼쪽 가슴에는 붉은 매화 문양 다섯 송이가 수놓아져 있었다.

이것은 그가 그만큼 화산파에서 높은 신분이며 사문의 기대를 한 몸에 받고 있는 자라는 것을 증명하는 것이었으나 무림 정세에 눈이 어두운 비류연이 그런 걸 알 턱이 없었다. 혹 가르쳐 준다 해도 그딴 건 알고 싶지도 않았다.

이 놈은 턱주가리에 일격 정권을 얻어맞고, 하악 분쇄 골절(아래턱 뼈가 여러 동강으로 연속적으로 부러진 증상)과 더불어, 이빨이 왕창 나가 버려 당분간은 물론이거니와, 잘못하면 평생 죽하고 물만 먹고살게 될지도 모르는 신세가 되어 버렸다. 불쌍한 놈!

두 번째 놈은 점창파의 검식을 쓰는 놈인데 이 놈도 위의 놈과 이하 동문인 놈팡이였다. 자기 문파가 명문 검가면 명문 검가지 왜 지가 날뛰어, 날뛰긴. 이 녀석은 사지가 각기 향해서는 안 되는 방향을 향하게 되어 기권할 수밖에 없게 되었다. 당분간은 뼈가 어긋나고 근육이 멋대로 뒤틀려 골격이 제대로 원상 복구되려면 한참은—아마도 한 일 년 열두 달 정도—걸릴 것이다.

세 번째 놈은 금복 산장인가 뭔가 하는 곳의 장주 둘째 아들인데, 아마 이 금복 산장이라는 곳이 돈이 뒤집어지게 많은 곳인 모양이다. 온몸을 금은 보화로 떡칠 한 데다가 얼굴에는 개기름이 좔좔 흐르는 게, 외면을 받아야 마땅할 혐오스러운 용모의 소유자로, 꿈에서 볼까 징그러운 정말 재수 없게 생긴 놈이었다. 게다가, 어려서부터 황금을 물 쓰듯이 써서 어렵사리 구한 기약 영초를 배가 터지게 먹었다느니, 자신의 정력—약발로 형성된 정력이다—이 대해(大海)와 같아, 밤을 위해 거느리고 있는 여자들이 두 손 두 발로는 도저히 다 셀 수 없다는 등, 전혀 무인답지 않는 자랑만을 늘어놓는데, 이 놈과는 도저히 한날 한시 같은 장소에서 같은 공기를 마시며 호흡하고 있다는 사실조차도 소름끼치고 역겨웠다. 그래서 눈 딱 감고 자기 희생하는 마음으로 오물 처리와 환경 미화, 그리고 자연 보호의 심정으로 단호하게 처리했다.

몸에 좋은 건 다 처먹었다는 놈이 막상 실험을 해 보니 장광설(長廣舌)과는 달리 어찌나 허약 체질인지, 배때기에 한 방 얻어맞더니 바로 내장이 꼬여 버렸고, 팔다리를 두어 번 주물러 줬더니 대번에 팔다리뼈가 토막쳐졌다. 아마도 어릴 적에 불량 영약을 과다 복용한 모양이다. 그렇지 않고서야 뼈가 그렇게 푸석푸석할 수가 있겠는가. 아마도 그 부작용으로 이렇게나 골격이 허약한 약골이 되지 않았나 싶다. 그러기에 약(藥)은 가려서 먹어야 한다고 하지 않았던가. 옛 격언을 지키지 않은 놈의 자업자득(自業自得)이다.

마지막 한 놈은 권술(拳術)의 명가 진주 언가 출신의 고수였는데 비류연이 내지른 주먹 한 방에, 내질렀던 주먹이 으깨져 버려 피떡이 된 주먹을 부여잡고 한바탕 땅바닥에 뒹굴다가 식술들에 의해 의원으로 급하게 실려 갔다. 이놈은 아까 전에 시험 장소에 입관하기 전에 정문 앞에서 명가의 자손이랍시고 식술들을 떼거지로 문 앞까지 이끌고 와 비류연의 눈 밖에 나게 되었던 녀석이다.

비류연의 비위를 건드려 그를 아니꼽게 만들었던 사인(四人)의 말로는 충격적이고 비참하기 그지없었다. 그들은 이 입관 시험을 너무 녹녹하게 본 것인지도 모른다. 그들은 겸양을 몰랐고 예의를 몰랐으며, 자신의 실력을 과신했고 결정적으로 너무나 방심했다. 그리고 세상에 비류연 같은 성질 더럽고 괴팍한 놈이 있을 수도 있다는 사실을 간과하고 너무 오만 방자하게 날뛰었다.

사문과 가문의 명성이 자신의 몸을 보호해 주는 방패가 아니라, 오직 본인의 실력만이 무림을 살아가는 힘의 근원이라는 만고 불변의 진리를 간과한 것이다. 그러니 사실 이런 결과가 벌어진 것은 어쩌면 당연한 것인지도 모른다.

이런 이유로 네 사람은 당분간은 무공을 연마할 수 없는 신세로 전락해 버렸고, 하는 수 없이 입관 자격을 포기하고 각 소속 문파로 되돌아갔다. 네 사람 모두 도저히 혼자서는 돌아갈 수 없는 몸이 되었기 때문에 다른 동문들이나 수행원들이 들것이나 가마에 싣고 짐짝처럼 지고 가야 했다.

이것으로 비류연이 네 개의 거대 일류 문파와 껄끄러운 관계를 맺게 되었다는 사실만은 확정된 거나 다름없었다. 하지만 정작 본인은 그런 것에 신경 한 올조차 쓰지 않은 채 희희낙락, 유유자적했다.

겉보기에는 매우 간단하고 장난 같은 손짓으로 네 명의 장래가 촉망받던 후기 지수를 재기 불능의 상태로까지 몰고 간 비류연의 실력은, 비록 잔인하게 여겨지기는 했지만 그 위력만은 감탄을 자아낼 수밖에 없었다.

시험관들은 그의 품성과 인격에 대해서는 상당한 의심과 심사숙고를 거쳤지만 실력 면에서는 아무런 이의도 제기하지 못했다. 그래서. 비류연은 합격되었다. 당연한 결과였다. 이리하여, 비류연은 손쉽게 시험에 통과하여 천무학관에 입관이 확정되었지만 그의 과격하고 잔인한 손속은 시험관들에게 주의의 대상이 되었고, 입관과 동시에 요주의 인물로 낙인찍히게 되었다. 그리하여 특수 관리 대상자로 분류되어 천무학관의 철저한 감시와 관리를 받게 되었다. 천무학관의 모든 이들이 그를 주시하게 될 날도 멀지 않은 것이다.

그러나 이때만 해도 비류연의 입관이 천무학관과 나아가서는 강호무림 전체를 뿌리째 뒤흔들 폭풍의 전조임을 아는 사람은 아무도 없었다. 바람이 불기 시작했다. 하지만 아직은 부드러운 미풍이었다.

여긴 너무 지루해

하늘의 해마저도 가를 듯한 울창한 초록의 수림이 왠지 눈에 익은 곳.
빛조차도 뚫고 들어오기 힘든 짙은 수해(樹海)!
한참을 고민한 끝에 그는 자신이 있는 곳이 어디인지를
알아낼 수 있었다.

(어? 여긴 어디……. 아아, 아미산!)

아련한 추억이 어렴풋이 떠오르려 하는 게 왠지 눈에 익다 했더니 아미산 수련원의 뒷숲이 아닌가. 울창한 수림으로 둘러싸인 짙은 초록의 공간 사이로 두 개의 인영이 희끗희끗 보인다.

(어, 저건 누구?)

(……)

(어, 저건 궁상이! 어라, 령아도 있네!)

시야에 두 사람의 모습이 들어왔다. 두 사람 모두 자신이 익히 잘 아는 얼굴들이었다. 초록이 우거진 수림 속, 황혼이 절정을 이루는 가운데, 좋아하는 여자를 앞에 두고 어찌해야 될지를 몰라 안절부절

못하는 숫기 없는 못난 사내 녀석과 녀석 앞에서 보란 듯 아름다운
자태로 서 있는 소녀가 있었다. 소녀는 고의적으로 청년의 심장 마비
를 유도하고 있는지도 모른다. 요염한 자태에 의한 심장 마비로 죽음
에 처할 위기의 청년과 그 청년의 생명을 끊임없이 위협하는 아름다
운 소녀. 그 둘을 바라보는 자신의 입가엔 알지 못할 미소가 떠올랐
다.

자신이 마음에 품은 소녀를 앞에 두고도 얼굴만 붉힌 채 쑥스러워
어쩔 줄 모르는 사내 녀석은 자신이 익히 잘 아는 궁상 최고봉 남궁
상이란 녀석이었다. 검(劍)에는 소질이 꽤 있는 녀석이 어찌된 일인
지 여자 앞에만 서면 허둥지둥 몸둘 바를 모르니, 참으로 한심하기
그지없었다. 그런 녀석 앞에 보란 듯 아름다운 자태를 뽐내고 있는
소녀는 분명 궁상이의 밤잠을 설치게 만들고 있는 장본인, 아미산의
진령이 분명했다.

(무슨 일이지?)

궁금증이 치밀어 올라 둘 사이를 좀더 자세히 바라보려 할 때 갑자
기 눈 앞이 흐릿해 졌다.

(어?)

갑자기 주변의 사물과 경관이 아지랑이처럼 흔들리는가 싶더니 신
기루처럼 장면이 바뀌며 눈에 익은 아이들의 모습이 떼거지로 나타
났다. 물론 이제 스무 살에 가까운 나이를 먹은 이들을 아이라고 칭
하기엔 무리가 있었지만, 그래도 그의 눈엔 그들은 단순한 아이들일
뿐이었다. 밥 태워 먹고 어쩔 줄 모르는 화산에 산다는 화설옥이. 뱀
구이는 절대로 먹을 수 없다면 몸을 빼려는 황보 씨 집안의 연화. 너

무나 조용해 벙어리 같던 모용취. 빨래를 빠는 것보다도 빨래를 걸레로 만드는 데 더 소질이 있던 단목수수. 그녀는 빨래를 걸레로 만든 책임으로 걸레를 다시 빨래로 만들기 위해 피나는 바느질을 해야만 했다. 왜냐하면 걸레로 화(化)한 빨래는 그들의 유일한 단벌 의복이었기 때문이다.

그리고 전혀 얌전할 것 같지 않던 왈가닥 당문혜. 여자 주제에 기가 드세어 그 녀석 성질을 건드릴 만한 담을 지닌 사내 녀석은 없었다. 당씨 집안 셋째 아들 철영이, 혹자에겐 당삼(唐三)이라 더 자주 불리는 녀석도 당문혜 앞에서는 꼼짝을 못 했다. 그리고 그녀와 정반대로 지극히 여성스럽고 유난히 요리를 좋아했던 남궁산산. 이 애가 없었다면 합숙 훈련 기간 동안의 식생활 유지는 인간의 기본적 수준을 망각하는 심각한 위기에 처해야만 했을 것이다. 그래서 그녀는 그들에게 매우 소중한 존재였다. 모두들 그리운 얼굴이 아닐 수 없었다.

사내들?

그러고 보니 사내 녀석들에 대한 기억이 좀 희미하구만. 역시 예쁘고 깜찍한 여자아이들에 비해 거칠고 반항적인 사내 녀석들에 대한 뇌의 기억 용량 할당량은 상대적으로 떨어질 수밖에 없다. 당연한 거 아닌가?

사내가 사내를 기억하는 데 뇌내(腦內)의 많은 공간을 활용해서 무엇에 써먹는단 말인가? 그럴 쓸데없는 공간이 남아돌면 차라리 산학 공부나 해 두는 게 나중에 훨씬 유익할 것이다. 그래도 기억의 단편들을 짜내 보면 생각이 떠오르기도 한다. 별 보길 좋아하던 무당의 현운, 나중엔 물 속에서 사는 걸 더 좋아했지. 스, 주제에 몰래몰래 고기 먹길 좋아하던 일공(一空). 이 녀석을 '스'라고 부르는 이유는 이 놈은 스님이라 불릴 자격조차도 없는 완전 땡초이기 때문이다.

술을 물같이, 고기를 밥같이 뚝딱뚝딱 해치우는 땡초에게 '님'자를 붙여 줄 하등의 이유가 없는 것이다. 그래서, 일공은 그냥 '스'가 되었다. 그런데 하는 행동에 비해선 너무 말이 없고 과묵했다. 암기 하나 제대로 던질 줄 모르는 주제에 괜히 자존심만 강했던 당철영. 그래도 시간이 지나면서 목걸이 하나는 그나마 제대로 만들 줄 알게 된 녀석이었는데……. 그리고 보니 꼴사납게 남에게 얻어터지고 온 녀석이로군.

꼴에 청성산에 있다는 검파의 제자이면서도 검 하나 제대로 못 다루던 청운. 물 위에서 춤추는 데 소질이 있던 곤륜산에 산다는 이자룡이. 거지 주제에 입맛이 까다로워지려다 얻어터진 노학, 도대체 거지 주제에 뱀 구이, 구더기 볶음을 못 먹는다며 가리는 게 말이나 되는가? 그래도 이 녀석은 녀석들 중에서 제일 많이 만져 줬던 녀석이라 특히 기억에 남는다. 반항도 제일 많았었다.

그리고 도끼로 매화가 피게 한다고 깝죽거리던 화산의 천우. 나중엔 그래도 그 쓸데없는 노력이 통했는지 가상하게도 매화 한 송이가 피긴 핀 것 같다. 그리고 있는 건 돈밖에 없고 아는 것도 돈 밖에 없던 금영호. 곁다리로 익힌 무공이 얼마나 위력을 발휘할지 걱정되는 녀석이다. 그래도 자신에게 제일 많은 이윤을 안겨 준 녀석이라 밉지는 않았다. 그런데 이 녀석은 뭔가 할 줄 아는 게 있었나? 돈밖에 딴 건 생각나지 않는군.

이 몸이 땀 냄새 풀풀 나는 사내 녀석들을 이 정도까지 기억해 준 것을 그 녀석들은 삼 생의 광영으로 알아야 할 것이다. 그들이 모두 모여 입을 모아 자신을 부른다.

"사부님!"

"번쩍!"

비류연의 눈의 떠졌다. 갑자기 들이닥친 햇살에 눈이 부셨다. 하지만 그것도 잠시, 눈두덩이 위에 달린 눈꺼풀은 천 근의 무게를 지닌 듯 다시 스르륵 밑으로 내려앉았다. 아직 자신의 임무를 채 완수하지 못한 채 불려 올라왔던 모양이다. 그랬던 것을 비류연이 놀랍도록 엄청난 의지력을 발휘하여 눈꺼풀이 완전히 감기는 것을 가까스로 막았다. 그가 발휘한 의지력의 강도가 조금만 더 부족했더라도 하마터면 위험할 뻔했다. 당장에 꿈나라로 직행하는 것이다.

간신히 반개(半開)를 유지한 부스스한 눈으로 비류연은 주위를 둘러보았다. 피부가 따끔거리고 귓구멍이 근질근질한 게 상당히 불쾌하고 찜찜한 기분이 들었다. 신경이 몹시 거슬렸다. 아직도 다 떠지지 않는 눈으로 주위를 둘러보니 아닌게 아니라 몇몇 무사들이 어떻게 그럴 수가 있느냐는 질책의 눈빛으로 자신에게 따가운 눈총을 보내고 있음이 확인되었다. 그래도 어느 정도의 수준은 넘어선 인물들인지 모두들 눈알에 뻔쩍뻔쩍 광택이 이는 듯했다. 아마도 그들 안으로 갈무리된 내공 탓일 것이다.

그제야 비류연은 마침내 자신이 지금 어디에 어떻게 왜 서 있는지를 자각했다. 그리고 자신을 향해 사정없이 쏘아지는 주위의 눈총이 왜 그런지도 알 수 있었다.

'아하, 여기는 천무학관 입관 식장이었지…….'

그렇다. 여기는 장엄하고 신성해야 할 천무학관의 신입 관도 입관 식장이었다. 그리고 자신은 지금 입관식을 치르기 위해 이곳에 서서 졸음을 참고 있었다. 모든 것이 이해된 지금, 반성의 기미도 없이 다시 한 번 그의 무거운 눈꺼풀은 하강을 시도했다. 하지만 주위로부터 지속적으로 보내져 오는 혐오의 따가운 눈총 세례는 신경 둔하기가 절세인 그로서도 끝내 굳건한 의지를 접을 수밖에 없도록 하였다. 이루지 못한 숙면이 못내 아쉬워지는 비류연은 통탄스럽기 그지없었다. 비극적이게도 그의 숙면은 방해를 받고야 만 것이다.

'내가 실수한 건가?'

비류연은 지금까지의 행동을 다시 한 번 고려해 볼 필요성을 느꼈다. 그가 이곳 천무학관에 들어오려 했던 이유가 무엇인가? 일상의 무료함과 따분함에서 탈피하여 뭔가 신선하고 상큼하며 뇌 속이 따끔거릴 만한 자극적인 일을 찾을 수 있을까 해서가 아니었던가?

물론 여기에는 전에 제자로 두었던 아이들을 향한 그리움도 상당 부분 일조를 했다. 그 사실을 굳이 부정하는 것은 아니다. 그렇다고 전적으로 인정하는 것도 아니지만……. 매일 사부로부터 지속적인 억압과 착취를 당하다 보니 문득문득 그때 자신을 '사부님'이라 부르며 따르던(?) 아이들이 보고 싶어지는 것이다.

타인에 대한 '그리움'이란 낯선 감정이 생겨 버리고야 말았다는 의외의 사실에 비류연 본인도 내심 놀랍고 신기하게 느끼는 중이었다. 그 녀석들은 지금 어디서 무엇을 하고 있을까? 잘 지내고는 있을까? 자신의 밑에 있을 때처럼 매일 얻어터지며 지내고 있는 건 아닌지 걱정되기도 했다. 그래도 한때 ─그것이 비록 사기 행각이라고 해도─자신이 가르치고 자신을 사부로 모시고 배웠던 아이들이 아닌가. 그리움이 생기는 것은 어찌 보면 당연한 일이었다. 비류연도 보통 사람과 마찬가지로 피와 살이 살아 움직이는 사람인 것이다. 이 사실에 대해 많은 사람들이 회의적인 견해를 보이지만 비류연이 사람이라는 사실은 부정할 수 없었다.

달이면 달마다, 한 달 삼십 일, 삼백육십 시진, 천사백사십 식경(食頃), 이천팔백팔십 다경(茶頃), 이천팔백팔십 다향(茶香)! 즉, 밥을 쉬지 않고 먹을 수만 있다면 천사백 공기를 비우고, 차를 쉬지 않고 마실 수 있다면 이천팔백팔십 잔이나 마시고, 끈질기게 지켜볼 용기와 인내가 있다면 향이 이천팔백팔십개 씩 타는 걸 목격할 수 있는 시간마다 주기적으로 그동안의 수입을 정산(精算)하여 사부 앞에 갖다 바치는 일이 얼마나 아니꼽고 배가 아팠던가! 그럴 때마다 매번 비류연은 느끼는 게 있었다. 이대로 가다가는 인생이 사부로부터의 지속적인 착취와 혹사, 그리고 영구적인 학대로 마무리될 지 모른다는 위기감이었다. 그래서 그는 현 사태의 위기 극복과 새로운 인생 설계를 위한 계획의 일환으로 아이들이 몸담고 있다는 천무학관에 들어가기로 결정, 아니 작정한 것이다. 자신도 언제까지나 사부 밑에 얽매여 종이나 노예처럼 부림을 당하며 살아갈 수는 없었기에 눈 딱 감고 과감히 결정을 내리고 말았다.

솔직히 이 필살 필생의 계획에 대한 준비는 상당히 오래 전부터 차곡차곡 심혈을 기울여 해 오고 있었다. 그것은 매우 힘겹고 고달프며

아슬아슬한 일이었지만 불굴의 정신력으로 괴물이나 다름없는 사부 영감쟁이의 눈을 피해 가며 비밀에 만전을 기해 놓고 있었다.

'이제야 말로 영감쟁이의 마수로부터 벗어나 독립해야 할 때!'

사부의 악마같이 예리한 눈썰미와 귀신도 울고 가는 날카로운 육감을 요리조리 피해 가며, 깜쪽 같이 수입과 지출의 내역을 조작하고, 초과 노동을 통해 악착같이 돈을 빼돌렸다. 몰래몰래 산적 소굴을 털며 돈과 재물을 모은 것도 다 이때를 대비해서가 아니었던가.

그런데 이게 뭔가? 초반부터 상황은 자신의 예상과는 한참이나 다른 방향으로 진행되고 있었다. 처음으로 제자들을 받아 가르쳤을 때처럼 비류연은 금방이라도 재미있는 일들이 무지막지하게 일어나기를 내심으로 기대하고 있었다.

'하지만 이건 정말 아니야. 여긴 돈도 안 되는 것에 목숨을 거는 한심한 인간들이 득실대는 바보 소굴 같아'

지루하고 실속마저 전혀 느껴지지 않는 쓸데없는 곳에, 왠지 헛돈은 있는 대로 다 쏟아 부은 것만 같은 느낌을 지울 수 없는 이 의식 행사가 비류연은 도무지 마음에 들지 않았다. 그의 지극한 금전 지상주의의 가치관으로 봤을 때 이런 데다가 돈을 쏟아 붇는 것은 허공에 공돈 처바르는 것과 별반 다를 바 없는 한없이 어리석고 비경제적인 일이었기 때문이다. 이렇게 비경제적이고 비생산적이며 비효율적인 일이 있을 수도 있다는 현실의 절망감에 현기증이 일 것만 같았지만 비류연의 이런 절망을 제대로 헤아려 주는 사람은 아무도 없었다.

그러니 그의 마음이 오죽이나 답답하겠는가? 그냥 울화가 치밀어 오를 지경이었다. 오직 하품만이 지루함과 따분함이라 불리는 감정에 제대로 반응하고 있을 따름이었다. 헛되고도 공허하기 짝이 없는 아깝기 그지없는 일이 아닐 수 없었다.

입관 식장 탈출 사건

장엄함과 웅장함, 그리고 감동의 물결에 몸을 떨어야 할 마땅할
천무학관의 입관식!
하지만, 비류연에게는 하품이 연달아 나올 정도로
지루하기 짝이 없을 뿐, 그 이상도 그 이하도 아니었다.

주위를 둘러보니 곳곳에서 감동에 겨워 눈물을 흘리는 신입 관도
들을 심심치 않게 목도할 수 있었다. 하지만 비류연의 눈에는 그들이
단순한 좀생이 정도로 치부되어 비웃음이 나올 뿐이었다. 수많은 시
련을 거치고, 난관을 넘어 도달한 이 자리가 보통 사람들이라면 감동
스럽지 않을 리 없었다. 그래서 신입 관도들이 간혹 감동에 겨운 눈
물을 보이는 것도 어찌 보면 당연한 일도 생각할 수도 있었다. 하지
만 그런 그들의 감정이 비류연에게는 잘 이해되지 않았다. 아니 인식
이 되지 않았다. 그들이 지금 느끼는 당연한 감정이 그에겐 너무나
낯설고 생소했다.

'이런 끔찍스런 낭비에 감동을 받을 수가 있다니?

도저히 이해할 수가 없었다. 돈을 떠나서는 사고 활동이 원활히 이어지지 않는 비류연이었다. 그런 그에게 있어 연무장에 도열한 수천의 인파와 높이 서서 형형색색으로 날리는 각양각색의 깃발들은 전혀 감흥거리가 되지 못하는 것이었다. 식장을 감도는 흥분과 패기, 그리고 열기의 조화로운 협주도 그에게 오직 지루함을 줄 뿐이었다.

상급생 대표의 환영사와 이런 때가 아니면 보기 힘든 관내(館內)의 주요 직책 요인들, 스쳐 지나가기도 하늘에 별 따기라는 부관주와 거기에 보기만 해도 가문 칠대(七代)의 영광이라는 천무학관 관주! 그리고 그를 철벽처럼 호위한다는 좌우 쌍위까지, 비류연에게는 그저 무덤덤한 일일뿐이었다.

비류연은 지금 기회를 엿보고 있었다. 이 갑갑하고 지루하기 그지없는 입관 식장을 떠나 어디론가 홀홀 날아가 버릴 절호의 기회를……. 드디어 남들은 살아 생전에 단 한 번이라도 보기를 원하는 천관주와 부관주, 그리고 대노사 대표와 상급생 대표로 줄줄이 이어지는 환영사가 비류연에게는 처절한 고문이었는지 마침내 오래 전부터 생각해 오던 결심을 행동으로 옮겼다.

'기회가 오지 않으면 만들면 되는 법!'

여기까지 가까스로 참은 것만 해도 그로서는 불가능에 대한 최소한의 예의는 갖춘 셈이었다.

"스윽!"

그의 몸이 허깨비인 양 흐릿해지더니 형체와 그림자가 희미해지고 이내 행사장 내 어디에서도 그의 모습을 발견할 수 없게 되었다. 소리도 형체도 남기지 않는 고도의 극상승(極上昇) 신법(身法)이었다. 아직까지도 지치지 않고 그에게 따가운 눈총을 찌릿찌릿 보내고 있던 무리들은 간(肝)이 떨어질 뻔했다. 그들은 심장이 목구멍을 박차고 튀어나오는 줄 알았다. 튀어나온 심장에 발을 헛디뎌 중심을 잃고 미끄러져 자빠지지 않은 것만 해도 다행으로 여겨야 했다. 분명 조금 전까지만 해도 엄연히 존재하던 비류연이 허깨비 마냥 순식간에 사라져 버린 것이다. 그것도 내심 신경을 쓰며 주의를 기울여 관찰하던 인물이 감쪽같이 사라진 것이다. 어디로 갔는지, 방향과 속도는 짐작조차도 할 수 없었다. 완전히 그들의 시야에서 벗어나 자취를 감춰 버린 것이다.

'이, 이럴 수가……. 종, 종적을 놓쳐 버렸다!

주의를 기울여 주시하던 상대의 종적을 놓치고 방향조차 포착하지 못하다니, 실전이라면 당장에 이외의 사각에서 일 검(一劍)이 날아와 그들의 목을 떨군다 해도 이상할 게 없는 상황이 아닌가. 상대의 종적을 놓친다는 것은 곧 패배를 뜻했다. 이 두 글자 이외에는 아무 것도 존재할 수 없었다. 그들은 오늘 생명 하나를 연명장부(延命帳簿) 재고란에 기입할 수 있게 된 것이다. 320줄 짜리 장편 반성문 수십 장을 쓴다고 해도 용서되지 못할 실수였다.

모든 신입 관도들은 모골이 송연해 지고 온몸에 오한이 드는 것을 느꼈다. 그들 모두 깊은 패배감을 동시에 맛본 것이다. 그 맛은 결코 달콤하지 않았으며 귀신에 홀린 것이 아닌가, 하는 착각마저 들게 만들었다.

비류연 옆에 있던 신입 관도들은 열심히 자신의 눈과 귀를 포함한

오감과 정신을 의심해 보았지만 아무 소용이 없었다. 영문도 모른 채 그저 멍하니 서 있을 뿐이었다. 방향조차 짐작하지 못하고 그림자 끄트머리조차 잡지 못했다. 자신들의 눈은 장식품에 불과하단 말인가? 이것은 그들이 사라진 상대보다 단번에 하수로 전락해 버리는 일이나 다름없었다. 그렇기에 그들의 충격은 더욱 클 수밖에 없었다.

비류연이 식장을 빠져나와 간 곳은 가까이에 위치한 고풍스런 전각의 지붕 꼭대기였다. 5층으로 이루어진 꽤 높은 전각으로, 그 지붕 꼭대기에 올라서자, 한창 예식이 진행중인 연무장의 오색 찬연한 풍경이 일목요연하게 눈에 들어와 경치가 그만이었다. 전각의 기와를 요 삼아, 밝게 비치는 햇살을 이불 삼아 활개친 채 드러누운 비류연은 생명의 숨결을 들이마시듯, 막힌 속을 뚫어 버릴 듯, 따사로이 내리 쬐는 햇살과 보드랍게 그의 얼굴을 간지는 바람을 들여 마셨다. 햇살이 포근했다. 그래서 그는 이내 잠이 들었다. 아까 전에 이어지지 못한, 끝내는 아쉽게 그쳐야만 했던 숙면의 연장이었다. 하지만 이번에도 그의 숙면은 기대만큼 오래 지속되지 못했다.

'어라?'

기와를 요 삼아 햇살을 이불 삼아 즐기던 꿈도 잠시. 그의 얼굴에 한 줄기 그림자가 드리워졌다. 자연적인 것은 분명히 아니었다. 따스한 봄날의 햇살을 정면으로 가로막는 방해물이었다.

"번쩍!"

평화롭고 기분 좋게 맛좋은 오침을 즐기던 비류연의 눈이 번쩍 떠졌다. 대(大)자로 누운 채 턱만을 치켜든 그의 눈에 사람의 그림자가 어른거리듯 들어왔다. 나이는 스무 살 정도일까? 날카로운 검미와 오뚝한 콧날이 인상적인 준수한 얼굴에, 느긋한 미소를 지닌 청년이었다. 밝은 미소가 가득한 싱글벙글한 얼굴, 그 이마에 대각선으로 교차되어 매어져 있는 두 가닥의 푸른 영웅건이 보는 이의 시선을 집중시켰다. 그리고 그의 등 좌우에 매여진 두 자루의 쌍검(雙劍), 이 쌍검 또한 두 자루 모두가 한 치의 오차도 없는 같은 모양, 같은 색을 하고 있어 매우 인상적이었다. 아마 이 두 자루는 형태 뿐만 아니라 무게나 감촉마저도 똑같을 것이 분명했다.

"안녕!"

처음 보는 청년이 먼저 인사했다.

포권지례는 없었다. 존칭도 없었다. 단지 우수를 들어 흔들어 보일 뿐이었다. 처음 보는 사람에게 하기엔 다소 어색한 인사였지만, 그 청년에게서는 전혀 어색함을 느낄 수 없었다. 그 청년에겐 사람을 끄는 묘한 매력이 있어 누가 들었어도 반갑게 느꼈을 인사였다. 그만큼 그는 사람들에게 호감을 주는 시원스럽기 그지없는 인상을 가지고 있었다.

"나와 같은 취미를 지닌 사람이 있을 줄은 몰랐군요!"

예상치 못한 지기, 마음을 나눌 동지를 만나 매우 기분이 좋은 듯 그의 말에는 생기가 가득 넘쳤다.

"누구?"

"아, 제 이름은 효룡이라고 합니다. 친구들은 을진무쌍검이라고도 불러 주지요. 제게는 과분하지만요. 사실 의식이란 건 겉보기에 멋있을지 몰라도 그 안에 있는 사람들에겐 너무 따분하죠. 지루하기 그지없고요. 그렇지 않아요? 그래서 당신도 이곳에 있는 것 아닌가요? 이런 시간에 이런 곳에서 의외의 예상치 못한 지기를 만나다니, 이래서 삶이란 즐거운 것인지도 모르죠. 예식을 땡땡이 치고 만난 멋진 인연이라? 후후, 멋지다고 생각하지 않아요? 하늘의 공덕인가 봅니다."

비류연이 입벌릴 틈도 주지 않고 쉴새없이 자기 할 말을 쏘아붙인 이 효룡이란 시끄러운 사내가 비류연을 보며 밝게 함박 웃음을 지었다. 재밌고 신기해 죽겠다는 표정이었다. 비류연은 그의 미소가 참 밝고 시원스럽다고 생각했다.

사실 비류연이 이처럼 타인에게 관심을 가진다는 것은 기록으로 남겨야 할 정도로 드문 일이었다. 원래 그는 금전적 인간 관계 이외의 사람에게는 거의 관심을 두지 않았다. 하지만 효룡은 이런 의외의 곳에서 전혀 기대하지 않았던 동지를 만난 사실이 너무나 신기한 듯 감탄사를 연발하고 있었다. 누가 봐도 그는 들떠 있었다. 자신과 공감대를 가진 친구를 만나기란 인생을 살면서 쉽지 않은 일이기 때문이다. 그러나 비류연은 효룡의 이런 호들갑에도 우선 겉으로는 눈 하나 꿈쩍하지 않았다.

"다 말했어?"

여태껏 계속 효룡을 잠자코 지켜보기만 하던 비류연이 눈살을 찌푸리더니 마침내 입을 열었다.

"예."

"저기 근데……."

"예?"

비류연을 내려다보며 혼자서 북 치고 장구 치던 효룡이 눈길을 돌리며 반문했다.

"다 좋은데 이젠 그만 좀 비켜 줘. 햇살이 가려지거든. 그건 싫어."

비류연의 말은 효룡의 예상을 훨씬 뛰어넘는 것이었다. 그때서야 효룡은 자신의 실수를 눈치챈 듯 '아차' 하며 한 발자국 옆으로 몸을 물렸다. 다시 햇님이 비류연의 전신을 포근히 감싸안았다. 그제야 만족한 듯 비류연은 찌푸려졌던 눈살을 풀고 미소를 지으며 햇님의 포근함과 따스함을 음미했다. 돈으로도 사기 힘든 사치스러운 호강이 아닐 수 없었다.

그런 비류연의 모습을 부러운 시선으로 바라보던 효룡이 마음을 굳힌 듯 옆자리로와 비류연과 똑같이 활개친 채 벌렁 누었다. 햇살이 효룡의 안면을 기분 좋게 자극했다.

"어? 그 옷 새로 산 거 아냐? 더럽혀져도 괜찮아?"

비류연이 물었다. 여전히 쓸데없는 걸 잘 걱정해 주는 비류연이었다.

"상관없어. 기분이 좋으니깐!"

어느새 효룡의 말은 평대로 바뀌어 있었다. 그러나 비류연은 그런 사실에 특별히 신경을 쓰진 않았다. 그만큼 그와 효룡 사이의 대화에는 허물이 없었다. 비류연이 효룡에게 물었다.

"어때?"

"기분 최고야, 이 해방감! 이 충만함! 하하하."

효룡이 홍소를 터트리며 대답했다. 그의 대답에 비류연도 같이 미소를 지었다. 비류연은 그의 대답이 만족스러웠다. 비류연이 오른손을 내밀었다. 그가 남자에게 먼저 손을 내밀다니, 천지개벽한 이래

처음 있는 일이 아닌가. 내일 세계의 멸망을 걱정하는 이가 있다 해도 아무도 그를 비난하지 못하리라.

"난 비류연이야. 잘 지내보자."

효룡이 그의 손을 맞잡았다. 둘은 서로를 마주보며 웃었다. 전각 아래는 행사 진행으로 부산했지만, 전각 위의 두 사람은 속세와는 손을 끊은 신선처럼 여유를 누렸다. 모든 게 평화롭고 한가하기만 해 보였다.

입관식이 모두 끝나고 신입 관도들 만을 따로 집합시키는 신호가 울려 퍼질 때까지도 둘은 전각 위의 일광욕을 끝낼 생각을 전혀 하지 않았다. 물론 내려올 생각도 없는 듯했다.

"이봐, 류연?"

효룡이 고개를 살짝 옆으로 돌려 비류연을 불렀다.

"응, 왜?"

"누가 우릴 보고 있는데?"

"응, 알아. 아까 너 올라 올 때부터 쭉 있었어. 너 따라온 거 아냐?"

효룡의 몸이 알아챌 수 없을 정도로 미약하게 움찔거렸다. 그러나 이내 아무 일 없다는 듯이, 효룡은 멋쩍게 뒤통수를 긁적이며 말했다.

"응, 글쎄? 그렇게까지 사랑 받는 사람은 없는데? 하하하……."

좀 전의 반응과는 달리 그의 음성은 태연하기만 했다.

"그래? 그럼 신경 꺼."

별로 대수로울 것 없다는 식으로 비류연이 말했다. 하지만 말처럼 그것의 실행이 그리 쉽게 될 리가 없었다. 보이지 않는 누군가의 시선이 계속해서 신경 쓰이는 것은 어쩔 수 없었다.

"더 이상 농땡이 치지 말고 내려가라는 뜻 아닐까?"

"그런가? 남이야, 토사물로 빈대떡을 부쳐먹든 말든 무슨 상관이야."

약간 짜증스럽다는 투로 비류연이 말했다. 여기까지 와서 타인의 간섭은 정말 사절하고 싶었다.

"어, 그런 전적이 있었어?"

효룡이 매우 흥미진진한 눈빛을 하며 물었다.

"난 아냐. 하지만 아는 사람 중에 그런 전적을 가진 사람이 있지. 친구들과 술을 퍼먹고 자는데 친구 중 누군가가 자다 일어나 취중에 그릇에다 구토를 해 놓은 거야. 아침에 그 녀석이 일어나 보니 적당히 굳어 있는 토사물을 보고 빈대떡 재료로 착각했나 봐. 그래서 그걸로 빈대떡을 부쳐서 먹었다더군."

"먹을 만 하데?"

"응, 꽤 먹을 만한가 봐. 재료가 멀겋고 끈기가 적어서 계란에 밀가루만 약간 더 풀어서 전을 부친 후에 친구들이랑 나눠 먹었다더군. 그게 아주 별미였데. 물론 나중에 그 사실을 알고는 모두 기겁을 했지만."

"모르는 게 약이라는 이야기지. 우리도 한 번 해 먹어 볼까? 의외로 놀라운 맛의 새 지평을 찾을 지도 모르지."

"포기하라고 적극적으로 권하고 싶군."

"그래? 그럼 신 요리 실습은 일단 접어 두기로 하지. 그런데 도대체 그 친구가 누구야? 정말 궁금한데?"

"응, 별 거 아냐. 이름도 잘 알려져 있지 않으니까……."

비류연은 효룡의 질문에 말끝을 흐리며 대답을 회피했다. 절대로 그 사건의 범인이 노학이라고는 말해 줄 수 없는 비류연이었다.

"아까부터 신입 관도 집합 신호가 울렸어. 숙소 배치도 받아야 하니 이만 내려가자."

"숙소?"

'그런 것도 있었냐? 나는 몰랐는데? 라는 표정으로 비류연이 반문했다. 효룡은 내심 어의가 없었다.

"너 그럼 여태껏 그런 것도 모르고 있었단 말야?"

"응!"

비류연은 모르는 게 무슨 자랑이라도 되는 것처럼 아무렇지도 않게 고개를 끄덕였다. 갑자기 효룡이 자리에서 벌떡 일어나더니 비류연의 손을 끌고 조금 전부터 집합 신호가 울리는 곳으로 향했다. 비류연은 아무런 저항도 하지 않은 채 그냥 짐짝처럼 그렇게 효룡에게 끌려갔다. 비류연을 끌고도 체중이 전혀 부담이 되지 않는지, 효룡의 신법은 표홀 하기만 했다. 그의 내공 수위와 경공 조예가 범상치 않음을 쉽게 짐작할 수 있었다.

비류연을 끌고 집합 장소로 향하던 효룡이 비류연을 보며 개구쟁이 같은 미소를 지었다.

"류연?"

"응?"

"방금 그가 정말 천무학관 사람이면 우린 벌써 찍혔겠는걸? 벌써부터 농땡이 치는 걸 걸렸으니 말이야."

말은 이렇게 했지만 효룡의 얼굴에서는 일말의 당혹감도 찾아 볼 수 없었다. 은근한 미소마저 짓고 있는 것이 오히려 이 상황을 즐기고 있는 것 같았다. 감시자 따위는 신경도 안 쓴다는 태도였다. 그들을 은밀히 주시하던 낌새도 어느덧 사라져 버렸고 다행히 집합 장소는 연무장에서 멀지 않은 곳에 있어 그들은 몇 개의 전각을 넘어 금방 '청심관'이라 적힌 건물 앞에 도착할 수 있었다. 이곳이 바로 신입 관도 집합 장소였다.

건물은 다수의 인원을 충분히 수용할 수 있을 만큼 넓고 웅장했다. 문을 열고 들어가니 전각 안에는 이미 많은 수의 신입 관도들이 모여 대기하고 있었다. 육백에 가까운 인원이 모였음에도 불구하고 대청 안은 비좁다는 느낌을 찾을 수 없었다. 그만큼 전각 안은 넓었다. 아울러 수백 명의 사람이 모인 곳임에도 불구하고 전각 안은 썰렁할 정도로 조용했다. 비류연은 그게 마음에 들지 않았다. 기분이 나빴다. 그때 우렁찬 목소리가 전각 안에 울려 퍼졌다.

"무혼각주님께서 드십니다."

신입 관도들의 시선이 소리의 근원지로 일제히 집중되었다. 이윽고 무인 세 명의 보좌를 받으며 한 초로의 노인이 걸어나왔다. 호위무사들의 가슴에 수놓아진 삼검룡(三劍龍)의 무늬가 노인의 높은 신분을 간접적으로 설명해 주고 있었다.

비류연도 나중에 효룡에게 들어서야 알게 된 사실이지만 천무학관에서는 연차에 관계없는 그 능력의 척도를 가슴에 새겨진 무늬로 결정한다고 한다. 삼검룡이면 세 개의 교차된 검과 검을 감싼 세 마리의 용이 새겨진 무늬다. 물론 검룡의 숫자가 하나씩 올라가면 올라갈수록 그 실력 차는 천지 차이로 벌어진다고 한다. 하나의 숫자가 하나의 무도 단계를 나타내는 것이기 때문이다.

삼검룡(三劍龍)이면 웬만한 문파의 적전 제자 따위는 손 아래로 본다는 실력이다. 그런 삼검룡이 세 명이나 호위하는 데 노인의 신분에 대해 더 이상 왈가왈부 무슨 설명이 필요하겠는가. 모든 이의 시선이 그 노인에게로 쏠렸다. 바라보는 관도들의 눈에는 흠모와 존경의 빛이 가득했다.

너무나 재수 없는 미궁(迷宮)

넓었다. 아아, 너무 넓었다.
천무학관은 정말 엄청나게 넓었다.
이렇게 넓어서야 처음 이곳을 방문한 사람은 길을 잃고
미아가 되기 딱 십상일 정도로 관내는 지지리도 넓었다.

    해를 가릴 정도로 높은 담과 바람의 행로를 가로막을 정도로 넓은 건물들의 숲은 그 안에 갇힌 사람들을 질리게 하기에 충분했다. 게다가 이렇게 넓으면서도 관내에는 안내판 하나 제대로 부착된 곳이 없어 더욱 더 길을 잃고 헤매기 십상이었다. 하긴 천무학관이 아무리 배움의 요람이라고는 하나 엄연한 무림의 조직. 최우선적으로 적이라는 존재를 상정하고 그에 대처하는 대응책이 설립되어 있기 마련이다.

    그런 맥락에서 이곳의 건물들은 모두 치밀한 오행 팔괘의 법칙에 따라 만들어져 있었다. 즉 이 천무학관의 건물 배치는 일종의 거대한 진법을 따르고 있어 만약 모르는 사람이 이곳을 방문하게 되면 마치

미로 속의 쥐처럼, 혹은 눈먼 까마귀처럼 길을 헤매게 되는 것이다. 오행 팔괘의 법칙에 따라 복잡하게 지어진 건물들이 거대한 진법의 효과를 발생시키는 것이다. 즉 일부러 사람의 이목을 흐리고 방향 감각을 상실시키기 위한 목적을 지닌 고의적인 건축이란 이야기다.

그런데도 천무학관에서는 신입 관도들에게 안내자를 붙일 생각을 하지 않았다. 스스로의 힘으로 빠져나와 잠자리로 찾아오라는 의미였다. 겨우 이 정도의 간단한 진법조차도 파해 하지 못하고서 어찌 앞으로 그 어렵고 험난한 수업을 견뎌 낼 수 있겠는가, 하는 것이 이쪽 관계자들의 공통된 생각이었다. 이미 그들의 수행은 시작된 것이다.

지금 신입 관도들이 찾고자 하는 곳은 '무혼지' 라고 불리는 곳으로, 일종의 남자 기숙사 단지였다. 그곳에는 무혼, 검혼, 도혼, 창혼 등으로 이름 붙여진 공동 숙소 건물이 수십 채 세워져 있는데 천무학관에 입관한 관도들은 대부분 그곳에서 숙식을 해결하게 된다. 물론 천무학관이 광대할 정도로 넓은 만큼 관내에는 음식점과 주루와 다루 등도 여러 군데 설치되어 있지만 이용 시 많은 비용이 들기 때문에 관도의 대부분은 이곳에서 식사와 잠자리를 해결했다.

조금 전에 청심관에서 본 할아버지는 무혼지(무의 혼이 살아 숨쉬는 대지)의 관리인 겸 총책임자인 모양이었다. 그 할아버지 똑똑한 목소리로 이 무혼지 내의 시설과 지리, 규칙 등을 설명해 주었지만, 애초부터 규칙 준수와는 거리가 먼 비류연은 그런 자질구레한 이야기에 전혀 귀를 기울이지 않았다. 효룡도 그와 비슷한 상황이라 유유상종이란 말을 다시 한 번 실감나게 해 주었다. 그래서 비류연은 물론이고 효룡 역시 무혼지로 향하는 지리를 몰라 지금 둘이서 이곳을 헤매고 있는 중이었다.

이런 걸 두고 자업자득이라 하지 않는다면 당분간은 이 말을 쓸 기회를 찾기 힘들 것이다. 반 시진 가량을 헤맸을까? 애초에 진법과는 거리가 먼 비류연은 반 시진 동안을 헤매면서도 아직 길을 찾지 못하고 있었다. 슬슬 짜증이 머리 꼭대기까지 치밀어 오르려 할 때 둘은 한 사람을 만났다. 반 시진의 방랑 끝에 만난 최초의 사람이었다. 주위를 두리번거리며 관내를 배회하는 것이 영락없이 그들과 같은 신세임을 한 눈에 알아볼 수 있었다. 다른 점이라면 금년 신입 관도라하기에는 첫인상이 너무 늙어 보인다는 점이었다. 수삼 년은 족히 제초(除草)되지 않은 듯한 봉분에, 마구잡이로 난 잡초같이 삐죽삐죽한 턱수염과, 가늘지만 왠지 연륜이 있어 보이는 웃음을 짓고 있는 그의 눈이 도저히 이십대 초반으로 보기에는 무리가 있었다. 입가에 매달린 느긋한 미소 또한 마찬가지였다.

아무리 좋게 보아도 그의 형색은 완전한 아저씨의 그것이었다. 먼저 눈치를 챈 것은 그 아저씨 쪽이었다. 그 아저씨가 먼저 비류연과 효룡을 보고는 손을 번쩍 들어 흔들며 아는 체 했다.

"여어? 혹시……."

아마 두 사람이 길을 알지도 모른다는 일말의 희망을 품고 말을 건네 왔는가 본데, 그의 희망은 여지없이 보기 좋게 부서졌다.

"몰라요, 우리도."

비류연의 말은 단호했다. 그는 내심 실망한 표정이었지만 크게 내색하지는 않았다.

"여긴 언제와도 헷갈린단 말야……."

"예, 지금 뭐라고?"

그는 아주 미약한 소리로 중얼거렸기 때문에 옆에 서 있던 비류연과 효룡도 무슨 말을 하는지 잘 알아들을 수가 없었다.

"응, 아냐, 아냐."

아저씨는 도리질을 치며 어색하게 둘의 질문을 무마시켰다. 흐흥… 둘은 아저씨를 향해 진하고 농후한 의심의 눈초리를 쏘아 보냈다. 그러자 아저씨는 어색한 미소를 한 번 지어 보이고는 포권하며 자신을 소개했다.

"내 이름은 장홍! 올해 새로 입관한 신입 관도일세."

"거짓말!"

둘이 이구동성으로 외쳤다. 뉘 앞에서 거짓말을 하느냐는, 거짓말 치지 말라는 강력한 의지 표명이었다. 일견하기에도 그의 얼굴은 전혀 이십대 초반으로는 볼 수 없는 인상이었다. 그러자 장홍이라고 자신을 소개한 사내는 난처하다는 표정을 지어 보이며, 머쓱해 했다. 장홍의 오른손은 애꿎은 자신의 뒷머리만 자꾸 긁적이고 있었다.

"정말이라니깐……."

하지만 그의 말은 결코 남에게 믿음을 줄 수 있는 말이 아니었다. 그 말에 실린 믿음의 무게는 한 장의 낙엽보다도 더 가벼웠다.

어차피 같이 길을 헤매다 만난 사람. 그런 사람이 길 찾아가는 데 무슨 쓸모가 있었겠는가. 그래서 비류연과 효룡은 장홍과 만난 이후에도 한참 동안이나 관내를 헤매고 다녀야만 했다. 역시 장홍은 그들의 짐작대로 길을 찾는 데는 아무런 도움이 되질 못했다. 혹시나 자신들의 예리한 육감이 어긋날지도 모른다는 데 미량의 희망을 걸어본 두 사람의 도박은 완전한 실패로 끝나고 말았다. 그리고 마침내……

한 시진 반을 미로 찾기에 매진한 끝에 세 사람은 어떤 길고 커다란 바위 앞에 서 있을 수 있게 되었다. 장정 둘을 합쳐 놓은 크기에 계란형으로 우뚝 세워져 있는 장대한 바위의 겉면에는 무혼지(武魂地)라는 세 글자가 장쾌하게 음각 되어 있었다. 마치 무인의 혼이 당장이라도 느껴지는 듯한 멋진 솜씨였다. 그 뒤로는 숲에 둘러 쌓인 길이 나 있었는데, 그 너머로 멀리 건물 수십 채가 세워져 있었다. 그토록 찾아 헤매던 무혼지 검혼관이 세워져 있는 곳이었다.

그들이 이곳에 도착한 지도 벌써 한 식경을 넘기고 있었다. 벌써 걸음을 옮겨도 이삼백 걸음은 옮기고 남았을 시간임에도 그들은 움직일 생각조차 하지 않은 채 석상처럼 길만 뚫어져라 바라보고 있었다. 그토록 찾아 헤매던 목적지를 찾았는데도 왜 세 사람은 입구에서서 들어갈 생각을 않고 길만을 뚫어지게 처다보고 있는 것일까?

이윽고, 효룡이 눈을 돌려 비류연을 바라보았다. 의견을 묻는 것이리라. 비류연의 눈살이 살짝 찌푸려졌다.

"정말 걸어가고 싶지 않은 길인데!"

비류연이 툭하고 한마디 내뱉었다. 그의 말에 효룡도 고개를 끄덕였다. 그도 이미 뭔가를 눈치채고 있는 모양이었다.

"정말 재수 없어 보이지?"

"너무 재수 없어 위험해 보이기까지 하는군."

"정말이지 무슨 생각으로 도로 공사를 이딴 식으로 하는 건지……."

　효룡의 말에 비류연이 동감한다는 듯 고개를 끄덕였다. 장홍만이 그들 뒤에서 묘한 눈빛을 발하며 건물까지 나 있는 길을 뚫어져라 쳐다보고 있었다. 그의 눈빛은 다른 두 사람의 눈빛과는 그 종류가 다른 것이었다. 그의 눈에서 기기묘묘한 이채가 흘렀다.

　'드디어 시작이군. 천무학관 전통의 신참 신고식. 신입생 난관문, 궁극의 신참 괴롭히기!'

　장홍은 아마도 뭔가를 이미 알고 있는 모양이었다. 그러나 장홍은 그가 알고 있는 사실들에 대한 정보를 입 밖에 내어 동행들에게 무언가 언질을 주거나 하지는 않았다. 그는 그럴 수가 없는 입장이었다.

　"웬만하면 사양하고 싶지만 상황이 그렇지 못하군. 이럴 땐……."

　다시 비류연의 입이 열렸다. 그의 얼굴엔 장난기 가득한 미소가 다시 돌아와 있었다.

　"이럴 땐?"

　효룡이 반문했다.

　"강 행 돌 파!"

　비류연이 당연하다는 듯 한 자 한 자 또박또박 내뱉었다.

　"강 행 돌 파!"

　효룡과 장홍이 이구동성으로 외쳤다. 물론 그들의 시선에서는 '생각이란 것을 조금 정도라도 한 다음, 계획적으로 행동하는 것이 어떠냐?'는 질책의 빛이 역력했다. 하지만 비류연은 이미 마음을 굳힌 상태였다. 그의 눈빛은 그처럼 무식한 방법을 진짜로 행할 기세였다. 더 두고 볼 것도 없다는 듯 비류연이 한 발짝 앞으로 성큼 발을 내딛었다.

"피흉!"

어디서 튀어 나왔는지 화살 한 대가 곧장 비류연의 얼굴을 노리면서 날아들었다. 예고나 경고 따위는 전혀 찾아볼 수 없는 기습 공격이었다.

"스윽!"

그러나 비류연은 이럴 줄 알았다는 듯, 고개를 살짝 옆으로 젖히는 간단한 동작 하나 만으로 화살을 피한 다음 가볍게 다음 걸음을 내딛었다. 날아왔던 화살은 파공성만 허공 중에 남긴 채 비류연의 뒤에 있는 나무에 날아가 박혔다. 비류연의 안색에는 일말의 변화도 없었다. 뒤에 있던 효룡과 장홍의 얼굴에도 '혹시나 했더니 역시나' 하는 의미의 표정이 떠올랐다. 이 둘도 이미 길에 노방(路傍 : 함정)이 설치되어 있다는 사실을 눈치채고 있었던 것이다.

세 사람은 반 시진에 한 식경을 헤맨 끝에 간신히 목적지의 입구를 찾아내어 막 안으로 들어가려 는 찰나, 기이한 위화감을 느꼈다. 그들의 육감이 그들에게 심한 경종을 울리며 경고했다. 저 길은 함부로 걸어가는 길이 아니라고……. 오랜 세월, 엄청난 수련을 거치며 단련된 그들의 예감이 빛나가는 경우는 거의 전무하다고 봐도 좋을 정도로 그들은 자신의 감각에 확신이 있었다.

자세히 살펴보니 건물들까지 뻗어 있는 소로가 아무래도 수상쩍었다. 자연의 냄새는 나지 않고 인공적인 조작이 충만한 냄새를 잔뜩 풍기고 있었는데 쉽게 발을 내딛을 엄두가 나겠는가. 그뿐만 아니라 자세히 살펴보면 곳곳에 희미한 핏자국이 남아 있는 것을 발견할 수 있을 것이다. 거기에 더하여 나직한 혈향도 아직 채 사라지지 않고 남아 있는 게 아무래도 무언가 심상치 않은 것이 숨겨져 있는 게 분명했다. 그것도 그들의 신체를 위협하는 그 무언가가 말이다. 그래서 혹시나 했는데 그들의 예상은 보기 좋게 십 점 만점 정 중앙에 적중하고 말았다. 겨우 한 발짝을 내딛었을 뿐인데 벌써부터 노방이 작동한 것이다. 성급하기도 하지……. 그러나 이건 겨우 시작에 불과했다.

"파바밧!"

두 걸음 째엔 세 대의 화살이었다. 그것도 상단, 중단, 하단을 정확히 노리며 날아오는 무서운 연환 수법이었다. 그러나 비류연은 이것도 역시 몸을 한 번 슬쩍 흔들어 주는 것만으로 모두 무용지물로 만들어 버렸다.

그러나 기관 함정은 이것으로 끝이 아니었다. 더 무시무시하고 더 교묘한 장치들이 계속해서 숨어 있다가 내딛는 발걸음마다 하나씩 선을 보였다. 자신의 존재를 뽐내기 위해 무작정 달려드는 이 아가씨들이 무척이나 마음에 들지 않는 비류연이었다. 이 무시무시한 아가씨들은 도무지 사양이란 걸 모르고 품이나 전신으로 다짜고짜 달려드니 어느 남자가 좋다 하겠는가.

이번 아기씨는 눈에 보이지 않는 작은 비침(飛針)들이었다. 이건 장난이 아니란 이야기다. 비침의 색깔로 보아 독은 묻어 있지 않은 것 같지만, 눈을 노리며 날아 들어오는 수십 개의 비침이 지극히 위험하다는 사실에는 별 변함이 없었다. 원래 이런 비침은 목표물을 맞추는 것만으로는 효과가 미약하기 때문에 십중팔구 독이나 약품을 묻혀 놓기 마련이다. 하지만 다행히 그런 것은 없었다.

비침 다음은 뭘까, 기대해 봤었다. 그런데 그 다음은 아까도 겪어본 화살 비였다. 다만 조금 전과는 비교도 할 수 없을 정도로 많은 수라는 것이 다를 뿐이었다. 하지만 그 차이라는 것이 사실은 사람의 목숨을 오락가락할 수 있을 정도의 큰 차이라는 데 문제가 있었다. 뒤에서 이를 지켜보던 둘의 눈이 부릅떠졌다. 그들의 생각엔 비류연이 이번엔 도무지 그 화살 세례를 피할 수 없을 것만 같았기 때문이다.

교묘하게 전방위를 점하고 날아오는 화살 비를 피할 방도란 도저히 있을 것 같지 않았다. 방법이 있다면 엄청난 실력으로 막아내는 것뿐일까? 하지만 비류연은 이런 예상을 여지없이 짓밟아 버렸다. 그의 몸이 흐물흐물 흐느적거렸다.

"저… 저건 마… 마… 마치……."

"예에, 정말 마치 문어 같군요."

장홍은 너무 놀라 말을 더듬다 더 이상 잇지 못하고 눈만 부라렸고, 그런 장홍이 안쓰러웠는지 옆에 있던 효룡이 대신 경악을 토해주었다. 장홍과 효룡은 진짜 경악했다. 심장이 목구멍 밖으로 튀어나오지 않았나 의심스러울 지경이었다. 도저히 자신들의 눈으로 본 사실을 믿을 수가 없었다. 그새 시력이 나빠졌나? 아니면 내가 언제 안법을 수련하는 데 있어 소홀했던 적이 있었던가? 하는 자책 섞인 의구심마저 들었다. 혹시 저번에 밤새워 비급을 읽던 게 실수였는지도 모른다. 어떻게 인간의 몸으로 저따위 회피가 가능하단 말인가? 그리고 저런 걸 어떻게 벌건 대낮에 버젓이 실행할 수 있단 말인가?

비류연의 신체 동작은 도저히 인간의 것이라고는 생각될 수 없는 경악할 움직임이었다. 몸 안에 있던 뼈다귀란 뼈다귀는 다 어디에 팔아 버렸는지 모를 연체 동물 마냥 온몸이 흐느적거리며 흐물흐물 움직이는 동작은 그 하나 하나가 도저히 인간의 것이라고는 생각할 수 없었다.

역시 둘은 수상한 놈이었어

인간의 몸으로 도저히 용납할 수 없는 극악한 회피 이동을 과시한 비류연.
다음 순번 대기는 함정이었다.
화살과 비침의 공격을 유유히 피한 다음
비류연이 내딛은 곳이 갑자기 예고도 없이 밑으로 푹 꺼졌다.
만일 그대로 빠졌다면 예리하게 날이 선 창에
낭패를 면치 못했을 것이다.
하마터면 인간 고기 산적이 될 뻔했던 것이다.

그러나 비류연은 함정에 빠지기 전에 잽싸게 도약해 밖으로 몸을
날렸다. 아직 그는 고기 산적 신세가 되어 장작불에 노릇노릇하게 굽
히고 싶은 마음이 없었던 것이다. 그러나 안전권이라고 생각하며 착
지한 곳에는 함정 아닌 또 다른 위험물 기다리고 있었다. 이번 것은
단순한 함정보다 오히려 두서너 배는 더 위험한 복병이었다. 치밀한
계산을 전제로 작동되는 함정이 분명했다.

끝이 뾰족하게 깎인 아름드리 통나무가 사방팔방에서 그를 덮쳤
다. 단단한 밧줄에 매어져 있던 이 통나무들은 그 무게 때문에 비류
연을 덮치는 속력이 장난이 아니었다. 아무리 단단한 바위라도 산산
조각으로 부술 만큼 맹렬한 기세로 팔방(八方)을 점하며 달려든 것이

다. 인간의 몸쯤은 간단하게 가루로 만들어 버릴 수 있을 것 같은 엄청난 위력, 한 치의 오차도 없는 정교한 시간차, 숨을 돌릴 여유도 없는 무차별적인 연속 공격이었다. 팔방을 덮쳐 오던 통나무들이 정확히 비류연이 서 있던 장소에서 한데 얽혔다.

"꽈광!"

대기를 진동시키는 요란한 굉음이 울려 퍼졌다. 서로가 부딪쳐 엉킨 통나무들은 제 힘들을 견디지 못하고 그 일부가 조각조각 부서졌다. 이윽고 부서진 나무의 파편들은 허공에 비산되었다. 이때만은 비류연을 지켜보고 있던 효룡과 장홍의 안색도 핼쑥하게 변했다. '혹시 당한 게 아닌가?' 하는 걱정이 앞섰던 것이다. 그만큼 이번 공격은 지금까지의 것들과는 격이 다르게 위력적이었던 것이다. 하지만 한순간 핼쑥했던 그들의 표정도 이내 밝게 펴졌다. 한데 얽힌 통나무 더미 위로 한 인영이 살포시 내려앉은 탓이었다. 그 인영은 물론 비류연이었다.

다 알면서 물어 보지 말라! 거대한 통나무의 무리가 떼거지로 그를 박살내기 위해 덮치기 일 보 직전, 비류연은 잽싸게 하늘 위로 솟구쳐 올랐던 것이다. 그것은 눈에 보이지 않을 정도로 빠르고 신속한 도약이었다. 효룡과 장홍의 눈으로도 잡기 힘들 정도로 말이다.

살포시 통나무 더미 위로 내려앉은 비류연은 걱정 말라는 듯이 둘을 향해 손을 흔들어 주었다. 함정의 설계자가 심혈을 기울여 치밀한 계산과 연구 끝에 무수한 노력을 들여 설치했음이 분명한 이번 덫도 비류연의 옷깃 하나 스쳐보는 영광을 누리지 못했다. 더군다나 여전히 입가엔 미소가 사라지지 않는 것을 보니 그는 마치 이 상황을 즐기고 있기라도 하는 듯했다. 고래 힘줄 보다 더 질긴 비류연의 무신경함을 다시 한 번 확인시켜 주는 모습이었다.

이제 그에 질 수 없다는 듯, 효룡과 장홍이 서로를 한 번 마주보더니 씨익, 웃어 보이고는 이내 비류연의 뒤를 따랐다. 그들의 걸음걸이에도 이제 망설임은 없었다. 또한 그들의 두 눈은 자신감으로 가득 빛나고 있었다. 아마도 호승지심이 이는 모양이었다. 사람 저 세상 보내기 딱 좋게 설치된 인정 사정 안 봐주는 노방(路妨)들을 모두 돌파해 버린 비류연 일행은 마침내 목적지인 검혼관(劍魂館) 앞에 무사히 도착할 수 있었다.

사실 아무리 앞으로 일 년 동안 살 숙소라지만, 겨우 숙소 하나에 도착하는 데 이런 고생을 했다는 사실에 그들은 내심 어의가 없었다. 적병 한 무더기 정도는 손쉽게 섬멸해 버릴 수 있을 정도로 강력하고 무서운 기관 장치들의 밭을 뚫고 잠자리에 도착해야 하다니……. 정말 믿어지지 않는 각박한 현실이었다.

첫인상부터 천무학관은 만만치 않았던 것이다. 그러니 천신만고 끝에 숙소의 문 앞까지 와 놓고서도 괜히 문 열기가 망설여지고, 불안해지기까지 했다. 이 단단하게 포장된 선물 상자 안에서 또 무슨 악질적인 것들이 튀어나올지 우선 걱정이 앞선 것이다. 하지만 망설임도 잠시, 효룡은 이내 문을 열었다.

"퓨퓨퓻!"

"헉!"

효룡은 갑작스런 암습에 기겁하며 고개를 '홱!' 뒤로 젖혔다. 암전(暗箭)이 아슬아슬하게 그의 얼굴 위를 스치듯이 지나갔다. 암전이

지나간 길이 바람이 되어 그의 얼굴을 세차게 때리자 효룡은 간담이 다 서늘했다. 그의 대처가 조금만 더 느렸더라면 암전은 사정없이 그의 면상을 처참하게 유린했을 게 아닌가. 그런 생각을 하니 자연 등골이 서늘해지는 효룡이었다.

다시 고개를 원상 복귀한 효룡과 뒤따라 들어온 비류연, 그리고 장홍의 시야에 검혼관 안의 모습이 일목요연하게 들어왔다. 순간, 장홍의 눈살이 미미하게 찌푸려졌다. 나머지 둘의 안색에도 기가 막힌다는 빛이 역력했다.

'기가 막히는군. 금년엔 예년보다 훨씬 더 정도가 심하지 않은가!'

장홍, 그도 아직까지 이 정도로 심한 경우는 본 적이 없었다. 아무리 전통적인 신참 신고식이라지만 올해처럼 격심한 경우는 한 번도 없었다. 그동안 모두 잘 수습할 수 있을 정도의 적정선에서 끝냈던 것이다. 근데 올해는 분위기부터가 틀렸다. 왠지 모르지만 살의의 각오까지 느껴지고 있었다. 누가 감히 일을 이렇게까지 크게 벌인단 말인가?

관내의 모습은 걸작이었다. 복도와 이층으로 연결된 복도에는 뾰족한 쇠꼬챙이가 피를 부를 듯한 예리한 섬광을 발하며 하얗게 빛나고 있었다. 빽빽이, 그리고 두서 없이 박혀 있는 꼬챙이의 길이는 모두가 제각각이었는데. 마치 검림(劍林)을 보고 있는 듯한 착각마저 들게 할 정도였다.

하늘을 찢어발길 듯한 새하얀 예기(銳氣)를 발하며 펼쳐져 있는 검림(劍林)! 멀쩡하던 복도에 어떻게 하면 이 정도의 장애물을 설치할 수 있었는지, 그 노력이 가상해 칭찬이라도 해 주고 싶은 심정이었다.

어처구니없어 하는 그들의 눈에 한 줄의 문구가 들어왔다.

'입관 환영! 종(鐘)을 울리면 길이 열릴 것이다.'

아주 유치하고 시시한 문구였는데 아직 먹도 채 마르지 않은 것이 근자에 부랴부랴 써서 내건 것이 분명했다.

"종(鐘)?"

종(鐘)이라면 저기 까마득해 보이는 복도 끝에 위치한 작은 쇠종을 이야기하는 것 같기는 한데……. 잠시 무수하다는 표현이 어울릴 만한 검림(劍林)을 감상하던 비류연이 고개를 돌려 효룡 쪽을 바라보았다. 효룡은 잠시 뭔가 생각에 잠겨 있는 모양인지 계속 고개를 숙이고 있었다. 골똘한 생각에 잠겨 있는 그를 향해 비류연이 씨익, 한 번 웃어 주었다.

"이걸 뚫고 오라는 얘기 같지?"

시선은 검림을 향해 고정시킨 채 효룡이 고개를 끄덕였다.

"그런 것 같군. 도전인가?"

"도발이겠지."

비류연이 효룡의 말 중에서 잘못된 부분을 친절하게 정정해 주었다. 효룡도 그 의견에 전적으로 동의한다는 듯 고개를 끄덕였다. 비류연으로서는 검림을 모두 때려부수고 무식하게 강행 돌파하는 손쉬운 방법도 있었고, 그럴 능력도 되었지만 앞으로 오랜 기간 동안 살게 될 건물을 차마 엉망으로 부수고 싶지는 않았다. 그래서 일단은 그냥 돌파하기로 했다.

가장 간단한(?) 방법은 검극(칼끝) 위를 밟고 걸어가는 것이다. 칼날 끝을 밟고 10장 길이의 검림을 걸어가는 것을 간단하다고 표현할 수 있는지에 대해선 의문이었지만, 비류연은 자신의 손목과 발목에 차여진 560근의 묵룡환 조차 별로 신경 쓰지 않는 눈치였다. 그만큼 돌파에 자신 있다는 뜻인가? 지켜보는 사람이 걱정될 정도로 비류연은 너무 당당하고 자신감이 넘쳐 있었다.

"이건 해도 너무 심하군!"

엄살 같은 너스레를 한 번 떨며 비류연이 도약했다. 그리고는 도저히 믿어지지 않는 가벼움으로 사뿐히 검극 위에 내려앉았다. 그 모습은 마치 나비가 꿀을 따러 꽃에 내려앉는 듯 자연스러웠다. 비류연의 투정처럼 이건 해도 해도 그 정도가 너무 심한 것이었다. 그러나 이제 어찌하겠는가? 이미 일은 벌어져 있는 것을…….. 비류연은 사뿐히 뛰어오른 검극(劍戟) 위에서 고소를 머금으며 한 발을 앞으로 뻗었다.

이제 시작일 뿐이었다. 상하 좌우로부터의 다양한 각도에서 그를 노리는 기관들이 일제히 작동하기 시작한 것이다. 하지만 검극 위에서 마치 춤을 추듯 가볍고 경쾌하게 움직이는 그에게 귓가를 스쳐 지나가는 화살의 무리도, 마구잡이로 사방에서 쏟아져 오는 수리표도 아무런 위협이 되지 못했다. 검극 위에서의 위험스럽고도 우아한 춤이 점점 더 빨라짐에 따라 몸의 회전도 더욱 빨라졌다. 이윽고 비류연의 신형은 눈에 거의 보이지 않을 정도의 속도로 회전하기 시작했다. 순간,

"풋!"

어디선가 튀어나온 화살 한 대가 그의 얼굴을 노리고 날아들었다.

그리고 그 뒤를 따라 무수히 많은 수의 화살 비가 벌떼처럼 그를 노리고 날아들었다. 금방이라도 인간 고슴도치로 변해 피를 뿌리며 쓰러질 듯한 극한의 상황이었다. 그러나……

"억!"

효룡과 장홍이 동시에 경호성을 터트렸다. 그들의 경호성은 찬탄과 경악이 한데 어우러진 것이었다.

비뢰문(飛雷門) ─독문운신보법식 비기(秘技)

봉황무(鳳凰舞) ─회천봉익비상(回天鳳翼飛上)

비류연을 향해 쏘아진 무수한 화살과 수많은 암기들은 그의 몸에 범접조차 하지 못하고 춤에 의해 발생한 기류에 휩쓸려 허무하게 허공 중에 분분히 날려 버렸다. 마치 보이지 않는 바람의 결계가 그의 몸을 보호하고 있는 듯한 형상이었다. 이런 놀라운 광경을 보고 어찌 놀라지 않을 수 있었겠는가.

웬만한 기관 장치와 비살전을 단숨에 무용지물로 만들어 버린 후, 비류연은 여유 있게 효룡과 장홍을 뒤돌아보며 걱정 말라는 듯 손을 흔들어 보여 주었다. 효룡과 장홍도 계면쩍은 얼굴로 엉거주춤 손을 흔들어 주었다. 이제 종(鐘)까지는 반 장도 채 남지 않은 거리였다. 그때 갑자기 비류연은 자신의 뒷골을 서늘하게 하는 살기를 느꼈다. 비류연이 고개를 돌렸다.

'검기(劍氣)? 어라, 예고도 없이?'

찌를 듯한 날카로운 살기를 머금은 예약 없는 검기(劍氣).

'치사만천(恥事滿天 : 치사함이 하늘을 뒤덮는다)이로군!'

아무런 예고나 예약도 없이 비류연의 배후로부터 통로를 가득 메우는 날카로운 여섯 가닥의 편월형 검기(劍氣)가 그를 덮쳤다. 시간 차를 두고 공간을 점령하며 연속적으로 날아오는 검기(劍氣)의 무리는 상대가 회피할 공간이라고는 조금도 남겨 놓지 않는, 치밀하게 계산된 연속 연환 공격이었다. 이런 좁은 통로에서, 그것도 운신의 폭이 극히 한정될 수밖에 없는 검극(劍戟 : 칼끝) 위에서 시간차를 두고 상하 좌우로 쳐들어오는 검기를 피한다는 것은 도저히 불가능한 일이었다. 그리고 상대가 이때를 노린 것도 물론 이런 이유에서였다. 100점 만점에 90점은 충분히 넘는 칭찬 받아 마땅할 훌륭한 암습이었다.

"위험해!"

효룡과 장홍이의 눈이 부릅떠졌고, 그와 동시에 새하얀 섬광과 함께 무서운 기세로 날아오던 검기(劍氣)가 비류연을 덮쳤다. 하얀 섬광이 피어오르며 굉음과 함께 충격파가 주위를 휩쓸었다. 반향(反響)은 예상보다 훨씬 컸다. 충격파가 대기를 찢어발기고, 복도 벽면을 사정없이 유린하며 사각의 벽면을 걸레처럼 만들었다. 무수히 솟아나 있던 검의 숲도 순식간에 폐허로 화(化)해 버렸다. 충격파를 동반한 맹렬한 돌풍이 복도를 폐허로 변화시키는 데는 단지 순간밖에 걸리지 않았다. 스치기만 해도 최소 사망을 보장하는 무시무시하기 이를 데 없는 기세였다. 이 살인적인 돌풍의 사정권에는 효룡과 장홍도 고스란히 들어 있었다. 그들이라고 해서 이 살인 폭풍이 피해 가지는 않았다.

사나운 충격파와 살인적인 검편우(劍片雨)가 둘을 덮쳤다. 순간, 효룡이 장홍의 전면을 막아서며 그를 가릴 듯이 섰다. 이처럼 거세고 사나운 경력(經力)이 좁은 공간을 무자비로 휩쓸 때에 위험천만하기 그지없는 행동이었다. 목숨이 여분으로 줄줄이 준비되어 있지 않은 이상 너무도 위험천만한 행동, 이런 효룡의 행동은 장홍의 눈에는 일견 무모해 보이기까지 했다.

"위험해!"

장홍이 소리쳤지만 효룡은 들은 채도 하지 않았다. 그의 두 눈은 오직 지금 그들을 덮치려 하는 살인적인 폭풍우(暴風雨)를 직시할 뿐이었다.

"스르릉!"

맑은 검명을 울리며 발출된 쌍검이 효룡의 양손에 쥐어졌고, 그는 한 쌍의 쌍둥이 검을 이내 휘둘렀다.

"태을천강벽(太乙天剛壁)!"

벼락같은 외침과 함께 그의 손에 쥐어진 쌍검으로부터 눈부신 검기가 홍예(무지개)처럼 피어오르며 그의 앞에 한 무리의 검기로 이루어진 거대한 벽이 형성됐다. 충격파에 휩쓸려 날아가던 예리한 검편의 소낙비도 효룡, 그의 앞에 세워진 새하얀 검기의 벽을 뚫지는 못했다. 장홍의 두 눈이 믿을 수 없다는 듯 부릅떠졌다.

"거, 검막(劍幕)!"

일 초에 최소한도(最小限度) 백팔검(百八劍) 이상을 펼쳐야만 형성 가능하다는 검의 경지, 검막(劍幕)이 시전된 것이다. 효룡을 바라보는 장홍의 부릅떠진 눈에 이채가 어렸다. 그는 지금 충분히 경악하고 있는 중이었다. 어지간한 수준의 경지로는 흉내낼 수조차 없는 검의 경지가 지금 자신의 눈 앞에 펼쳐졌다. 어설픈 내공과 극의(極意)에 달하지 않은 어설픈 실력으로는 죽었다 깨어나도 펼칠 수 없는 게 바로 이 검막이라는 경지였기 때문이다.

검막(劍幕)!

그 위력과 깊이 때문에 검강(劍剛), 어기검(御氣劍)과 어깨를 나란히 하는 검의 지고 무상한 경지였다. 검의 끝을 볼 자격을 지닌 자만이 얻을 수 있다는 꿈의 경지! 천무학관을 통틀어서도 시전 가능하다 추정되는 사람이 손에 꼽을 정도인 것이 바로 검막이란 경지였다. 그런 검막을 이제 갓 입관한 신입 관도가 펼쳤다.

검막의 시전에 있어 우연 따위란 있을 수 없었다. 그만한 능력과 실력이 겸비되어 있어야만 어설픈 흉내나마 가능한 것이 바로 이 검막이었다. 오로지 진신 진력만이 검막의 구현을 가능케 한다. 검막이 가능하다는 얘기는 같은 경지의 선상에 있는 다른 것도 가능하다는 이야기. 즉, 효룡이 절대로 평범치 않은 인물이라는 이야기요, 나쁘게 말하면 수상쩍기 그지없는 인물이라는 반증이기도 했다. 왜냐하면 그만한 나이에 검막의 구현이 가능할 정도로 키울 수 있는 사람이나 문파는 극소수에 불과한데, 그가 아는 한도 내에 효룡이란 인물은 들어 있지 않기 때문이었다.

장홍, 그가 모른다는 것은 곧 수상쩍음과 일맥상통하기 때문이다. 그에게는 그만한 능력과 자격이 있었다. 물론 수상쩍음으로 따지자면 저기 저 앞쪽에서 대형 사고를 치고 있는, 아니 아직까지도 쉬지 않고 계속 치고 있는 비류연 또한 만만치 않았다. 아니 열 배는 더하다는 표현이 정확히 옳다. 아무튼 둘 다 요주의 대상임은 분명했다.

애송아, 발씻고 잠이나 자라

그의 뒤통수가 갑자기 서늘해졌다.

'검기!'

젠장, 이건 예고에도 없던 일이 아닌가!

비류연이 돌아보며 뒤에 서 있던

효룡과 장홍에게 손을 한 번 흔들어 준 그 잠깐 사이에,

그 작은 틈새를 노리며 그의 뒤통수에서 사납고 날카롭기 그지없는

여섯 가닥의 편월형 검기가 그를 향해 쇄도했다.

어, 그런데 그의 뒤통수와 배후를 노리고 날아오는 치사하고 염치 없기 그지없는 공격을 피하려고 보니, 젠장 공간이 너무 비좁았다. 장소가 협소한 관계로 원활한 회피 이동이 불가능했다. 장소는 좁은 데 검기는 그 좁은 장소를 빼곡이 메우며 기습적으로 날아온 것이다. 다시 말해 피할 수 없었다는 얘기다.

"젠장!"

비류연은 하는 수 없이 손을 치켜들었다. 순간, 그의 오른손이 새 하얗게 빛나더니 이내 벼락처럼 떨쳐 내려졌다. 벼락처럼 빠르고 강 한 일격, 분뢰수(奮雷手)! 뇌정(雷情)의 기운을 부린다는 극강의 수법 분뢰수가 시전된 것이다.

검기와 뇌정지기(雷精之氣)가 정면으로 격돌했다. 누가 피할 수 없다 했지, 막지 못한다고는 하지 않았다. 물론 좀더 우위의 힘을 지녔다면 소멸시켜 버릴 수도 있을 것이다. 비류연은 자신을 향해 날아오는 검기의 무리를 간단한 손동작 단 일 수로 반쪽으로 찢어발겼다. 분뢰수의 뇌정지기와 예고 없는 검기가 정면으로 충돌하며 눈부신 섬광이 피어오르고, 굉음이 울려 퍼졌다. 그리고 주위를 덮치는 거대한 충격파!

건물이 흔들리고 폭풍이 기하학적인 도형을 그리며 벽을 뜯어냈다. 검림이 산산이 부서지며 수천의 검편이 폭풍에 휩쓸린 낙엽처럼 허공 중에 매섭게 흩날렸다. 맞기만 해도 저승 구경하기 딱 좋을 정도의 위력을 지닌 그대로였다.

"땡! 땡! 때대댕댕!"

그 충격의 여파로 종(鐘)이 세차게 울렸다. 그러나 이내 힘을 견디지 못한 종(鐘)은 산산이 부서져 바닥에 뒹굴었다. 건물 한켠을 완전히 제기 불능의 폐허 상태로 만들어 버린 폭풍이 잠잠해지는 데는 다소 시간이 필요했다. 협소한 장소에서 한계 이상의 힘이 한 순간에 격돌하며 벌어진 일이기에 그 피해는 더욱 컸다.

한참이 지나고 나서야 겨우 폭풍이 잠잠해지기 시작했고, 복도를 황색으로 가득 메우고 있던 농밀한 분진도 겨우겨우 거두워졌다.

"종이 울렸으니 합격인가요?"

비류연은 마치 아무 일도 겪지 않았던 사람처럼 싱긋 웃으며 복도의 한 쪽 끝을 쳐다보았다. 그곳에는 언제부터인가 호랑이 문양의 장식이 달린 길고 묵직한 날카로운 대검을 지닌 사내가 묵묵히 서 있었다. 그의 검은 일반 검보다 훨씬 크고 날카로운 대검으로 손잡이 부분에 장식된 성난 호랑(怒號)이 문양이 매우 인상적이었다. 그리고, 비류연은 그 성난 호랑이 문양의 장식을 전에도 한 번 본 적이 있음을 떠올릴 수 있었다.

노호(怒號)! 성난 호랑이!

근래에 들어 무림에 명성을 떨치고 있는 검의 명가 호아장의 유명한 상징이다. 이 남창 내에서도 이 문장을 모르는 사람이 거의 없을 정도로 유명했다. 물론 비류연도 얼마 전, 호아장을 방문한 적이 있는 관계로 기억이 있었다. 근데 검은 본적이 있으나 노호검을 든 사내는 본적이 없는 인물이었다.

그리고 자세히 살펴보면 사내가 든 거대한 패검(覇劍)은 호아장에서 수많은 무사들에게 둘러싸여 보았던 일반의 노호검과는 다른 모양을 하고 있다는 사실을 눈치 챌 수 있을 것이다. 물론 비류연의 관찰력이 그만큼 뛰어나고, 사내의 검에 관심을 가질 때의 이야기였다. 그러나 그의 검이 당시 장원 제자들이 지닌 검보다 한 치가 더 길다거나, 검격의 장식이 좀더 화려하고 정교하다거가, 마지막으로 검신의 색깔이 확연히 눈에 띄는 거무칙칙한 흑색이라는 사실은 비류연과는 별로 상관없는 일이었다.

그리고 그 검이 장주 직전의 후계자에게만 전해지는 신물 패왕 노호검이라는 사실은 더욱 더 관계가 없는 일이었다. 사부가 사내에게 자신과 장(莊)의 모든 것을 맡긴다는 의미로 물려준 검이었다. 사내는 자신의 애검을 더욱 굳게 움켜쥐었다. 패왕 노호검에 담긴 책임감과 기대 때문인지 자신의 검이 한결 무겁게 느껴지는 것만 같았다.

"누구시죠?"

먼저 입을 연 사람은 비류연이었다. 난데없이 나타나 자신의 뒤통수에 검기를 갈겨댄 사내의 정체가 사뭇 궁금했던 모양이다. 하지만 여전히 밝은 미소를 띄는 것으로 봐서는 상대에게 딱히 나쁜 감정을 품은 것 같지는 않아 보였다.

이윽고 사내의 입에서 얼음장처럼 싸늘한 음성이 새어나왔다. 그의 두 눈은 주체할 수 없는 분노로 소리 없이 불타고 있었다.

"호아장을 기억하느냐?"

당연히 상대가 알고 있을 거라는 가정 하에 내뱉은 질문이었지만 비류연은 그런 사내의 기대를 간단하게 배신해 버렸다. 비류연은 한참을 궁리한 끝에야 겨우 그곳이 어딘지 생각해 냈던 것이다.

"호아장? 아아, 거기라면 얼마 전에 방문한 적이 있죠."

그의 말을 듣자마자 사내의 눈에서 신광이 폭사되었다. 섬뜩할 만큼 싸늘하고 강렬한 살기가 어린 눈빛이었다.

"네놈은 무림의 한 문파를 쑥대밭으로 만들어 놓은 걸 겨우 방문이라고 표현하느냐?"

화산이 폭발하는 듯한 격한 외침. 사내는 더 이상 자신 안에 감추어진 분노를 참을 수 없을 것 같았다. 이제 이성으로는 조절이 불가능할 정도로 사내의 감정은 폭주하려는 중이었다. 거대한 대검을 피나도록 굳게 움켜 쥔 손, 광기와 분노로 번들거리는 두 눈, 조금만 더힘을 주면 피가 배어 나올 것 같은 악다문 입술, 어디로 보나 복수라는 광기에 불타는 전형적인 인간상이었다.

대체로 복수에 눈이 뒤집힌 족속은 대가리 속에 이성적인 사고 체계라는 것이 치명적으로 결핍되어 있는 족속들이기 때문에 상대하기가 만만치 않다. 그러므로 될 수 있으면 마주치지 않는 게 상책 중의 상책이다. 그런데 그런 복수에 미치고 싶어하는 인간 하나가 지금 자신 앞에 검을 들고 서 있는 것이다.

"호아장의 대 제자 호천강, 사문의 치욕을 씻기 위해 여기 이 자리에서 너에게 도전한다. 무기를 들어라!"

청의 무복의 사내가 검을 앞으로 치켜들며 당당하게 말했다. 그의 절도 있는 동작에는 군더더기가 하나도 없었다. 그래서 보통 사람의 눈에는 충분히 위압적으로 보일 만했다. 놀랍게도 사내는 호아장의 제자들이 그렇게 믿고 기다렸던 그들의 대 사형이었던 것이다. 비류연의 호아장 방문 당시 천무학관 입관 관계로 현장(?)에 없었던 바로 그 인물이었다.

그러나 호천강의 도전을 받은 비류연의 얼굴은 여전히 동요라곤 찾아볼 수 없었다. 그저 알 수 없는 미소를 지어 보일 뿐…….

"도전? 요즘은 도전 신청을 상대의 뒤통수에 예고도 없이 검기를 날리는 걸로 대신하나 보죠? 혹시 이곳의 독특하고 개성 넘치는 도전 방식인가요? 아니면 혹시 암습을 도전으로 잘못 알고 착각한 건가요?"

냉소적일 만큼 그의 말투는 정중했다.

"그, 그건 단지 인사 치레였을 뿐, 다른 의도는 없었다."

호천강이 당황하여 허겁지겁 변명하자 비류연은 거의 폐허로 전락하다시피 한 통로 주위를 둘러보았다. 그리고 의도적으로 복도를 한

바퀴 둘러 본 다음 말했다.

"인사 치레로는 너무 거창했다고 생각하지 않으세요?"

"무, 무례한 놈!"

붉으락푸르락 시시각각 변하는 그의 안색을 보아하니 이제 그에게 이성이란 것이 거의 남아 있지 않는 듯 보였다. 이제부터는 감정이 육체와 정신을 지배하기 시작하는 것이다. 하지만 아직까지는 폭발하지 않고 속으로 울화를 삼키고 있었다. 또다시 예고도 없이 선공을 가할 수는 없는 노릇이었다. 한 번 더 반복된다면 정말 본인의 의도와는 상관없이 예고도 없이 상대의 뒤를 노린 치졸한 비겁자로 낙인이 찍힐 게 뻔했기 때문이다. 그래서 호천강은 일단 참았다.

자신과의 치열한 투쟁이 한창인 호천강에겐 아랑곳하지 않고 비류연은 열심히 정황을 분석했다. 그리고 간단히 요약해 보았다.

"그러니까 당신의 얘기는 내가 호아장을 방문해 어처구니없게도 호아장이 피해를 당했다는 거군요. 그 복수를 하기 위해 나를 쓰러뜨리고 사문의 위신을 세우겠다는 이야기군요! 물론 내가 댁에게 원한을 살만큼의 일을 했는지가 의문이지만 말입니다."

복수를 당해야 마땅한 이유? 넘칠 만큼 충분하고 다양했지만 비류연은 애써 그 사실들을 무시하고 있는 지도 모른다. 비류연이 물었다.

"근데 그럼 더 파래요?"

밑도 끝도 없는 질문이었다.

느닷없는 비류연의 질문. 공사장 확인 작업하는 감독관처럼 비류연이 물었다.

'더 파라니? 저놈이 미쳤나?'

호천강은 비류연이 도대체 뭐라고 지껄이는지 알 수도, 이해할 수도 없었다.

"뭐가 말이냐?"

뭔 소릴 지껄이는 거냐? 난 도저히 네놈이 한 말을 알아들을 수 없다는 정직한 얼굴로 호천강이 되물었다.

"더 파라냔 말입니다. 몰라요?"

어떻게 그걸 모를 수 있느냐며 정말 너무한다는 듯 책망 섞인 어조로 비류연이 말했다. 그런 말을 듣는 호천강으로서는 기가 막히고 억울할 따름이었다.

"말귀가 참 어두운 분이시로군요? 사람에게 두 번씩이나 같은 말은 되풀이하게 만들다니 말입니다."

얄밉기 그지없는 얼굴로 비류연은 아무렇지도 않게 호천강의 속을 바가지 긁듯 긁었다. 저 자식이 진심으로 저런 말을 하는 건지, 아님 일부러 그러는 건지, 호천강으로서는 짐작조차 하지 못했다. 도무지 종잡을 수 없는 놈이었다. 두 눈 멀뚱멀뚱 뜬 채 비류연의 난데없는 소리에 대해 고민하는 녀석을 위해 친절하게 설명해 주기로 마음먹었다.

"제 얘기는 청출어람(靑出於藍)이냐, 뭐 그런 얘기지요. 즉 당신이 당신의 사부님보다 강하냐, 그런 말입니다. 머리는 쓰라고 있는 거지 장식용은 아니라고 생각되는군요."

비류연이 싱긋 미소를 지어 보였지만, 그 미소는 호천강에게 절대로 호감을 주지는 못했다는 데 모든 재산을 걸어도 좋다. 오히려 더욱 더 그를 도발시켰을 뿐이다.

호천강은 또 한 번 울컥했다. 젊고 혈기왕성한 그에게 그런 말은 지독한 모욕이나 다름없었다. 하지만 아직까지는 그에게도 인내심이라는 것이 용하게도 남아 있는 중이어서 검을 휘두름과 동시에 짐승처럼 울부짖지는 않았다. 하지만 그 이성이란 것도 이젠 얼마 남지 않은 듯했다.

"크흐흐… 어찌 나의 미미한 실력을 감히 사부님과 견줄 수 있겠느냐. 헛 짓거리 하지 말아라!"

용암처럼 끓어오르는 심화를 가까스로 억누르며 호천강이 대답했다.

"그것 참 이상하네요?"

호천강의 대답을 들은 비류연은 도무지 이해가 안 간다는 듯 고개를 갸우뚱거리며 되물었다.

"뭐가 말이냐?"

호천강의 말투가 점점 더 신경질 적으로 날카롭게 변해 갔다.

"그렇지 않아요? 어떻게 사부보다 못한 실력이라는 것을 본인 스스로도 알고 또 납득하고 있으면서도 당신의 사부 이하 사문의 어른이 대거 포진해 있던 그 호아장에서도 어찌 하지 못한 나를 어찌해 보겠다고 나설 수 있었죠? 설마 요행을 바라는 건 아니겠지요? 그건 세상을 너무 우습게 보는 행위라구요."

설마, 하는 비류연의 눈길이 온갖 의문을 담은 채 호천강을 향했다. 그의 어조는 내용에 비해 매우 친절하고 상냥했다. 정말로 나로서는 당신의 상황 판단을 위시한 전력 분석 능력 및 사고 감각이 도저히 이해가 되지 않는 불가사의가 아닐 수 없다는 듯한 얼굴이었다. 이성의 끈이 미약해질 대로 미약해진 호천강의 상태를 아는지 모르는지 비류연은 계속해서 연속적으로 호천강의 복장을 뒤집어 놓았다. 호천강의 어깨가 심하게 떨리고 있었다.

그의 검은 매섭게 전율하는 그의 우수에 힘껏 쥐어져 있어 도저히 손으로부터 떨어져 나올 것 같지 않았다.

'내가 왜 아직도 미치지 않고 있는 거지?'

호천강은 그런 자신이 마냥 신기하기만 했다. 머리 속이 점점 더 하얗게 변해 가는 것만 같았다.

'빨리 정식으로 비무를 해야 해. 빨리 정식으로… 정식…….'

스스로에게 수없이 되뇌며 자신을 추스르려고 용쓰는 호천강에게 비류연은 그의 처절한 노력을 단숨에 물거품으로 만드는 결정타를 날렸다.

"불가능에 도전하는 것도 남아로서는 일생을 살아가는 데 있어 한 번쯤 해 볼 만한 일이라지만 이번 일은 너무도 터무니없는 것 같군요. 제 생각엔 그냥 집에 가서서 발이나 세정하시고 숙면이나 푹 취하시는 게 육체 건강 이하 정신 건강에도 매우 이득이 될 거라고 판단됩니다만."

적어도 겉보기에는 예의를 한껏 갖춘 듯한 비류연의 말은 이미 호천강에게는 비아냥을 넘어 조롱에 가까웠다. 좀 비비꼬아서 얘기하긴 했지만 쉽게 해석하자면 애송아, 넌 상대가 안 되는 헛수고 하지 말고 집에 가서 발 씻고 잠이나 자란 말이 아닌가!

"네 이놈!"

결국 호천강의 분노는 폭발하고야 말았다. 더 이상의 인내는 없었다. 호천강으로서는 여기까지 참은 것만 해도 기적에 가까운 일이었다. 그가 쥔 패왕 노호검으로부터 무시무시한 강(强)의 검기(劍氣)가 피어올랐다. 방금 전 그가 말한 사부보다 약하단 말은 단지 겸양에 불과했는지 웬만한 고수로서도 무시하지 못할 무서운 기운이었다.

그러나 여기서 간과해서는 안될 일은 비류연은 웬만한 고수가 아니란 사실이다. 그리고 그것이 호천강에게는 불행 중 큰 불행이었다.

자신의 실력도 제대로 가늠하지 못한 주제에 당랑거철 식으로 달려들어 뭔가 한번 의외의 결과를 도출해 보겠다는 호천강의 한심함에 비류연은 정중한 비아양과 격조 높은 조롱으로 화답해 주었다. 주제 파악도 못하는 철부지는 그에게 조롱거리 정도 밖에는 되지 못했다. 호천강의 말과는 달리 그의 맹호 삼십육검은 그의 사부 호천상과 비교해도 뒤지지 않을 만큼의 위력을 지니고 있었다. 그동안 일 년여를 천무학관에서 수련하면서 호천강은 그 자신도 모르게 장족의 발전을 이룩했던 것이다. 그의 이런 자기 발전은 기특하고 가상했지만 그렇다고 해서 그가 비류연을 이길 수 있게 되었다는 이야기는 절대 아니다.

무시무시한 기세로 뻗어 가던 패도적인 검기에 아랑곳하지 않고 비류연이 돌진했다. 사방에서 짖이겨 오던 검기는 허무하게 그의 몸을 비켜 지나갔고, 비류연은 유유히 호천강의 하복부에 자신의 오른쪽 발을 꽂아 넣을 수 있었다. 일각(一脚) 무생각이었다. 승부는 이 일

격으로 싱겁게 결정 났다. 승패의 방향은 너무나 명백해 재고의 여지
도 없었다. 호천강의 얼굴이 창백하게 탈색되었다. 혼비백산할 정도
로 경악하는 바람에 혀가 굳어 버려 말도 제대로 나오지 않았다.

"저… 저… 저저……."

호천강이 두 눈이 믿어지지 않는 사실을 목격한 사람처럼 찢어질
듯 부릅떠졌다. 패왕 노호검을 든 그의 손이 사시나무 떨리듯 거세게
떨렸다. 호천강은 작금의 현실을 믿을 수가 없었다. 그건 자신의 복
부에 박혀 있는 비류연의 발 때문이 아니었다. 아무 생각 없이 차낸
발길질에 얻어맞은 것만 해도 억울하고 분해 죽겠는데 비류연이 무
생각과 함께 쳐낸 분뢰수 ─비류연은 호천강의 복부에 무생각을 처
박아 넣는 것과 동시에 그의 보검을 분뢰수로 쳐냈었다─ 가 더욱 문
제였다. 그것은 호천강에겐 경악을 뛰어넘는 경악이었다. 패왕 노호
검의 검신 중 비류연의 분뢰수가 치고 간 자리 위는 이제 그 자취를
찾아볼 수가 없었다. 남아 있질 않았다는 이야기다. 반 토막이 된 검
신의 나머지 부분은 오장 밖 마루 바닥 저편에 깨진 바가지 조각 마
냥 꼴사납게 나뒹굴고 있었다.

사문의 신물이 부러진 것이다. 호천강에게는 소림의 녹옥불상이
부서지고, 개방의 취죽봉이 부러진 것과 동일한 경천동지할 사건이
었다.

호천강은 자지러질 듯 놀랐고 머리 속이 하얗게 변해 버려 아무런
생각도, 사고도 할 수 없는 상태가 지속되었다. 눈알이 풀리고 다리
가 풀린 그의 백치 같은 모습이 재미있어 제 이격을 날리려던 주먹을
잠시 접고 상태를 관찰하기 시작했다. 하지만 호천강은 굳어진 망부

석처럼 움직일 생각을 하지 않았다. 이미 그의 머리 속은 텅 비어 버린 다음이다.

아무리 겉보기에 헤벌쭉하고 나사 하나 빠진 듯 풀려 보이지만 속으로는 능구렁이 수백 마리를 키우고 있는 이가 바로 비류연이었다. 그런 상대를 향해 아무런 대비책도 없이 달려들다니 얻어터져 나자빠지는 것도 당연했다 나뒹굴어진 당사자에겐 안 된 일이지만 당연한 결과인 것이다.

말은 정중하게 한답시고 했지만 아시다시피 속에는 눈곱만큼의 정중함도 없는 비류연이었기에 사정 봐 주기란 있을 수 없는 일이었다. 그래서 비류연은 수고스럽긴 하지만 다시 한 번 손을 벼락같이 놀려 호천강의 전신을 골고루 만져 주었다. 삼복 구타 권법의 작열이었다. 이렇게 한 문파의 후계자를 복날 개 패듯 패 놓은 후 차분히 다음 처우를 고민하고 있을 때, 한 인물이 나타나 그의 수고를 덜어 주었다. 하지만 별로, 아니 결코 환영할 만한 인물은 절대 아니었다.

철혈의 사감

건물이 떠나갈 정도의 쩌렁쩌렁한
노호성을 터트리며 나타난 청색 학창의의 문사!
무공을 익혔음이 분명한데도 숨이 고르지 못함이
그가 얼마나 헐레벌떡 급하게 달려왔는지를
여실히 보여주고 있었다.

"이게 무슨 소란인가?"

그 문사를 본 호천강의 얼굴은 이미 사색이 되어 있었다. 청의 문사의 안색이 빨갛게 될 대로 빨갛게 된 것이 화가 나도 아주 단단히 난 것이 분명했다. 그는 불같이 격렬하고 폭풍처럼 맹렬하게 분노하고 있었다. 그의 분노는 검혼관 내에서는 공포의 대명사와 동격으로 공식적으로 인정받고 있는 무시무시한 것이었다. 호천강의 눈 앞이 캄캄해졌다.

"사… 사감님……."

사시나무 떨듯 떨리던 그의 몸에서 겨우 한 음절이 새어나왔다. 불혹의 나이로 짐작되는 이 청의 학창의의 문사가 바로 검혼관을 직접 관리 통제하고 있는 기숙사감, 검혼관의 실세, 규칙과 기강의 화신, 철혈무정검(鐵血無情劍) 강하윤이었다. 청성검문에 몸을 담고 있는 전 청성파 검술 교관 출신으로 생김으로만 본다면 연약한 문사에 놀기 좋아하는 한량 같지만 천만의 만만의 말씀이다. 뚜껑을 열어 진실을 알고 보면 생김새와는 정 반대로 그 성격은 불같이 급하고 한 번 분노하면 하늘과 땅을 동시에 뒤덮을 만큼 거세며, 처분과 응징에 대해서 가차없이 단호하고 과격하기로 이름이 높았다. 오죽하면 별호가 철혈무정검(鐵血無情劍)이겠는가.

이 사람이 청성파 검술 교관으로 재직 당시 그의 목검에 얹어 터지지 못한 문하 제자의 수를 혹시 알고 싶은 호기심을 가진 사람이 있다면 일일이 그 수를 셀 필요가 없다. 존재하지 않기 때문이다. 청성검파의 제자라면 다 한두 번씩은 그의 목검 아래에서 작살나게 얻어맞은, 잊고 싶은 기억들을 공통적으로 보유하고 있었다.

또한 사지 중 하나를 부러트림 당해 본 제자의 수만도 전체의 3할을 육박하며, 심지어는 검기(劍氣)에 당한 제자 수도 1할이 넘는 막대한 수로 아직까지도 청성파에서는 삼대 제자 이하로 '철혈무정' 하고 외치면 자다가도 벌떡 일어나 마루 바닥에 머리를 박을 정도로 공포의 대상으로 군림하고 있었다. 그런 이가 현 검혼관의 사감으로서 이곳의 규율과 기강을 책임지고 있는 것이다.

이런 사람을 한낱 기숙사감으로 쓸 만큼 천무학관의 위상이 높다는 이야기도 되지만 지금 중요한 것은 그게 아니라 그만큼 무시무시하고 인정 사정 없는 철혈무정검에게 불법적인 현장을 목격 당했다는 끔찍한 현실이었고, 그것이 바로 호천강의 얼굴을 사색으로 만든 주요 요인이었다. 그가 이 사건을 그냥 넘어 갈 리가 없었다.

앞으로 이어질 끝없는 문책과 눈사태처럼 덮쳐 올 벌점, 그리고, 뒤에 기다리고 있을 무시무시한 처벌과 응징, 호천강은 왜 자신이 아직까지도 기절의 혜택을 누리지 못하고 한 가닥 정신을 유지하고 있는지 비류연의 주먹이 원망스러울 지경이었다.

서 있는 세 명과 널브러져 있는 한 명에게 다가온 강하윤이 살기 만연한 무시무시한 눈빛으로 모두를 빗자루로 쓸듯이 훑어보았다. 호천강은 꿈에서도 바라던 기절조차 할 수가 없었다. 철혈무정검의 폭발적인 눈빛과 마주치자 몸이 자신의 의사와는 달리—그는 현재 간절히 기절을 바라고 있는 상태였다—자리를 박차고 벌떡 일어났던 것이다. 충격의 여운이 아직 가시지 않은 듯 두 다리가 후들거렸지만 호천강의 몸은 용케도 쓰러지지 않고 버티고 있었다.

"따라와라!"

그의 입이 재차 열리자 도살장에 끌려가는 돼지처럼 호천강이 그의 등 뒤를 따랐고, 비류연과 장홍, 그리고 효룡이 다시 뒤를 따랐다. 앞에 걸어가고 있는 호천강의 어깨가 축 늘어지고 의기소침해 보여 애처로울 정도였다.

"왠지 불쌍하고 처량해 보이네요!"

효룡이 자신이 느낀 소감 그대로를 옆에 있는 장홍에게 귓속말로 말하자 장홍도 동의한다며 고개를 끄덕였다. 그 역시도 가볍게 혀를 차며 측은한 눈빛으로 호천강을 바라보고 있는 터였다.

철혈무정검 강하윤의 뒤를 따라 올라간 3층의 가운데 방에는 단정한 글씨로 다음과 같이 적혀 있었다.

'사감실'

'외인 출입금지'

'정식 보고'

"쾅!"

검혼관의 사감이자 전 청성검파 검술 교관인 철혈무정검 강하윤의 주먹이 책상을 내리쳤다. 다행히 진기를 잃지 않고 힘을 조절한 탓에 책상이 두 동강나거나 산산조각으로 부숴 지는 불상사는 일어나지 않았다. 그는 자신의 분노를 주체하지 못해 학관의 기물을 파손하고 재산을 훼손할 정도로 무분별한 사람은 아니었던 것이다.

하지만 그렇다 해서 지금 그의 분노가 자그마하다는 이야기는 절대로 아니다. 지금 그의 분노는 산을 허물고 강도 메울 수 있을 정도로 엄청난 것이었다. 단만 초인적인 인내력과 자기 제어로 무분별하고 무차별적인 폭력 사태를 미연에 방지하고 있는 것뿐이었다. 그런 그의 분노가 반 식경이 넘도록 계속해서 쏟아져 나오고 있었다.

"2학년 황자조(黃字組) 부조장(部組長) 호천강!"

"예, 사감님!"

반 식경이 넘도록 강하윤의 불같은 분노를 몽땅 뒤집어쓰고 있던 호천강이 잔뜩 긴장한 채 대답했다. 긴장한 탓인지 신입생처럼 기합이 잔뜩 든 매우 큰 목소리였다.

"자네가 오늘 부순 함정 및 기관, 그리고 그 작동비! 모두 합해 얼마라고 생각하나? 그 피해가 얼마인지 자네는 짐작이나 하고 있나? 물경 은자 천오백 냥을 넘어서는 막대한 금액일세. 전 무림 문파가 성심으로 기증한 돈을 근간으로 한 학관의 예산을 그 따위 시시한 전통으로 낭비하다니, 자네 제정신인가? 이 정도의 끔찍하고 막대한 금전적 피해를 단지 개인의 기분과 하찮은 장난에 좌우되어 학관에 입히다니, 자네 정말 제 정신인가?'

강하윤은 정말 문자 그대로 불같이 노하고 있었다. 용서를 바라기란 꿈의 저편일 것 같을 정도로 분노하고 있었다. 분노의 화신 같은 그를 보는 호천강의 눈에 절망이 어른거렸다.

고도로 정밀한 기관과 함정을 한 번 작동시키는 데 과연 얼마만한 예산이 낭비될까? 검혼관의 대침입자용 방어 기관의 또 다른 이름은 바로 '예산 잡아먹는 괴물 단지'였다. 기관 작동 시 소비되는 수십 발의 비전(飛箭)과 수종 수백 개의 암기들. 정말 문자 그대로 비전(飛錢 : 날으는 돈뭉치)이라 불러야 할 것들이기 때문이다. 화살들은 어떻게 다시 수거해서 재활용한다 해도 그 비율은 6할을 넘지 못했다. 작동 시 분질러지거나 날이 상하기 십상인 것이다. 미세한 암기들은 재활용 비율이 3할 정도로 그 회수율도 더욱 작았다.

게다가 특히 호천강의 검기와 분뢰수의 충돌 여파로 부서진 검림진은 그 피해액이 장난이 아니었다. 사실 가장 큰 피해액은 바로 이 검림의 파손에서 비롯됐다 해도 과언이 아니었다. 생각해 보라? 보통 일반적으로 검신(劍身) 하나에 얼마의 가격이 붙는다고 생각하는가? 그것도 어지간해서는 녹슬지 않고 이가 나가지 않는 예리하고 날카로운 검신이라면 그것들을 제작하고 구입하는 가격은 정말 만만치 않을 것이다. 아무리 못 잡아도 하나에 삼사십 냥은 족히 될 물건들이었다. 그런데 그런 고급 검신이 수백 개가 단숨에 날아가 버린 것이다. 복구조차도 불가능했다.

검 수백 자루가 한꺼번에 고철로 변해 버린 거나 다름없는 끔찍한 재해였다. 하나도 남김없이 모두 고철로 화해 버렸으니 그 피해는 정말 눈이 어지러울 정도로 막대했다. 때문에 지금 호천강이 사감으로부터 호된 질책을 받고 있는 것이다. 은자 천오백 냥이면 검혼관 일년 운영 예산의 3할 이상을 잡아먹는 막대한 피해였다. 아직 제대로 정산이 안 돼서 그렇지 세세한 부분까지 합한다면 더 될지도 몰랐다. 검 하나에 은자 3냥만 잡아도 오백 자루는 족히 되어 보이니, 모두 셈해서 은자 천오백 냥이었다. 거기에 함정이나 기타 비전, 암기 등을 합한다면 그 피해액이 더 불어날 것은 명약관화한 일이 아닌가. 그러니 그렇지 않아도 성격이 불같고 거칠기로 유명한 강하윤이 가만히 있을 리 만무했다.

강하윤은 쉴 틈 없이 호천강을 압박했다. 호천강은 고개를 푹 숙인 채 묵묵부답 말이 없었다. 그 모습이 강하윤의 화를 더욱 부채질하고 있었다.

"겨우 신참 신고식 하나 치르자고 이 일을 저질러? 겨우 신참 신고식으로 대인 대적 대침입용 기관을 제3단계까지 발동시켰다고? 그 말을 지금 나더라 믿으란 말인가? 자네 누굴 바보로 아나? 대적 방어용 3단계면 살상의 단계다. 한낱 장난으로 끝날 단계가 아니란 것은 자네도 잘 알 터! 천무학관에서 2학년 황자조 부조장이란 놈이 그걸 모른다고 하진 않겠지?"

호천강은 정말 입이 열 개라도 할 말이 없었다. 무슨 낯으로 대꾸를 한단 말인가?

"관내 살인이 얼마나 큰 중벌인지 알고 이 일을 저질렀나?"

"사… 살인이라니, 당치도 않습니다!"

갑자기 일이 커지려 하자 호천강은 당황할 수밖에 없었다. 어느 시대, 어느 장소에서 든 살인은 큰 죄였다. 사람 목숨을 보급품 이상으로 취급하지 않는 전쟁터를 제외한다면, 어디든 마찬가지였다. 더구나 동문 살해라면 변명의 여지조차 없었다.

"시끄럽다! 대인 방어 기관 3단계면 이미 살인 미수나 다름없다. 도대체 누구에게 작동법을 알아냈나? 기숙사 기관 작동법을 아는 이는 얼마 되지 않을 텐데, 어떻게 그 방법을 알아냈지?"

호천강의 얼굴에 낭패한 기색이 역력하게 떠올랐다. 사감 강하윤의 질문은 그만큼 예리한 것이었다.

"이 일은 저 혼자 계획한 일, 다른 누구의 도움도 받지 않고 혼자 저지른 일입니다."

"자네, 계속 누굴 바보로 아나?"

"그럴 리가 있겠습니까. 절대 그런 어리석은 마음 품은 적 없습니다."

철혈의 사감, 철혈무정검 강하윤을 바보 취급하는 사람이 있다면 그 자야 말로 정말 어리석기 짝이 없는 천하의 바보일 것이다.

"그런데 왜 날 바보 취급하려 하나! 대인 대침입자 격퇴 방어용 기관의 살상 가능 영역이 몇 단계부터인가?"

강하윤이 호천강에게 물었다. 그 답은 물론 호천강도 잘 알고 있었다. 검혼관 기숙사생이라면 고하를 막론하고 누구나 숙지하고 있는 기본 상식이었다.

"3단계부터입니다."

"그럼 2단계 이상의 기관 작동은 위의 허락이 있어야 한다는 걸 잘 알고 있겠군. "

"예!"

"그렇다면, 그 작동법을 특정 소수의 인물들만 알고 있다는 것도 알고 있겠군."

"예!"

대답하는 호천강의 안색이 점점 더 창백하게 변해 갔다. 식은땀이 그의 이마에 맺히고 있었다.

"그렇다면 자네에게 3단계 이상의 기관 작동법을 알려준 이가 도대체 누군가? 어리석게 자네 혼자 알아냈다고 하지는 말게. 끝까지 들어보지 않아도 속이 훤히 보이는 거짓말이니깐……."

"……."

기관 진법 점수가 다른 분야에 비해 형편없이 낮은 호천강이 스스로의 힘으로 천관의 기관 작동법을 알아냈을 리가 만무했다. 철혈무정검 강하윤이 그걸 모를 리 없었다. 이 검혼관에 있는 모든 관도의 신상 명세를 훤히 꿰뚫고 있는 이가 바로 강하윤이었다.

하지만 불행하게도 아무리 질책 받고 추궁 받는다 해도 호천강은 그것만은 절대로 말할 수 없었다. 다른 건 몰라도 그것만을 절대로 알려줄 수 없었다. 이 일은 자기 자신 혼자서 계획하고 실행한 일로 끝내야 하기 때문이다. 그들과의 관계는 절대로 비밀에 붙여져야 한다. 호천강은 견디기 힘든 철혈 사감 강하윤의 매서운 살기와 분노를 견디며 침묵으로 일관했다. 그것은 정말 참을 수 없는 고역이자 살인적인 고문이었다. 호천강의 안색이 점점 더 창백해졌다. 하지만 그의 입은 아교로 붙였는지 한 마디도 새어 나오지 않았다.

"말할 수 없다 이건가? 아니면 말하지 못할 사정이라도 있는 건가? 그런 식으로 진실을 회피하려 든다면 회계동에서 석 달 이상을 보낼 것을 능히 각오해야 될 것이네!'

강하윤이 단호하게 말했다. 강하윤 말은 호천강으로서는 마지막 최후의 통첩이나 다름없었다. 그에게는 청천 벽력 같은 일이 아닐 수 없었다.

"회, 회계동! 사, 사감님……."

회계동이란 말이 떨어지자 호천강은 놀란 고양이 마냥 화들짝 놀랐다. 그의 목소리가 공포로 심하게 떨리고 있었다. 한 문파의 기대를 한 몸에 받고 있는 기재가 지금 떨고 있는 것이다. 회계동, 아직도 공포와 어둠의 막으로 비밀에 쌓여 있는 그곳은 들어갔다가 정상적으로 나온 이의 수가 그야말로 손에 꼽을 정도라는 공포 그 자체인 곳이다. 많고 많은 무림인들 중에서 가리고 가려 고른 인물들이 모인 천무하관에서 조차도 공포의 대명사 같은 곳이 바로 회계동이었다.

그런데 그런 끔찍한 곳에서의 석 달이라니. 석 달, 대충 생각하면 별로 긴 시간처럼 느껴지지 않지만 그곳을 직접 체험하는 이에게는 엄청나게 긴 고난과 시련과 역경의 시간이라고 세인들은 전한다. 체험자들은 입을 굳게 봉한 채 침묵으로 일관해 세인들의 구구한 억측만을 낳게 했다. 십 년이면 강산도 변한다는 말이 있지만, 회계동 3개월이면 강산은 멀쩡한데 사람은 변한다는 시간이다. 그만큼 회계동 행은 천무학관에서도 무시무시하고 잔혹하다고 정평이 난 처벌인 것이다. 호천강의 안색이 시체처럼 까맣게 변했다. 당장 눕혀 놓고 염을 하고 있으면 그냥 시체라고 믿을 만큼 그의 안색은 처절했다.

강하윤은 시체 친구 같은 얼굴이 되어 전전긍긍하고 있는 호천강을 조용히 바라보았다. 그의 일련의 행동에서 강하윤도 나름대로 감을 잡은 것이다.

"그래도 말 못 하겠다는 건가? 내 짐작 가지 못하는 바도 아니지. 이런 일을 할 수 있는 자가 그리 많지는 않거든. 그리고 그 중에서도 이런 요란한 일을 꾸미는 데 도움을 줄 녀석은 단 두 놈, 바로 그 녀석들밖에 없어. 그렇지 않나?"

강하윤의 날카로운 직감에 호천강은 가슴이 철렁 내려앉는 줄 알았다. 하지만 전력을 다해 시치미를 뚝 뗐다.

"무, 무슨 말씀이신지 저, 전혀 이해할 수가 없습니다. 어떻게 혼자서 꾸미고 실행한 일에 공범자가 있을 수 있겠습니까? 귀신도 아니고……."

"귀신이 맞지!"

강하윤이 냉소하듯 말했다.

"예?"

"귀신이 맞지, 맞아. 그것도 악귀가 아닌가, 뿔 달린 악귀. 천무학관 최고의 사고뭉치이자 최다 징계자, 그 외에도 최악과 최다의 무수한 기록 보유자, 천무학관 사상 최악의 짝궁, 천관의 두통거리, 신의 실수, 어때? 내 말이 틀렸나?"

강하윤이 제대로 짚은 것 같았다. 하지만 모든 것이 탄로 났는지도 모르는 데도 불구하고 호천강은 끈질기게 침묵을 고수한 채 묵묵부답 말이 없었다.

"……."

"이렇게까지 됐는데도 말 안 하겠다는 건가? 아니면 여기까지 와서 하찮은 의리를 들먹거리려는 건가? 아니 못 할지도 모르겠군. 나도 그 녀석들 생각만 하면 머리가 지끈지끈 아파 오는데 자네 정도론 그 녀석들의 등쌀에 시달리고 싶지 않겠지. 후환이 두려운 건가?"

"……."

호천강의 얼굴에서 눈에 띄는 동요가 드러났다. 마음이 흔들리는 기색이 역력했다.

"어쨌든 일을 벌린 건 엄연한 자네니깐 이 책임을 회피할 수 없을 거네. 아마도 최악의 경우 사문에도 통보가 갈 수도 있네. 일단 자네의 징계에 대해선 집법원과 상의하여 결정하도록 하고 일단은 보류하도록 하지."

호천강의 얼굴에 절망이 떠올랐다. 방금 전 강하윤의 판결로 그는 절망의 구렁텅이로 안전 장치 하나 없이 굴러 떨어지고 만 것이다. 강하윤은 공포와 근심으로 떨고 있는 호천강은 무시한 채 비류연 일행을 쏘아보았다. 잘 갈린 칼날만큼 날카로운 눈빛이었다.

"그리고, 자네들 셋!"

"예!"

세 명이 동시에 대답했다. 강하윤의 박력에 압도되어서인지 그들 셋도 약간 긴장하고 있었다.

"정상 참작이 인정되어 이번만은 용서할 테지만 두 번 다시 내 눈에 잘못이 띄지 않도록 유념하도록! 다음 번엔 용서와 인정이란 찾아볼

수 없을 것이다!'

"예, 감사합니다."

강하윤의 시선이 세 명 중 뒤에 서 있는 장홍을 향했다. 유심히 그를 쳐다보는 시선이 예사롭지 않았지만, 장홍은 알면서도 모른 척했다. 그도 장홍의 그런 무례한 태도에 대해 아무런 추궁도 하지 않았다.

사실 강하윤의 결정은 의외의 것이었다. 호천강을 한없이 추궁하고 질책하는 것으로 봐서 그들에게도 상당한 수준의 징계가 있을 것으로 예상했던 것이다.

"그럼 이만 나가 보도록!'

강하윤은 철혈의 사감이란 이름답게 비류연 일행에게 마지막 한마디 남기는 것을 잊지 않았다. 앞으로 세 사람의 주위에 항상 감시의 눈이 머무를 거라는 충고이자 협박이었다. 그래도 다행히 철혈무정검 강하윤은 냉혹하기는 해도 정황 파악을 제대로 못하는 얼간이는 아니었다. 그는 경우가 있는 사람이었다. 검혼관의 기관을 사실상 모조리 부순 장본인 중 한 명인 비류연이 모든 이의 예상을 뒤엎고 무죄 판정을 받은 것이다. 분노로 인해 눈에 뵈는 게 없을 것 같던 강하윤이 의외로 냉철하게 상황 판단을 한 터였다. 비류연은 호천강의 기습에 대한 자기 방어가 정당 방위로 인정되었기 때문에 호천강과 동시에 한데 묶여 처벌받는 것만은 면할 수 있었던 것이다.

이에 대한 호천강의 실망과 억울함은 거의 절망적인 수준이었다. 그나마 비류연도 연대 책임으로 처벌받게 될 것에 대해 최소한의 위안으로 삼고 있었는데, 그 최소한의 위안마저 그를 외면한 것이었다.

세 명이 모두 나가 버리고 외로이 홀로 남은 방 안에서 그는 흡사 넋이 나간 사람처럼 연신 중얼거렸다.

"아직 끝난 게 아냐! 아직……."

그렇게 그는 넋 나간 사람처럼 웅얼웅얼 뇌까릴 뿐이었다.

평범하지 않는 자들의 만남

검혼관과 조금 동떨어진 곳에 위한 한 전각의 꼭대기.
고요함과 단정함이 물씬 풍겨 나오는 방 안에서,
두 사람의 청년이 이야기를 나누고 있었다.
한 명은 의자에 앉아 있는 청의 무복의 청년으로
몸에 세 자루의 검을 메고 있었고,
창가에 서 있는 또 다른 한 명의 백의 청년의 손에는
감청색 수실이 달린 백학선이 들려 있었다.

한눈에 보기에도 두 사람 모두 어디에 내놔도 뒤질 것 같지 않은 빼어남을 갖춘 준재들이었다. 아직 젊은 나이임에도 불구하고 전신에서 풍겨져 나오는 기도는 절정 고수를 방불케 했다. 의자에 앉아 조용히 다향을 음미하고 있는 청삼 무복의 청년을 향해 경치를 감상하는지 창 밖을 응시하던 백삼 귀공자 풍의 청년이 접혀진 섭선을 가볍게 흔들며 말했다.

"실패를 했다는군!'

뭐가 실패했다는 것일까? 실패라는 부정적인 소식을 전하면서도 청년의 목소리에는 잔잔한 즐거움이 느껴졌다.

"그래?'

"그래. 이 각(약 30분) 전에 사감실로 끌려갔다는 군. 이제 끝장났다고 보는 게 옳을 걸세."

"이 각이라……. 역시 자네의 영민한 이목에는 못 당하겠군. 벌써 거기까지 정보를 얻어내다니 말이야."

백의 청년이 미소를 지으며 말했다.

"별거 아니지. 우리 회의 이목은 이보다 더 광범위하고 영민하다는 것을 자네도 잘 알지 않나."

"그런데 실패했다니 생각보다 재주가 있었나 보지?"

진녹색 수실이 달린 두 자루의 검을 등에 비켜 매고, 붉은 수실의 검을 허리에 매달고 있는 세 자루 검의 청의 청년이 화제를 돌렸다. 우선 급한 건 이쪽이었다. 자신들 조직의 정보력에 대한 자화자찬은 나중에 해도 시간은 충분한 것이다.

"그래, 그 녀석 둘이 끼여들었는데도 실패했다니 좀 의외의 일이었네. 검혼관 일층 기관 장치가 거의 모두 무용지물 고철 덩어리로 변해 버렸다고 하더군. 이번 피해를 수습하려면 강 사감이 진땀 꽤나 빼야 될 걸세."

"그 녀석 둘이야 어디 안 끼는 데가 있어나? 멀쩡한 일도 끼여들어 엉망으로 만들고 크게 부풀리는 게 주특기가 아닌가. 단지 표면에 들어 나지 않을 뿐이지……."

청의 청년의 미간이 가볍게 찌푸려졌다. 그리고 얼굴 위로 순간적인 혐오감이 스쳐 지나갔다.

"자네의 입이 진리를 말했군. 그 녀석 둘이 끼여들었으니 이 일도 조용히 매듭짓기는 힘들겠지. 나도 아직까지 그 사고뭉치들이 언제

일을 조용히 끝내는 걸 본적이 없네. 하지만 이번 건 좀 건수가 컸어!'

단아한 턱선이 매우 인상적인 백의 청년의 말에도 그들에 대한 탐탁지 않은 기운이 느껴졌다. 아무래도 이 두 사람에게 '그 녀석 둘'로 지칭되는 인물들은 결코 좋은 관계를 맺고 있지는 않은 것 같았다.

"일의 경과가 어찌되었든 호천강의 실패는 우리로서도 어느 정도 바랬던 일이 아닌가?"

청의 청년이 반문했다.

"맞네. 그들 손으로 체면 치레를 하게 할 수는 없지. 우리들까지 싸잡아 모욕한 놈이 아닌가. 그런 놈을 팔대 세가와 군소 방파의 공동 전선에 의해 처리되게 놔 둘 수야 없지."

단숨에 남창 제일 무장원 호아장을 군소 방파의 하나로 전락시켜 버리는 백의 청년의 목소리에는 아무런 거리낌도 없었다. 그로서는 당연한 일이었다.

"물론이지. 우리 얼굴에 칠해진 먹칠을 그게 지저분하다 해서 부끄럽게 남의 손을 빌려 닦을 수야 없지."

"물론이네. 이 정도 일로 체면을 구겨서야 정말 체면이 말이 아니지."

백의 청년도 동의한다는 듯 고개를 끄덕였다. 자신과 사문이 받은 모욕은 오로지 자신의 손으로 갚음하는 게 그들로서는 당연한 일이었기에 제고의 여지조차 없었다. 호천강도 나름대로 사문의 모욕을 갚으려 했겠지만, 겨우 군소 방파의 제자 따위가 먼저 선수를 치도록 뇌둘 수는 없는 일이었다. 언뜻 보면 아무 것도 아닌 일처럼 보이지만 그들로서는 이것이 매우 중요한 문제였다.

"아, 금년에 드디어 그가 들어왔다고?"

돌연 뭔가가 생각난 듯 청의 청년이 백의 청년에게 물었다. 그의 질문을 들은 백의 청년의 눈빛이 미묘하게 일렁거렸다. 그의 왼손이 무의식중에 오른손에 쥔 섭선을 만지작거렸다.

"그렇다네. 공교롭게도 그 녀석과 같은 방을 쓰게 되었더군."

청의 청년의 눈에 언뜻 놀라움이 떠오르다 사라졌다.

"그래? 위험은 없겠지?"

약간 근심 어린 목소리로 청의 청년이 물었다. 전혀 다른 이야기가 이상한 방향에서 한데 얽히고 있다는 사실이 괜히 불안하게 느껴졌던 것이다.

"그가 다른 사람과 교분을 갖는다는 것을 나로서는 상상조차 할 수 없군. 그런 일은 절대로 없을 걸세. 너무 걱정하지 말게나."

안심하라는 듯 차분한 목소리로 백의 청년이 말했다. 그제야 청의 청년의 얼굴이 밝게 펴졌다. 그만큼 백의 청년을 향한 그의 신뢰는 대단한 것이었다.

"이번엔 너무 이외의 인물들이 많이 합격했네. 특히 그의 존재는 무시할 수 없지. 그가 가세함으로서 팔대 세가 녀석들의 힘이 증가할 가능성이 매우 높아. 하지만 우리 9파 이외의 세력이 주도권을 잡도록 할 수야 없지."

"걱정 말게. 항상 감시의 눈길을 놓지 않고 주의하고 있다네. 천관의 주도권이 우리 9파(九派) 이외의 세력에게 넘어 가게야 할 수 없지. 정파의 기둥은 아홉 개만으로 충분하다네. 여덟 개의 불필요한 곁다리가 볼썽사납게 끼어 들게 할 수는 없지."

"자네만 믿네."

"걱정 말게. 내가 끓인 차 맛만큼이나 확실하니깐. 내 보장하지."

"그런가? 그렇다면 믿을 만 하겠군. 정말이지 훌륭한 솜씨일세. 자네의 다도(茶道)는 언제나 나를 놀라게 하는군."

청의 청년이 다시 차를 한 모금 마시며 말했다.

"후후, 조촐한 취미일 뿐일세."

창 밖을 응시하고 있던 백의 청년이 몸을 돌려 의자에 앉았다. 그리고 더 이상 차가 식기 전에 찻잔을 들어 차를 음미했다. 지금 이하로 찻물의 온도가 내려간다면 그건 차에 대한 모독이었기 때문이다. 차의 온도가 너무 높으며 그 열기에 혀의 미각이 마비되어 맛을 제대로 느끼기 힘들고, 반대로 또 너무 식으면 냉기가 차로부터 맛과 향을 빼앗아 간다. 그는 자신의 절친한 벗 중 하나인 차〔茶〕를 모욕하고픈 마음이 추호도 없었다. 조용히 차를 음미하며 마시는 두 사람의 소매에는 모두 같은 무늬의 화려한 용(龍)무늬가 수놓아져 있었다.

천무학관의 관도 기숙사 중 하나인 검혼관에 막대한 금전적 손해를 입히는 데 지대한 공헌을 한 비류연과, 그런 그를 멀뚱히 바라보기 만 하는 관조적인 자세로 공헌도에 일조한 효룡과 장홍은, 사막을 덮친 정신나간 홍수, 또는 사막의 어의 없는 폭우라고 표현될 만큼의 기적적인 천우신조로 사감으로부터의 처벌을 피하고 무사히 방을 배정 받을 수 있었다. 천만다행히도 입관 즉시 퇴관이라는 최악의 사태는 일어나지 않았다. 이 일에 대해 나중에 검혼관 관도들 사이에서는 구구한 억측이 나돌았으나 어느 것 하나 세인들의 불타는 호기심에 찬물을 끼얹을 만한 명쾌한 의견은 없었다. 우여곡절 끝에 드디어 비류연은 방 배정을 받을 수 있었다. 그런데 아쉽게도 장홍과 효룡하고는 떨어져 생활할 수밖에 없었다. 배정된 방이 서로 틀렸던 것이다. 비류연은 701호, 효룡과 장홍은 702호를 각각 배정 받았다. 바로 옆에 붙어 있긴 했지만 그들 사이에는 하나의 벽이 가로막고 있었던 것이다. 모처럼 사귄 죽이 잘 맞는 지우(知友)들과 헤어져야 한다는 사실이 못내 아쉬웠다.

1년 차 관도의 숙소는 검혼관 맨 꼭대기인 7층에 위치하고 있었다. 이것은 어느 기숙사를 가나 마찬가지였다. 1년 차가 가장 높은 곳에 숙소를 잡는 것이 이곳의 암묵적인 관례였다. 그리고 연차가 올라갈수록 점차 배정된 방의 위치가 아래층 방향으로 내려오게 된다. 낮은 곳에 살수록 높은 학년인 것이다. 이러한 관례의 이유는 바로 동선의 길이 차에 따른 불편도의 차이 때문이었다.

즉 7층에 방이 있으면 움직일 때 동선이 길어져 불편했다. 그래서 낮은 학년이 윗층을 쓰는 것이다. 신참이 다른 고참의 불편함을 투철한 장유유서의 정신으로 감수해야 하는 것이다. 그것이 이 사회의 법칙이었다. 아무리 자신의 속마음에 투철한 장유유서의 정신이 결핍되어 있다 하더라도 겉으로는 어느 정도 모양을 차려 주어야 했다. 그렇지 않으면 괜히 주위의 비난을 받거나 따돌림을 당할 위험이 있기 때문에, 이런 위험들을 미연에 방지할 필요가 있었다.

물론 무공 고수쯤 되면 7층 정도의 높이는 땅 짚고 헤엄치기지만,

이건 기분의 문제이자 고리타분한 예의와도 관계되는 것이라 쉽사리 바뀔 생각을 하지 않았다. 그리고 굳이 바꾸려고 애쓰는 사람도 없었다. 7층 정도의 높이면 대략 10장 정도의 높이로 고수라면 두 번 도약이면 가볍게 도착할 수 있는 곳이다. 힘들게 익혀 놓은 경공술은 장식품이나 전시용이 아닌 것이다.

겨우 7층 계단 오르락내리락 거린다고 죽는 소리나 하고 있는 놈이 있다면 당장 그 놈의 부정 입학 여부부터 의심해 봐야 할 것이다. 경신법 하나 제대로 터득하지 못한 놈이 천무학관에 들어올 수 있을 리가 없었다. 또한 개중에는 일부러 전망 좋은 7층을 선호하는 이들도 많았다.

이 사내를 어떻게 표현해야 적절할까. 철저한 완벽함? 천고기재? 절세미남? 질릴 정도로 완벽한 외모와 절제된 기도(氣道), 형형한 안광(眼光), 당당한 풍채(風采), 유백색 무복에 화려하게 양감 되어진 허리춤의 보검(寶劍)은 그 생김부터가 범상치 않았다. 이런 모습들이 완벽하게 갖추어진 인물이라면 가히 천하 기재라고 불려야 마땅할 것이다. 그리고, 그는 이미 실제로 천고 기재로 불리고 있는 중이었다. 비류연은 철두철미한 완벽함으로 중무장한 채 자신 앞에 서 있는 사내를 바라보았다.

같은 사내라면 한 번쯤 질투를 느낄 만한 용모와 기도였건만, 비류연은 그런 쓸데없는 감정을 느끼는 데 정신과 시간을 낭비하고픈 마음이 없었다. 그래서 그냥 그런가 보다, 하고 대수롭지 않게 그를 상대했다.

이 녀석은 자신을 팔만 사천 세계 삼라만상 우주 제일의 초절정 절세 무적 극한 극도 미남 기재로 여기고 있었으므로 고작해야 천하 제일 기재쯤 되는 조촐한(?) 녀석한테 질투심을 조장 받을 용무가 없었던 것이다. 못 가진 자들이나 꼴사납게 가진 자를 시기하고 질투하는 것이지, 더 많이 가진 자가 덜 가진 자를 질투하고 시기하는 경우는 없다.

객관적이며 보편적으로 천하 기재로 평가받고 있지만 비류연에게는 별 대수롭지 않은 인재로 강등을 당한 사내는, 어떻게 생겨 먹었든 앞으로 일 년 동안 그와 함께 같은 방을 쓰고 같이 생활할 인물인 것이다. 지금이 바로 첫 대면이었다.

"안녕, 만나서 반가워. 난 비류연이라고 해. 앞으로 잘 부탁해."

먼저 비류연이 격식이라고는 하나도 갖추어지지 않은 인사를 하며 먼저 말을 건넸다. 마치 죽마고우라도 되는 양 허물없는 인사였다. 둘은 물론 죽마고우가 아니었고, 더욱이 오늘 첫 대면한 상대였으므로 비류연의 인사는 상대방의 불쾌감을 조성시키는 무례한 행위였다.

"하남 모용 세가의 모용휘라고 하오. 잘 부탁하오."

사내의 이름은 모용휘였다. 비류연의 형편없는 인사를 받고도 모용휘는 불쾌한 기색 없이 정중히 포권지례를 취하며 인사를 했다. 그런 그를 유심히 바라보며 비류연이 말했다.

"참 딱딱하네!"

"뭐가 말이오?"

잘 생기긴 잘 생겼는데 정말 틀에 한 치 오차도 없이 정확히 찍어 놓은 것만 같은 딱딱하고 재미없는 녀석이란 평가가 바로 자신의 방 친구에 대한 비류연의 첫 인상이자 평가였다. 딱딱하고 재미없으면 지루할 게 뻔했고, 지루함이란 비류연에게 있어서 죄악에 가까운 일이었다.

"그렇게 딱딱하게 말하는 것 힘들지 않아? 편하게 가자고. 같은 동기끼리 너무 어색하잖아?"

"초면인 사람에게 함부로 평어를 쓰고 싶지 않소."

무뚝뚝한 모용휘의 대답에 비류연은 인상을 살짝 찌푸렸다. 꼭 초면인 상대에게 반말을 지껄이는 자신을 꼬집어 이야기하는 것 같은 느낌이 들었던 것이다. 물론 비류연은 강호에 출두한 이후 그 주위의 몇 명을 빼놓고는 대부분의 사람에게 존댓말을 썼다. 이번에 모용휘에게 존댓말을 안 쓴 게 이상할 정도로 비류연은 존댓말을 썼다. 하지만 그동안의 존댓말 속에는 상대방에 대한 경의라고는 눈 씻고 찾아보려고 해도 찾아볼 수 없었고, 오로지 조소와 비웃음만이 넘칠 정도로 담겨 있을 뿐이었다.

그의 가식적인 존대는 존대가 아닌 가벼운 조롱에 불과했다. 예외의 1할을 제외한 9할은 모두 같은 경우였다. 때문에 그가 평어를 쓰는 상대는 그 자신이 인정한 상대뿐이었다. 그는 그가 인정하지 않은 상대에게만 비아냥거리는 존대를 들려 주었던 것이다. 물론 비류연의 상대방에 대한 평가 분류 기준은 너무나 작위적이고 개인적이었다. 비류연이 혼자 중얼거렸다.

'역시 딱딱해! 금강석보다 더 단단할지도 모르겠는 걸. 정말 하품 날 정도로 재미없는 녀석이군.'

이 말은 혼자만의 중얼거림이라 다행히 모용휘는 듣지 못했다. 언제나 남들의 선망이 되어 온 그가 언제 이런 하찮은 취급을 받아 본 적이 있었겠는가? 그동안 주위로부터 받아 온 것은 언제나 선망과 질시, 그리고 찬탄뿐이었다. 하지만 이 세상에 예외 없는 법칙은 존재하지 않는다고 상대가 아무리 전 무림 후기 지수들의 선망과 기대를 한 몸에 받고 있는 기린아(麒麟兒)라 해도 그런 간판이나 후광에 꿀리거나 신경 쓸 비류연이 절대 아니었다.

그러니 비류연으로서는 모용휘를 어려워하거나 껄끄럽게 대할 생각도 없고 그럴 필요도 없었다. 물론 그는 젊은 나이에 벌써 강호에 이름을 날리고 있는 유명 인물 모용휘가 누구인지도 잘 모르고 있었다. 남들이 알면 그 무지함에 기절초풍하고 말았을 것이다.

서로 첫 인사를 나눈 후 서로에 대한 평가는 마음 깊숙한 곳에 묻어 둔 채 모용휘는 묵묵히 자신의 짐을 꺼내 정리하기 시작했다. 자신이 가지고 온 짐들을 하나하나 꺼내 정리하는 모용휘를 바라 보는 비류연의 눈이 이채롭게 빛났다. 그의 짐 정리는 특기할 만한 점이 있었던 것이다. 그리고 그가 점점 자신의 짐을 정리해 나가는 걸 보면 볼수록 비류연의 안색은 창백해져 갔다. 그는 지금 무엇에 대해 놀라고 있는 것인가? 다시 이 각 후 잠자코 모용휘의 행동을 바라보기만 하던 비류연은 자신의 참을성에 종지부를 찍고 입을 열었다. 그의 물음에는 궁금증이 한 가득 널려 있었다.

"꼭 그렇게 해야 돼? 그렇게 하고 싶어?"

"뭐가 말이오?"

모용휘는 자신이 하던 행동을 묵묵히 계속하면서 흑옥 같은 눈을 들어 비류연을 바라보았다. 대화의 도중에도 그의 행동은 멈추질 않고 계속되고 있었다.

"꼭 그렇게 관물에 각을 잡아야 하냐는 거지? 무슨 측량하는 것도 아니고, 그렇게 자로 잰 듯 반듯하게 관물을 정리할 필요는 없지 않겠어? 힘들고 귀찮지 않아?"

"이건 원래 본인의 버릇이니 신경 쓸 것 없소!"

모용휘가 무뚝뚝하게 대답했다. 그의 관물들과 짐들은 정말 감탄이 절로 날 정도로 자로 잰 것처럼 반듯했다. 이불 하나만 봐도 완전히 사각의 각이 완벽하게 딱 잡혀 있는 게 그 모서리가 마치 무슨 무시무시한 흉기처럼 보일 지경이었다.

청소와 정리 정돈에 목숨을 건 것도 아니고, 자신의 짐 하나하나를 빈틈 없이 완벽하게 정리 정돈하는 것으로 봐서 모용휘는 일종의 결벽증을 가진 듯 싶었다. 결벽증(潔癖症). 유난스럽게 깨끗함을 좋아하는 성격으로 자신의 주위가 어지러우면 정신의 안정을 얻을 수 없다는 무시무시한 병. 일명 '무한 청소병' 이라고도 불린다. 공기 중에 떠도는 미세한 먼지 한 알갱이도 용납하지 못하는 이 병의 정확한 치료법은 아직 밝혀진 바 없다.

결벽증 증세가 의심될 정도로 단 하나의 삐뚤어짐이나 어긋남도 발견할 수 없을 철두철미한 정리였다. 대충 모든 것을 어질러 놓는 비류연과는 비교할 수 없을 정도였다. 하지만 비록 비류연이 모용휘의 각 잡힌 완전무결한 관물 정돈에 감탄하기는 했지만, 그것은 순전히 그의 쓸데없는 시간과 체력의 낭비에 대한 끈기와 용기에 대한 순수한 감탄이었다. 그저 그의 독특함에 대한 감탄에 불과할 뿐 자신은 추호도 그럴 생각이 없었다. 아직까지는 자신을 정상인이라고 굳게 믿고 있는 터였다.

비류연은 모용휘를 보면서 과유불급(過猶不及: 지나치면 오히려 모자람만 못하다.)이란 말을 떠올렸다. 그만큼 그의 결벽증과 완벽함은 지나친 감이 없잖아 있었다. 방금 전까지만 해도 일 년 동안이 지루하지 않을까 걱정했는데 그의 결벽증을 보는 순간 꼭 그렇지만도 않겠다는 생각이 문득 들었다. 물론 결코 유쾌하지는 못할 것이다.

곧 일은 벌어지고야 만다

비류연이 모용휘와 만나기 전,
장홍, 효룡과 함께 관내 공고판에 붙어 있는 숙실 배정 현황을
확인하고 있을 때였다.
유심히 공고판에 적혀 있는 이름을 확인하고 있을 때
효룡과 장홍은 비명에 가까운 질문을 터트렸다.

"에에, 네가 특별 전형 수석 입격자라고?"

효룡과 장홍, 두 사람은 모두 경악했다. 그리고 자신들의 눈동자 확대율을 한계치에 이르도록 시험하고 있었다. 도저히 그런 경악스런 사실을 믿지 못하겠단 표정이 역력했다. 절대로 도대체가 납득이 안 간다는 것이다.

"어, 어떻게 알았어?"

얘기도 안 했는데 그 사실을 알아챈 두 사람이 신기하다는 듯 비류연은 반문했다. 거짓이라 믿었던 일을 사실이라 무심히 말해 버리는 무신경하기 짝이 없는 비류연을 원망하며 두 사람은 어의 없는 표정을 지었다. 그들의 표정은 거의 울상에 가까웠다.

"당연하지. 동거인이 누군지 두 눈뜨고 잘 보라고!"

"두 눈은 지금도 똑바로 뜨고 있다고. 대체 누군데?"

비류연이 아는 건 단지 자신의 이름 옆에 나란히 적혀 있는 그의 이름 석 자뿐이었다.

"정말 모른단 말야?"

"아직 확인해 보지 않았거든. 내가 점쟁이도 아닌데 아직 만나지도 않은 사람을 어떻게 알겠어?"

"휴우, 꼭 눈으로 봐야 아나? 사람은 눈으로 보는 것만이 아니라 귀로 들어서 아는 방법도 있다네."

장홍이 한숨을 내쉬었다. 그리곤 공고 서찰 맨 앞줄에 비류연과 나란히 적혀 있는 이름을 손가락으로 두들겼다. 다시 한 번 똑바로 보고 확인해 보라는 무언의 시위였다. 하지만 두 번이고 세 번이고 다시 본다 해도 결과는 변하지 않았다.

"칠절신검(七絶神劍) 모용휘! 이번 승천무제의 수석 입격자라구. 쉽게 말해 우승자(優勝者)지."

칠절신검 모용휘!

스무 살 약관의 나이에 벌써 신검(神劍)의 칭호를 획득한 무림 최고의 기린아. 무림 팔대 세가의 으뜸이라는 모용 세가의 둘째 자제로 어릴 적부터 그 뛰어난 재능과 천재성으로 강호의 주목을 받아 온 신동이었다. 이번에도 팔대 세가의 으뜸인 모용 세가의 힘으로 특별 전형으로 손쉽게 합격할 수 있었음에도 불구하고 승천무제의 참가를 자처. 보라는 듯이 뭇 고수들을 누르고 당당히 우승, 수석 입격자의 신분으로 화려하게 천무학관에 입관한 기재 중의 기재이다.

든든하고 막강한 자신의 배경에 기대지 않고, 오직 스스로의 힘과 능력으로 천무학관에 수석으로 입관한 것은 칭찬 받아 마땅한 일이요 하나의 쾌거라 할 수 있었다. 세 살 어린애들도 다 아는 유명한 인물을 지금 비류연은 모른다고 말하고 있는 것이다.

"어, 그래?"

말과 다르게 별로 놀라는 기미는 없어 보였다. 어지간히 무딘 신경인 것 같다며 효룡은 한숨을 내쉬었다. 이건 자기보다 더 심하지 않은가. 질릴 정도였다.

"어가 아냐. 승천무제의 우승자와 같은 방을 쓰는 사람은 특별 전형 시험의 최고 득점자뿐이라네."

장황하게 과장된 몸짓을 지으며 비류연에게 장홍이 다시 말했다.

"맞아!"

"뭐?"

"이 몸이 그 특별 전형 시험인가, 뭔가 하는 시험의 최고 득점자가 맞다고."

장홍의 눈이 평상시보다 두 배는 크게 벌어졌다. 그의 두 눈은 지금 한 가지 사실만을 염원하고 있었다. 강렬한 염원을 담고 있는 장홍의 두 눈을 빤히 쳐다보며 비류연이 그의 염원을 정확히 읽어 내었다.

"자네 지금 내가 현실을 부정해 주길 바라는 거야?"

"난 단지 거짓을 진실이라 서슴없이 말하는 이 참담한 현실에 잠시 회의를 느낀 것뿐이네."

비류연이 입가에 미소를 머금었다.

"사실을 사실이라고 말하는데 어찌 주저함이 있을 수 있겠어? 이 몸이 우승하는 게 당연하지."

비류연과 만난 지 얼마 되지는 않았지만, 잠시 동안 그와 함께 하면서 그의 행동을 지켜 본 그로서는 비류연이 정통과 권위를 자랑하는 최고의 시험인 특별 전형에서 무수한 후기 지수들을 제치고 우승을 차지했다는 사실을 절대로 인정하고 싶지 않았다. 아직 천무학관과 강호 무림의 미래에 대해 절망하고 싶지 않았던 것이다. 하지만 그의 소망은 아무래도 이루어지기 힘들 것 같았다.

"자네가 정말 특별 전형 시험의 우승자라고?"

"응."

그런데도 비류연은 그러냐는 듯, 그런가 보다 대수롭지 않게 고개를 끄덕일 뿐이었다. 그런 그의 모습에 효룡과 장홍은 내심 어의가 없었다. 남들 같으면 어깨에 힘 잔뜩 준 채 고개 뻣뻣이 들고 사방팔방에 뽐내고 다닐 일을 아무렇지도 않게 여기고 있는 것이다. 하지만 장홍과 효룡의 어처구니없다는 불신의 눈빛은 이내 선망의 눈빛으로 변했다. 특히 장홍 쪽은 별 변화가 없었는데 효룡의 변화는 눈에 확 띄었다.

효룡과 장홍 뿐만 아니라 주위에 있던 몇몇 신입 관도들도 비류연의 처지가 대단히 부러운 듯, 비류연 본인의 의사와는 상관없이 선망의 눈초리로 쳐다보았다. 썩 좋은 기분은 것은 아니었다. 하지만 귀찮아서 신경 쓰지 않기로 했다. 비류연은 정말 그러고 싶었다. 이런 사소하고 하찮은 일에 무슨 감탄할 게 있다고 저런 눈초리로 자신을 뚫어지게 바라보는지 도저히 이해가 가지 않았다. 그래서 자신의 동거인으로 확정된 유명인 모용휘에 대해서도 별 신경 쓰지 않으려고 했었다. 근데 문제가 발생해 버리니 신경을 안 쓸래야 안 쓸 수 없게 된 것이다. 문제는 그들의 첫 대면부터 암중으로 나타나기 시작했다.

강호 최고의 기재로 꼽힌다는 모용휘가 그 자신 혼자서만 자신의 세계에 빠져 극도의 청결을 유지하는 것까지는 좋았다. 깨끗하게 청소해 놓고 살겠다는 데 누가 뭐랄 사람이 있겠는가? 청결 유지에 대한 인간의 욕구는 칭찬의 대상이 될지언정 원망의 대상이 될 수는 없었다. 하지만 지금 모용휘의 청결 유지 욕구는 비류연의 원망과 짜증의 대상이 되려 하고 있었다.

문제는 그 본질이 아니라 정도의 과도함에 있었다. 혼자 불치의 결벽증에 걸려 청결 유지에 과다한 노력을 경주하는 것까지는 참을 수 있었다. 하지만 제발 자신만은 거기에 부디 끌어들이지 말아 주었으면 하는 게 바로 비류연의 절실한 심정이었다. 하지만 자신의 동거인이 자꾸만 자신에게 청결과 청소, 그리고 정리 정돈에 대한 무언의 압력을 가해 오고 있음을 문득문득 느낄 수 있었다. 그건 참을 수 없었다. 자신의 동거인의 병에 강제로 감염 당하고 싶은 마음은 추호도 없었기 때문이다.

남들의 선망의 대상이 될 정도로 대단한 이 모용휘라는 샌님은 정작 방을 함께 써 보니 여간 까다로운 게 아니었다. 일종의 완벽주의자라고 해야 하나? 그는 한 톨의 먼지도 결코 용납하지 않겠다는 결연한 의지로 자신의 관물을 온통 각 잡아 놓고 방 안을 꼭 순백의 백지장처럼 청소해 놓았다. 그 자로 잰듯한 완벽한 완전무결함에 비류연은 질려 버리고 말았다. 그는 청결함만으로 사람을 질리게 만드는 신기하고 놀라운 재주가 있었다. 구석과 난간 틈새의 작은 먼지 하나도, 어떤 사소한 물건 하나의 삐뚤어짐이나 휘어짐도 용납하지 못하겠다는 것인 듯했다. 거의 병적인 수준이었다.

그는 방을 완전히 자신만의 무색 무균의 공간으로 변화시켜 놓고 있었다. 그의 영역 안에서 비류연은 단지 하나의 오물에 불과했다. 그는 어떤 불결함이 자신의 주위에 접근해 오는 것을 매우 꺼리는 듯, 방어벽을 쳐놓고 있는 듯했다.

그의 곁에 있다가는 반드시 두 가지 꼴로 귀결될 것 같았다. 하나는 그의 결벽증에 전염되거나 결벽증의 영향으로 질식사를 하거나……. 어느 쪽이든 비류연으로서는 모두 사양하고 싶은 결말이었다. 접근하기가 매우 껄끄러운 것도, 혼자서만 깨끗한 척 하는 것도 마음에 들지 않았다. 하나부터 열까지 마음에 들지 않는 것 투성이었다. 이런 놈과 일 년 열두 달 동안 계속해서 같은 방을 써야 한다 생각하니 괜히 기분이 불쾌해지고 눈 앞이 암담해지는 비류연이었다.

그래서 비류연은 자신의 밝은 내일과 희망찬 미래를 위하여 뭔가 손을 써야 되지 않나 생각하기 시작했다. 아직 구체적인 계획이 잡힌 것은 아니지만, 원래 남에게 휘말려 들기를 좋아하지 않는 비류연이다 보니 방법을 강구하기로 작정했다. 우선 계획은 천천히 작성하기로 하고 일단 어느 정도는 두고 보기로 잠정적인 결론을 지었다. 아직은 새로운 자극에 견딜 수 있었다. 아무튼 비류연이 자신의 미래를 위해 모종의 음모를 꾸미기로 결심한 이상, 이제껏 탄탄대로의 휘황한 삶을 보내 온 모용휘의 앞날도 그리 순탄하지만은 않을 것 같았다.

모용휘의 과도한 청소로 인해 맹렬한 정신 공격을 받고 있던 비류연에게 방문객이 찾아왔다. 이제 막 정리 정돈을 끝내고 온 이들은 효룡과 장홍, 그리고 비류연이 처음 보는 적의 무복의 청년이었다. 모용휘의 지나친 결벽증에 지쳐 있던 비류연에게 그들의 방문은 한 줄기 청량제와도 같은 것이었다.

　그런데 의아한 것은 방문자가 두 명이 아니라 세 명이라는 사실이었다. 한 명은 비류연도 처음 보는 사람으로 아직 소년 티를 채 벗지 못한 앳된 청년이었다. 적의 무복의 청년은 효룡과 장홍의 뒤로 마치 부록처럼 따라붙어 들어온 것이다. 비류연이 자신의 검지로 그 소년을 가리키며 물었다.

"이쪽은 누구야? 처음 보는 사람인데?"

　비류연의 시선이 그들 둘 뒤에 서 있는 한 청년에게로 향했다. 왠지 소심해 보이는 인상에 사람 좋아 보일 것 같은 얼굴을 한 단정하게 생긴 청년이었다.

"아, 소개하지. 이번에 우리와 같은 방을 쓰게 된 윤준호 소협이라네. 화산 낙안봉 출신이지?"

　소협이라는 말에 청년이 볼을 붉히며 말했다.

"소협이라니 당치도 않은 호칭입니다. 화산파의 윤준호라고 합니다."

"아아, 그 화산파(華山派)! 거긴 나도 아는 데지. 만나서 반가워. 난 비류연이라고 해."

　'이 세상에 화산파도 모르는 사람도 있나?' 라는 당연한 의문을 떠올리게 하는 말을 내뱉으며 이번에도 역시 스스럼없이 인사했다. 청년의 첫인상이 그리 나쁘지 않았던 모양이다. 아무리 무림 정세와 세력 판도에 어두운 비류연도 화산파(華山派) 정도는 알고 있었다. 예전엔 몰랐는데 주작단의 16명 제자들 중에 화산파 제자 말괄량이 화무용이 있어 그녀를 계기로 알게 된 것이다. 그 전에는 그 유명한 9파 1방에 대해서도 거의 백지나 다름없는 상태였다.

이 청년은 비류연과 같은 특별 전형 출신으로 여리게 생긴 것 답지 않게 전대 화산파 장문인이었던 매화검제 종학연의 추천으로 이곳에 들어오게 된 청년이었다. 비류연과 시선도 제대로 마주치지 못하는 걸 보니 왠지 소심하고 내성적인 성격인 것 같았다.

그런 윤준호를 보는 비류연의 시선에 약간의 이채(異彩)가 떠었다. 전혀 무림인 같아 보이지 않는 소심하기만 해 보이는 그는 지금 한 사람을 향해 선망의 뜨거운(?) 시선을 보내고 있었는데 그 선망과 존경의 대상은 바로 청소광마 모용휘였다. 옆에서 열심히 아직까지도 방 구석구석을 미세한 먼지 하나 남김없이 제거해 나가는 모용휘가 뭐가 그리 대단하다고 존경과 선망이 가득 담긴 눈으로 바라보는지 그로서는 이해할 수가 없었다.

"뭘 그렇게 뚫어지게 쳐다 봐?"

"예?"

모용휘를 넋 나간 듯 쳐다보고 있던 윤준호는 그제야 정신을 차린 듯 화들짝 놀라며 대답했다. 다른 곳에 너무 넋을 놓고 있어 비류연이 무슨 말을 했는지도 모르는 게 틀림없었다. 어리둥절해 있는 그를 보며 비류연은 다시 한 번 질문을 더하는 수고를 감수해야 했다.

"뭘 그렇게 바라 보냐고? 구멍나겠다."

그의 말에 윤준호가 얼굴을 붉히며 고개를 푹 숙였다. 으잉, 수상한 취미라도 있나? 별 대수롭지도 않은 질문에 얼굴을 붉히다니…….

"으잉, 설마 좋아하는 거야?"

"예? 지금 도대체 무슨 말을 하시는 겁니까? 전 엄연한 정상인입니다. 오해하지 말아 주십시오."

하지만 오해하기 딱 좋은 붉게 물든 얼굴로 그가 정색하며 변명을 했다.

"그럼 왜 그렇게 쳐다봤어?"

"그거야 저의 우상이기 때문이죠."

윤준호가 모기 기어가는 듯한 작은 목소리로 말했다. 비류연의 청각이 무공으로 단련되어 있지 않았다면 듣지 못했을 지도 모를 정도로 그의 목소리는 작았다. 비류연이 고개를 갸우뚱하며 너 참 이상하다는 눈빛을 보냈다.

"저 석상 같은 청소광에게 무슨 숭배할 만한 점이 있다고 우상으로 삼아. 뭐 저 녀석의 청소 실력과 정리 정돈 실력이 놀랄 만큼 대단하긴 하지만."

이번엔 윤준호가 이상한 생물 쳐다보듯 비류연을 쳐다보았다.

"칠절신검 모용휘는 우리 또래 강호 후기 지수들에겐 너나 할 것 없는 우상입니다. 모르셨습니까?"

물론 몰랐다. 그런 거 알아서 뭐 하겠는가. 그의 말의 진위 여부를 판단하기 위해 비류연은 효룡을 쳐다보았다. 놀랍게도 효룡은 고개를 끄덕여 보였다. 친구에게 경의와 놀라움을 선사해 주기 위한 배려

일까? 그렇다면 별로 고맙지 않은 배려였다.

"맞아. 칠절신검 모용휘라면 우리 또래의 후기 지수들한테는 선망의 대상이라 해도 과언이 아닐 정도로 뛰어난 인물이지. 장래 예비천하 제일 고수 중 최고 유력자라는 말까지 나돌 정도로 그의 실력은 출중하지. 개 중에는 그를 추종하는 무리들도 있어. 특히 그를 광적으로 추종하는 여성 단체 겸 오빠 부대 칠절회는 그 행적과 활동이 타의 추종을 불허하지. 놀라움을 넘어 무섭기까지 하다네. 한때는 그가 아침에 일어날 때부터 잠들 때까지의 하루 일과를 빠짐없이 관찰하기도 했다더군. 만일 그녀들 앞에서 자네처럼 그를 무시하는 발언을 무심코라도 했다가는 아마 무사하지 못할 걸세. 조심하게나."

효룡의 설명은 들으면 들을수록 놀라운 것뿐이었다.

"정말이야?"

"물론. 얼마전에도 20대 후기 지수 한 명이 주점에서 술김에 그를 깔보는 듯한 말을 했다가 옆자리에 자리 있던 아가씨에게 왼팔을 베인 사건이 있었지. 그 여 검객이 바로 칠절회의 회원이었다는 거야. 그 사내는 그 후로 외팔이 검객이 되었지. 꽤 유명한 얘기라네."

"우와, 대단한데."

효룡의 상세한 정보가 끝나자 비류연은 새삼 다른 눈으로 모용휘를 바라보았다. 하지만 그렇다고 해서 다시 태도가 바뀔 비류연은 아니었다.

"음, 물론 저 녀석이 좀 잘 생긴 편이고, 무공도 좀 할 것 같고, 좀 똑똑한 축에 속하는 것 같기는 해도 그것만으로 남들의 우상이 되기엔 부족한 감이 없잖아 있지."

비류연의 말에 효룡이 살며시 미소를 머금었다.

"물론 자네의 표현대로라면 우상이 되기엔 좀 부족한 감이 있지. 하지만 그에 대한 세간의 일반적인 평가는 초절정의 미남아에 무공 수위는 최절정으로 측량하기가 어렵고, 그 지혜는 만 권 서적을 능가한다고 칭해지니 우상이 될 만한 자격이 충분하지. 자네처럼 점수가 짜지 않아서 말이야. 게다가 가문까지 빵빵하니 저 정도면 일등 신랑감 아닌가. 저만하면 뭇 여인들의 가슴을 설레게 할 만한 자격이 충분하지. 지금 현재도 이미 그러고 있고 말일세."

"그래, 그렇게 대단하게 보여? 난 아무리 봐도 그렇게 대단해 보이지는 않는데?"

비류연이 진심을 말했다. 그리고 고개를 연신 갸웃거리며 이의를 제기했다. 저기 있던 저 청소 정돈광의 어디가 그렇게 대단해 보이는지 계속 의심스럽기만 했다.

"그게 바로 관점의 차이야. 보는 사람이 기준과 수준에 따라 대상에 대한 평가는 달라지기 마련이지. 무생물인 벼루 하나도 보는 방향, 즉 겨우 시선의 위치 이동 하나에 따라 여러 가지 모양으로 바뀌어 보이는데, 하물며 개개인의 개성과 성격, 그리고 수준이 각기 다른 인간이라면 더 말해서 뭐하겠나."

"흐흠……."

그제야 비류연은 수긍한다는 듯한 표정을 지었다. 물론 모용휘의 우상 자격 심사에 합격 도장을 찍지는 않았지만 그에 대한 더 이상의 논쟁은 접어 두기로 했다. 갑자기 비류연이 효룡에게 물었다.

"그럼 너도 그런 거야?"

너도 모용휘를 우상으로 여기는 수준 이하의 애송이들과 같은 부류가 혹시 아니냐는 질문이었다.

효룡은 고개를 가로 저었다.

"내가 그 많은 추종자 중 하나라고 묻는 거라면 틀렸어. 난 오히려 그의 경쟁자라고 할 수 있지."

효룡이 미소를 지으며 말했다. 하지만 그의 대답은 보통 사람이 보면 과도하다고 느낄지도 모를 발언이었다. 그리고 칠절회의 회원이었다면 단호하게 미친놈 취급할 소리였다. 윤준호와 장홍은 그의 답변에 의외의 눈빛으로 그를 바라보았다. 그가 그리 가볍게 허풍만으로 입을 놀릴 사람이 아니라는 것을 그들은 짧은 만남 중에도 잘 알고 있었기 때문이다.

'저 나이에 완벽한 검막을 구사할 정도의 경지에 이른 검도 고수라면 못 할 것도 없겠지.'

얼마 전 검림(劍林) 파괴 시 무시무시한 검편(劍片)의 폭풍우를 은백색 검막으로 막아낸 효룡을 떠올리며 장홍은 생각했다. 그의 눈으로 보기에도 효룡은 모용휘와 견주어도 지지 않을 뛰어난 고수라는 생각이 들었다. 다만 그 출신이 애매할 뿐이라는 게 옥의 티였다.

하긴 출신의 애매함으로 말하자면 저기 있는 비류연도 만만치는 않았지만. 둘의 출신에 대한 애매함이 지금 장홍의 골치를 썩이고 있는 가장 큰 골칫거리 중 하나였다. 아무리 살펴봐도 아직 단서를 잡을 수 없었던 것이다. 이제껏 한 번도 잊은 적이 없는 일이었다. 하지만 아직까지 최악의 가정만은 피하고 있었다. 만일 최악의 가정이 재수 없게 맞아떨어진다면 자신은 이번에 새로 사귄 이 유쾌한 두 명의 친구를 영원히 잃어야 하기 때문이다. 그것도 바로 자신의 손으로…… 호탕하기 그지없는 그의 머리가 오랜만에 지끈거렸다. 젠장 정말 싫은 느낌이었다.

다시 비류연이 고개를 들어 윤준호를 바라보았다.

"그래서 너도 그의 추종사 중 하나라 그 말이지."

윤준호가 고개를 수긍하며 끄덕였다.

"예, 이렇게 만나게 되다니 영광입니다."

눈동자에 환희의 빛을 띠는 윤준호를 비류연은 한심하다는 듯이 바라보았다.

"영광은 무슨 염병할 영광. 같은 나이 또래의, 그것도 입관 동긴데 우상화가 어디 말이나 될 법한 소리냐? 사나이라면 그를 능가하고야 말겠다는 패기가 있어야지. 그를 우상화해서 밑에서 고개 쳐들고 바라보기만 하다가는 다섯 번 다시 태어나 봤자 그를 넘어서긴 말짱 헛거야. 그렇게 되면 언제나 그의 밑에서 머물 수밖에 없지. 괜히 시시한 저 청소광 따위로 너를 속박하지 말라고. 그런 건 시간 낭비일 뿐이야. "

비류연의 말은 신랄하기 그지없었다.

"하… 하지만 전 재능이 별로……."

누구나 바라는 최강의 경쟁률과 수준을 자랑하는 천무학관에 멀쩡히 들어와 놓고서도 자신의 재능을 한탄하는 것을 보니 세상 물정 모르는 너무나 순수한 녀석인 것 같았다.

"바보, 노력과 근성만 있으면 불가능은 없어. 게다가 넌 재능이 있

.

어. 이 몸이 하는 말이니깐 믿으라고. 그러니깐 포기하지마. 알았
어?'

"예⋯⋯."

윤준호가 고개를 푹 숙이며 기어가는 소리로 대답했다. 아직도 그
의 목소리에선 자긍심과 용기, 그리고 패기를 찾아볼 수 없었다. 근
성이 느껴지지 않았다. 비류연으로서는 특이하게도 상대를 재기 불
능의 상태까지 깔아뭉개지 않고 다독거려 준 특이한 일이었다.

하지만 자신에 관한 문답이 오가는 데도 묵묵히, 그리고 무심히 계
속 청소만 하고 있는 모용휘였다. 신경 써서 소리 낮춰 이야기한 것
도 아니고 보란 듯, 아니 들으라는 듯이 큰소리로 떠들어 댔는 데도
비류연이 내심 기대한 반응은 없었다.

모용휘는 상대할 가치도 없다는 태도로 일관하고 있었다. 자기 자
신과 자신의 주변 이외에는 다른 어떤 것에 대해서도 상관없다는 태
도가 명백했다.

"자자, 재미없는 얘기 그만하고, 그럼 이제 슬슬 저녁 식사라도 하
러 갈까?'

어느새 날도 어둑해지고 저녁 식사 시간이 다가오자 장홍은 다같
이 기숙사 식당에 가서 함께 식사할 것을 제안했다. 천무학관은 빨래
나 청소 등은 자신이 스스로 해야 되지만 식사만은 무료로 제공되고
있었다. 물론 관내에 일반 식당도 있지만 두 곳의 결정인 차이는 그
곳은 유료였고 이곳은 무료라는 사실이었다. 그러니 사제(私製) 식당
은 부잣집 자제나 거대 문파의 제자가 아니라면 자주 이용하기 어려
운 곳이었다.

도가나 불가 계열의 제자나 군소 방파의 제자들은 대부분 무료 기숙사 식당을 이용하고 있었다. 이곳도 천무학관에서 많은 예산을 투자해 운용하는 곳이었으므로 그리 크게 맛이나 질이 떨어지지는 않았다. 그래도 천무학관이란 이름에 걸맞게 엄선한 재료와 숙수(熟手 : 요리사)를 보유한 곳이었다. 장홍의 제안에 모두들 고개를 끄덕이며 수긍하자, 장홍이 모용휘를 보며 말했다. 모용휘는 여전히 청소에 전념하고 있었다. 두려운 놈!

"어이, 자네도 같이 가지 않겠나?"

옆에 사람을 두고 자신들끼리만 식사하러 가는 것은 예의가 아니었기에 물어 본 것이다. 근데 의외의 대답이 돌아왔다. 천상천하 유아독존 할 것 같던 모용휘가 고개를 끄덕이며 긍정의 표시를 보내 온 것이다. 천하 제일 기재로 유명한 그가 그들의 제안을 받아들였다는 사실에 일행은 자못 놀랐다. 화산파 출신의 윤준호는 토끼눈 같은 눈을 동그랗게 뜨며 감동하는 기색이 역력했다. 자신의 우상과 함께 같은 식탁에서 식사를 한다는데 감동하지 않을 리가 없었던 것이다.

이렇게 해서 비류연, 장홍, 효룡, 윤준호, 모용휘는 식사를 하기 위해 자리를 털고 일어나 검혼관에서 10장 정도 떨어져 있는 공동 식당으로 향했다. 검혼관은 남자 전용 기숙사였지만 식당은 6개 남녀 기숙사 공동의 장소였던 것이다. 하지만 그만큼 여러 부류의 사람이 많이 모이는 곳인 만큼 예기치 못한 의외의 사건이 일어날 수 있는 곳이기도 하다.

〈『비뢰도』3권에서 계속〉

신인 작가 모집

시작이 반이라고 했습니다.
작가의 길에 대한 보이지 않는 벽을 과감히 깨뜨리십시오!

청어람은 작가 지망생 여러분들의
멋진 방향타가 되어드리겠습니다.

저희 도서출판 청어람에서는 소설 신인 작가분들을 모집합니다.
판타지와 무협을 사랑하시는 분들의 많은 참여를 바랍니다.
소정의 원고를 메일로 보내주시면 검토 후 출판 여부를 알려드리겠습니다.

—

경기도 부천시 부일로 483번길 40(14640)
TEL 032-656-4452   FAX 032-656-9496   e-mail chungeorambook@hanmail.net
https://blog.naver.com/chungeoram_book